追时间的女人

〔美〕斯泰西·麦格林——著 李玉瑶——译

人民文学出版社
PEOPLE'S LITERATURE PUBLISHING HOUSE

著作权合同登记：图字 01-2015-6939
Stacey McGlynn
KEEPING TIME

图书在版编目（CIP）数据

追时间的女人／（美）麦格林著；李玉瑶译．
—北京：人民文学出版社，2015
ISBN 978-7-02-011229-6

I. ①追… II. ①麦… ②李… III. ①长篇小说—美国—现代
IV. ①I712.45

中国版本图书馆CIP数据核字（2015）第271335号

责任编辑：卜艳冰　陶媛媛
封面设计：钱　珺

出版发行　人民文学出版社
社　　址　北京市朝内大街166号
邮政编码　100705
网　　址　http://www.rw-cn.com
印　　制　山东临沂新华印刷物流集团
经　　销　全国新华书店等
字　　数　142千字
开　　本　890×1240毫米　1/32
印　　张　9
版　　次　2016年1月北京第1版
印　　次　2016年1月第1次印刷
书　　号　978-7-02-011229-6
定　　价　39.80元

Stacey
McGlynn

Keeping
Time

献给罗布
向来如此

1

“别这样，妈妈。这又不是逼您退休。”丹尼斯如是语。

话是对黛西说的。扰乱了傍晚的宁静。

五十五岁的丹尼斯隔着桃花心木矮茶几，坐在灰褐色亚麻布沙发上。他的新婚妻子阿曼达挨他坐着，一言不发。丹尼斯身体前倾，耐心等待黛西说出她没打算要讲的话。然后继续追击，强作欢颜。“我希望您没那么想。”

事实上，黛西·菲利普斯正是这么想的。

闻着牧场青草的气息。

感觉草叶抚过鼻尖。[①]

她从儿子脸上搜寻着他襁褓时期、孩提时期和青春期的蛛丝马迹。一无所获。真傻，以为还会有些残留，虽然黛西仍在搜寻，但内

---

① 此处上文的“退休”，用的是一个词组：“put out to pasture”，“pasture”有牧场之意。

心已然动摇。

丹尼斯："我认为，我们认为"——示意包括阿曼达——"你会很喜欢那里。您如果继续过这样的日子就太夸张了。"他是指继续住在她出生的房子里、她从双亲那儿继承来的房子里。这房子她已经住了一辈子。丹尼斯接着说："以后的生活就将都是假期。"

黛西没有回答。她始终太一本正经、太循规蹈矩，带着一种与生俱来的优雅、魅力，还有后天教养而成的笔挺腰杆儿。将毕生精力都用错了地方的母亲把这姿态烙在她身上。黛西低头瞪着放在大腿上紧握的双手，转动着她的戒指。

丹尼斯硬是把五光十色的宣传册举到她眼前，黛西别过头去。丹尼斯拿着小册子举了一会儿，摇晃着，仿佛必须如此才能引起她的注意。没有得到回应，丹尼斯叹了口气，把小册子放到身旁的桌上，说道："您可以把宣传册带回家，心理有准备了，就仔细看一看。阿曼达和我认为卡里利恩很适合您去，养老院有许多您还不知道的好处。至少考虑一下，好吗？"

黛西望向他，与他四目相对。"我现在想回家。"她站起身，抚平穿在小小臀部上的米色百褶裙。

丹尼斯从沙发上站起来。"要是你想，我这就送您回去。"

黛西点点头说："好啊。"

几分钟后，丹尼斯载着沉默的母亲从默西赛德[1]阴暗、雨水四溅的街道，开往利物浦东北部的圣海伦斯那同样阴暗、雨水四溅的街道。他出大门上车的途中淋了雨，头顶的雨滴闪闪发亮。雨刷来来回

① 位于英格兰西北部的郡。

回快速挥动，发出很大的声响。刚才的对话在他脑中再度上演。离他的既定目标还差得远，回家后阿曼达准会把他臭骂一顿。

他慢慢驶上圣罗斯玛丽路二十四号的车道。把车子换到空挡，转向他母亲。“希望您晚餐吃得愉快。”

“是的，很愉快，谢谢你。”她语气生硬。

“听我说，妈。”丹尼斯调整坐姿，面对她，“我很抱歉，但要我供养两幢房子真的很辛苦——要给两个院子的草地刈草，要操心两边的水管电线。我很感谢您尽量不打电话找我帮忙，但总是会有状况出现，而我自己也不年轻了。还有，您知道阿曼达想搬到切赛克斯①，好离她家人近一些。更何况，加布里埃尔快毕业了，我们实在没什么必要留在这里。我们已经开始找房子了。切赛克斯很美。您可以住在卡里利恩一间舒服的小公寓里，我和阿曼达就住在附近。就把它想成一次冒险，您人生里崭新的一章。”

黛西点点头，微微地点头，内心深处乱成一团。

丹尼斯觉得松了口气。或许他们达成一些共识了。

她把手放在副驾驶这边的门把手上，探身向前，亲了他一下。“晚安，丹尼斯。”

“晚安，妈妈。”丹尼斯看着她慢慢地下车，踏着敏捷的步子疾走上石板走道，经过石墙，消失在明黄色大门后面。大门旁的白灰泥墙上攀爬着红色蔷薇。她这茅草屋顶的家有一半的木结构是暴露在外的深色梁柱。

他没看见的是明黄色大门另一侧的情景：黛西重重地倚在门上，颤抖的身躯抵着厚实的门框，再也抑制不住泪水夺眶而出。

---

① 位于英格兰东部的郡。

接下来的那个星期六，丹尼斯打来了电话。黛西整个上午都在担心接到他这通每周例行的电话。丹尼斯的新提议让她整整一星期都处于封闭的循环中——不断重复着对这提议忽视不管、拒绝、烦恼、愤怒、绝望，又渴望再次回到忽视不管。

现在电话响了。

黛西拿起话筒。她非接不可。这是一份与日俱增的责任感，她晓得丹尼斯不会认为她在厨房、客厅或浴室里忙碌着，他会害怕她死在厨房、客厅或浴室里。她叹口气，应答。

彼此问候，简短的闲聊。丹尼斯没有直奔主题，先说因为还在下雨所以又没来帮她刈草，再聊聊没完没了的雨。最后，切入重点：问她有没有看过小册子。

黛西向他保证她看过——她是看过，在小册子掠过空中掉进垃圾桶的时候。

丹尼斯问她有什么想法，关于卡里利恩的公寓，关于搬去切赛克斯。

黛西说："天啊，是谁啊？"说不好意思，她得挂断了，门外有人，很遗憾他们不能多聊一会儿。

真假掺半。门外的确有人。

是黛西自己在门外。她走到门外，站在雨中，手里拿着无绳电话，说他们必须等到下个星期六再谈，或等到雨终于不再下，丹尼斯可以来刈草时。

挂断电话，丝丝罪恶感传遍全身。不过黛西把罪恶感搁到一边，匆忙准备去俱乐部。她得赶火车，要和朋友们早点用午餐，下午去购物，路上再喝个茶。

黛西对着浴室洗手盆上方的镀金镜子化妆，用一把宽齿梳梳理浅棕色头发，抹口红，仔细端详着自己。她的脸，尤其是她的下巴——生来就长，与岁月无关。她的头型完美，脸上是小巧精致的五官。她的鼻子窄窄的，椭圆形金丝边眼镜后方是淡蓝色的大眼睛。她的颧骨上没有太多皱纹，前额则已不太光滑。波浪状头发左分，厚重的刘海往两旁卷，变成一连串C和J的形状盖住前额。她的头发有的长得碰到眉毛，有的短得露出耳垂，拳曲地落在脑后的衣领边。一位娇小苗条的七十七岁的女士，永远挂在嘴角的微笑和落落大方的笑声是她天生的魅力。

她深吸一口气，努力挺直腰杆，保持自信满满、不屈不挠、兴致高昂的状态。

不去理会淋浴喷头传来缓慢、有规律的滴水声。

朋友们聚集在她周围——格拉迪斯、玛丽琳、凯特、埃伦，还有她最亲近的多特。门口放着雨伞和湿透的雨衣。

黛西喜欢这每周一次的午餐聚会。搭火车进城，吃午饭，到艾伯特码头买东西，感觉自己身为城市脉动的一部分。利物浦最近被票选为欧洲的文化之都。默西赛德的水岸公园和整个水岸区每年招揽几百万游客。卡文俱乐部、披头士博物馆和披头士成员童年故居依旧吸引着来自世界各地的歌迷。小餐馆、酒吧、惊心动魄的建筑、前卫的剧院——这一切都构成了黛西喜爱的城市活力。

要是老天没有从早到晚把这地方弄得湿漉漉的就好了。

不过这就是利物浦。

黛西心情不错。穿着新套装——海军蓝配米色镶边——裙摆刚好过膝。实用耐穿的海军蓝低跟鞋。谈笑风生。往面包上抹奶油，点份羊排。抛开困扰着她的挥之不去的不快。再三思量她最近一直在想的事：向多特提出一个计划。

等待交谈中恰当的暂停，然后把注意力转向多特，准备说出自己的想法。黛西满怀希望，兴奋之情逐渐累积，话语即将脱口而出。

但出乎黛西意料之外，多特先开了口。毫不知情的她提起夏天要去度假，去西班牙，她女儿在那儿有栋房子。黛西的主意根本还没说出口就被彻底粉碎。没给黛西机会说出她在考虑她们俩可以一起去度假，去爱尔兰，或苏格兰，甚至威尔士。

保罗在世时，他和黛西每年旅行好几次。两个人都喜欢探索世界，他们一起走遍大半个地球。可是黛西在过去四年里哪儿都没去——自从保罗去世后她再也没旅行过。她连想都没想过，直到最近。想象再次出门旅行，连她自己都吓了一跳——当然，旅行的规模小多了。只是去她开车能到的地方。不过她必须找个伴儿。多特的脸浮上心头，思量再三，黛西得出结论：多特确实是最佳旅伴。她们喜欢同样的事物，想喝茶的时间完全相同，晚上同一时间渴望上床睡觉，早上同一时间醒来，而且都很有活力——在她们这年纪，那就是不寻常的精力。她们还同样醉心于傍晚的例行仪式：君度橙酒。多特是黛西所能想到的最适合代替保罗的人选。

然而“多特，我在想……”这几个字才从黛西的嘴里说出来，多特就抛出了她的重磅消息。黛西点头微笑，祝她玩得愉快。她用失望的眼神扫视桌边的一张张面庞，想看看还有谁可以成为候选人。

她一一否决。那种令人毛骨悚然的感觉又回来了。感到被围墙禁锢，感到梦想从排水管打着转儿流逝，感到前途黯淡，仿佛小鸟翅膀上的蒲公英种子，已经启程，充满可能性，但一直没有着陆。无法摆脱她的黄金岁月已离她远去的沮丧。发现旅行也在那张清单上让她心痛不已——那张壮观的、一去不复返的清单。

叹气。保罗走了，一切都跟着走了。除了她的房子圣罗斯玛丽路二十四号仍属于她。它不会像短裙、高跟鞋和她的护照一样被收起来——如果她能做点什么就不会。丹尼斯和阿曼达可以离开。要去切赛克斯随他们去，但是她不去。

她可以雇个人每星期来刈草。她可以自己修理淋浴喷头。

就这么办。问题解决了。

2

星期三，雨还在下。整个英格兰都下着倾盆大雨。谁也不清楚这雨到底会不会停。报纸和电视不停地报道河川泛滥、街道淹水、高速公路塞车的消息。水，似乎无处不在。

没有水的地方也有湿气——驻留在房子中、衣服上、牙齿间、骨头里。大家摇摇头，尽量找出潮湿的好处。称赞草有多绿，六月花儿有多开心。

黛西在上班。她坐在当地图书馆接待台后面，这是她在保罗去世后做的兼职工作。保罗死后，她马上发现自己一个人管不了整个店。她想把店让给儿子，但他俩谁都不要。丹尼斯只要为《工艺品、考古珍宝与古器物》杂志撰稿就心满意足了，还计划着要继上一本之后再写一本书。伦尼呢？身材走形，体重超重，永远没个正经，很努力地不要工作。一份需要责任感的真正的工作会妨碍这位自由摄影师离异后极简的生活方式。因此黛西把店面连同楼上的公寓一起出租，开始靠这笔收入过活。图书馆的工作只是为了出出门，与外界接触接触，让她动动脑子。

在畅销书还未上架前就先睹为快。

黛西看了三页房屋修缮手册，管线系统那一章。有人打断了她全神贯注的阅读。她已经盯着淋浴喷头和连接淋浴喷头的水管的图示看了半个多钟头，拼尽全力不让黑色的油墨晕染开来，使内容变得难以理解。所以这打断——一只放在她肩头示好的手——丝毫也不让人讨厌。扭头看见格蕾斯·帕克低头看着她。

黛西正准备回答自己为什么埋头阅读高深莫测的管线修理章节时，格蕾斯说的却是另一码事，让她大吃一惊："我要离开了，我想亲口告诉你。"

"离开？"黛西不知道她指的是否是离开这个房间。离开一天吗？永远离开吗？希望不是后者。

恰恰是后者。"我要退休了。"

退休！一时间警铃大作。黛西说不出话来。她确信自己的嘴大张着，合不拢。格蕾斯到底多大岁数？她一定比自己年轻，但是年轻多少？五岁？十岁？

"从今天算起两周后。"

黛西目不转睛地盯着格蕾斯的耳朵。过去她只是不经意地看过它们，但现在她忍不住要仔细端详。这个高挑迷人、体态优美、肌肤光滑、几乎没有皱纹的银发女人长着黛西生平所见过的最尖的两只耳朵，它们附在她头的两侧，宛如街头艺术家或政治主题漫画家为了夸张的喜剧效果而创造出来的。黛西看得出格蕾斯试着用头发盖住这对耳朵，但在这把年纪这是难以完成的任务。年轻时她或许能轻而易举地藏起耳朵，但年龄的增长会持续不断地暴露出各种问题。在我们最需要的时候却丧失了依靠。

显然，黛西盯着她的耳朵太长时间了。格蕾斯迅速伸出双手来护卫，抚平头发遮住耳朵。

被发现了。黛西羞愧难当，但立马回过神来，说："噢，格蕾斯，没了你，我的星期一和星期三就不再一样了。当然，我为你感到高兴，非常高兴。"

"谢谢你。干了这么多年，要离开真的很难，但哈尔和我觉得是时候了。我们要卖掉房子，买间公寓，然后去旅行。我们的四个孩子散居在世界各地，不如趁着身体还健康的时候开始享受人生。"

黛西善解人意地点头，说了些得体的话，表达了恰当的情绪。

她非常想回家。

黛西想不起来她上一次来五金店是什么时候。

撑着雨伞站在人行道上，瞪着五金店的橱窗，努力回忆。最后终于想起来，可能是数十年前某个星期六下午，她和父亲一起来过，当时她手里拿着一支葡萄味的棒棒糖，脚上穿着玛丽珍皮鞋[1]。不想把第二次的闪电造访拖得更迟，她走了进去。

漫步在货架间，就她所见，没什么改变。一样陈腐脏污的氛围，一样的灯光，一样的保证能处理你生活中任何问题的自信。黛西带着一台数码相机，里面有她家淋浴喷头的照片，她快步走向店面后部，找柜台里面的那个老男人帮忙——她很确定他比自己还要老。他仔细研究了她的淋浴喷头的照片，把她那台银色小相机攥在他发红的大手里，他有办法找出问题所在。

连接喷头的水管有个阀门，就是埋在墙里面的部分，它的垫圈一定磨损了。换一个很简单，没什么大不了的。只要把这个水阀垫圈换掉就是了。

---

① 对绑带鞋的美式统称，尤指那些低跟、圆面、脚踝搭扣绑带式的鞋子。

根本没用多久，换零件需要的所有东西都摊在了她面前的柜台上。那男人告诉她怎么换——缓慢而耐心，好像他的时间多得用不完，或许确实如此，因为她是整个商店里唯一的客人——向她保证一小时内就能轻松完成。没有表现出对她能力的丝毫怀疑，这一点她将永远感激在心。

同时她也永远为此感到困惑，认为他不是瞎了就是疯了，但无论如何，在当下那一刻，他为她注入了一针强心剂，她对他深信不疑。

又一个星期六如约而至。雨，还在下个不停。丹尼斯的来电像发条钟般准点。早已有准备的黛西，拿起话筒，说她已经找到人帮她刈草，他不必再为这样的事情劳神。感谢他长久以来的帮忙。

她的惊人之语遭遇一阵沉默。接着是一连串的语无伦次、询问、道歉。丹尼斯觉得母亲的话是一番指控，然而渐渐地，重新考虑后，发现这做法相当合理。何不就找个小孩来刈草，付他个几英镑？丹尼斯突然间很高兴听到这消息。只字不提卡里利恩，反而谈到定于次日举办的加布里埃尔毕业庆祝派对，说他三点钟会来接她。挂了电话，满脑子都是待办事宜。

黛西又高兴又难过——高兴是因为她终于把找个小孩来帮忙刈草这事说出了口，高兴是因为丹尼斯接受了。而难过则是因为这全是捏造的，其实她根本还没开始找人来刈草。幸好有这雨，如果雨一直不停，她就一直不用做这件事。

她走进浴室，不理会越来越频繁的水滴声，做好准备去俱乐部用午餐。跨过她三天前就摆在那里排列整齐的修水管的零件和工具，暗自许诺星期一早上首先就做这件事，然后再去上班，还有，参加格蕾斯·帕克的退休派对。

3

没什么大不了的。只要拧开螺丝从墙上取下喷头，透过喷头轴柄，找到水阀里磨损的垫圈，拉出来，换上个新的，把喷头安回去旋紧就行了。

没什么大不了的。

这是星期一早上要做的第一件事。黛西喝茶吃面包时，想着她修整喷头的工作。一边洗盘子和茶杯，一边思忖着她需要一件合适点的工作服。

走向衣柜，往里看，一无所获。衣服都太好了。肯定没有哪个修水管的会穿上那么好的衣服开始一天的工作。转向五斗橱，彻底翻找，不确定自己要找什么，但感觉看到了应该就会知道。

没发现适合修理浴室穿的衣服，倒是找到消失多年的粉红色毛衣，现在想起自己曾经多么喜欢它。还记得是为了他们的西班牙之旅买的这件衣服。脑海中掠过巴塞罗那户外咖啡馆的画面——那件毛衣、大大的白框太阳眼镜，还有饰以粉红色缎带的遮阳帽。把毛衣拿出来，想着多特去西班牙度夏是多么不巧，也许不只这个夏天，之后的每年夏天她都会去，毫不知情地扼杀了黛西煞费苦心想出的唯一可行的计划，逼得黛西把旅行丢进记忆的狭缝，而不能成为即将来临的期待。

这当然不是多特的错。是黛西的错，她心里清楚。她应该找适合单身人士参加的旅行团。她想，或许该这么做。

接着又想她绝对不会这么做。这辈子她都不曾单身旅行，现在也不可能开始单身旅行。

她把毛衣放进要送去干洗的衣服堆里。随后，黛西出了房间往地下室去，告诫自己可别把早上的光阴浪费在寻找修理时要穿的衣服上。她必须动手修理，因为如果她能对螺丝起子、锤子、钉子和钳子等基本工具稍微上手，她就可以留在房子里，把丹尼斯和阿曼达送走，自己来决定是否离开或何时离开。

走下通往地下室的楼梯，这个旧煤窖已经被改建成洗衣间和储藏室。想起保罗曾经穿过的一条旧工装裤，觉得她或许能够把它找出来穿上，因为这裤子是用肩带吊住的。穿件他的衣服可能会感觉好些，他会协助她换磨损的垫圈。

地下室里很潮湿。雨下个不停，怎能不湿呢？

她打开灯，站在那里看着一堆箱子——有些是保罗的，有些是她的。心想看看保罗的箱子里有些什么应该很有趣。他不喜欢囤积东西。七十八年的人生浓缩成几个箱子。黛西走向第一个箱子，寻找类似标签的东西。没有任何标记。找到一些她的箱子，都是她的老宝贝，但现在她甚至不确定里面是什么——除了其中一个。她认得这一个。这箱子自从封起来的那天起就没有再打开过，里面装着一个珠宝盒。

黛西打开保罗的一个箱子。保龄球鞋，他的和她的。下面是溜冰鞋，一双黑的，一双白的。还有滑雪裤和滑雪夹克，加上几顶样式不一的帽子、围巾、手套。黛西想起他们曾去圣莫里茨滑雪，这些就是在那儿买的。自己可能再也用不上箱子里的任何一样东西了，都捐出去吧。

盖上那个箱子，打开下一个。多年来累积的旧圣诞饰品。黛西把它们拿起来，仔细端详、抚摸，一时间沉浸于回忆中。关上箱子。继续寻找，意识到时间在不停地流逝。旧的园艺工具、园艺手套、原封不动的袋装种子。没有工装裤。

下一个保罗的箱子里装着小宝宝的东西。泪水涌上眼眶。他还留着他们的婴儿毯！黛西吸了一口气，手指抚过伦尼的毯子，再是丹尼斯的。保罗是如此的感情细腻，惹人爱怜。

她喜欢有小宝宝，真希望那些日子永远不要结束。她或许并不确定是否要结婚——的确，她极为不确定——但她丝毫不怀疑自己想成为母亲。心里一软，再次把婴儿毯握在手里。闻闻两张婴儿毯，想搜寻小宝宝的气息。没有小宝宝的味道，只有刺鼻的霉味。暂且把它们放回去。

下一个箱子，她自己的箱子，她的结婚礼服。再度看到这件衣服感觉真怪，还记得那时候穿上它的感觉。内心的冲突，她母亲的不耐烦。黛西颤抖着，脑海里浮现出母亲的脸庞。

缓慢地从箱子里拎起礼服，举到齐肩高，倾身向前看它垂落的样子。她很爱这件礼服，上面有小小的人造珍珠，还有蕾丝高领。不知道还合不合身。感觉应该还能穿得上。

做了件她没预料到的事。

试穿礼服，就在那阴暗的地下室里。脱下睡袍跨进礼服里。从睡袍到礼服，甚至没有停下来想想这有多可笑。穿就是了，再次感受这件衣服。

低头看裙摆，下摆碰到地下室的地板。瞄了一眼背后。想象此刻两个儿子看见她。想到他们会怎样看她，笑了。

脱下礼服，整齐地放回箱子里，她的心思飘回那个还没打开的箱子，装着珠宝盒的箱子。转身面向它。

打开，瞥一眼箱子里，看见了放在其他五花八门的东西中间的珠宝盒，时隔将近六十年。伸手去拿，把它拎出来，拿到楼梯上。先放在那里，等她找到工装裤之后再一起拿上楼。

在楼梯上看到的某样东西让她想起五金店那个老男人叫她做的事。她照做了，把总水阀关掉。

感觉自己像个水管工人。

随后又开了三个箱子，找到了保罗的工装裤，把它和珠宝盒一起带上楼——还有别的东西：婴儿毯。带到她的卧室，她满怀失而复得的宝物。工装裤搭在椅背上，珠宝盒搁在床头柜上，婴儿毯被悉心地放在床上。

黛西，后退一步欣赏婴儿毯。在它们的新家里。

半个小时之后，她穿上工装裤。旋下淋浴喷头，取出磨损的垫圈。踏脚凳搬进浴室。黛西站在上面，一只手撑在白色的浴室瓷砖上，另一只手的指头左右探摸，好确保新的垫圈平顺地放在正确无误的地方。爬下凳子拿来手电筒，往里探看。

看起来不错。黛西很兴奋，把淋浴喷头装回去，旋紧螺丝。

她做到了。再次爬下凳子，站在浴室地板上，抬头看着淋浴喷头，祝贺自己。它看起来完全没问题。时间一分一秒过去，没有滴水！

接着，恍然大悟。她已经关掉了总水阀，当然不会滴水。迅速回到地下室打开总水阀，然后快步回到浴室观察有没有水滴。

没有滴水！这下子她可骄傲了。

站在那儿，任时光飞逝，自得其乐。她可以自己学会做新的事情。等不及想告诉丹尼斯。她要立刻打电话给他，叫他明天晚上过来看她的丰功伟业。他一定会大吃一惊！

又骄傲又开心地跑回卧室，把工装裤脱掉，穿上工作服。

什么事都破坏不了黛西的好心情，因为长久以来她都不曾感觉那么好过。在格蕾斯·帕克的退休派对上，格蕾斯在黛西身旁低语，指出代替格蕾斯位置的那个人。黛西看着新“格蕾斯·帕克”，她毫不焦虑。当黛西听到比她年轻五十岁的新“格蕾斯·帕克”兴高采烈地谈起他们即将应用新技术来改善并更新图书馆时，黛西也不慌张。而当她听到格蕾斯更远大的退休计划时，黛西也并不觉得特别心痛。

她反而想聊一聊修水管的事。

想象自己回去找五金店的老男人，跟他讨论。或许再挑些新工具或为自己买个小工具箱。然后问问他认不认识什么人能给她刈草。此时她已经深信不疑：五金店真的能解决生活中的所有问题。

不过黛西离开图书馆后，累得什么事都做不了，只能回家。回家后她的精力只够让她准备个简单的晚餐，看会儿电视，喝君度橙酒，读些不费神的书报，然后早早上床。瞥见床头柜上的珠宝盒，没力气打开看。已经过了这么多年，再多等一天也无妨。

上床，盖着她的新毯子。把婴儿毯往上拉，靠近自己，贴着脸颊，不理会那股霉味。在温暖的毯子底下慢慢入睡。

重温一家四口的感觉——当时她是很多个生命的中心。

4

很难说哗啦啦的水声闯进黛西·菲利普斯的梦境到底有多久了，不过有件事却毫无疑问：在所有惊醒的情况里，目前这种状况肯定名列前茅，因为在“逼近的重型炮弹”和“十英尺高的火焰”后头，紧跟着的就是“奔流的水”。

有好长一段时间，她无法理解这是什么声音，又是从哪儿传来的。黑暗中，她躺在床上，试着解开这个谜团。猜测是外面在下暴雨吧——外面一如既往地在下暴雨——然后，惶恐不安地两耳轰鸣：不只是外面。

屋内也在下暴雨。

强烈的恐惧在体内蔓延。下床，穿拖鞋，裹上睡袍。越往门厅的方向走，水声越大。循着水声，来到地下室门口。开门，停下聆听。没错。她打开电灯开关，往下走。

水，到处都是，深度可用英寸衡量——好几英寸，淹过整个地板，漫延在墙壁之间。

她站在最后一级楼梯上，倒吸了口气，试着理解事态的严重性。祸不单行的是不能打电话给丹尼斯，得完全靠自己处理问题。必须自己弄清楚水是从哪里来的。屋里？屋外？还有，她到底该怎么办？

发现了：水从头顶的横梁上流下来。为什么？为什么从那里流下来？横梁漏水了吗？

水淹得很高，黛西看见对面墙上靠着的梯子，毫不犹豫，一脚踏进深及小腿肚的冰水里，涉水横穿地面，拿到梯子。把梯子架在木梁下方，如瀑布飞溅奔流的下方。爬上第四阶，抬头查看，寻找横梁或上方的地板是否有任何破洞。发现的是完全没想到的状况。

水，不是来自横梁，而是冲到横梁上。一道来自他处的强大水柱直冲横梁，弄得仿佛是横梁漏水。黛西的目光循着水柱来到洗衣机处。水从洗衣机后方喷出，成斜角向前，横跨半个房间，直击头顶的横梁。

黛西开始往下爬，不过还没到底。

这救了自己一命。

因为突然有东西爆炸了。

黛西在梯子上摇晃，紧紧抓住梯子两边，手指使劲按进玻璃纤维，指尖泛白。惊恐万状的她，眼睁睁看着保险丝盒短路。疯狂的火花一阵噼里啪啦，朝四面八方射出去。黛西吓得不敢呼吸，吓得纹丝不动，惊骇地看着保险丝盒上演这场狂暴的演出。

最后，保险丝盒好像精疲力竭，终于安静下来。静悄悄的，只有无情的水依旧从横梁奔流而下，在她近旁倾泻如瀑。

黛西屏住呼吸，一动不动。脑中将刚才发生的事重新滤了一遍。意识到了危险，危险环绕着她。危险就在水里。这水，现在不仅冰冷无趣，它的不受欢迎指数节节上升——到达顶点，足以致命。

水里的电可能会把她电死。

当天晚上七点后，丹尼斯发现了黛西，他几乎认不出她来。

她没来应门，因此他径直进到屋内，纳闷房子里怎么这么黑，为什么所有灯都关着，还有她说的“惊喜”是什么。他立刻听到了水声。呼唤她，跟随奇怪的声音来到地下室，边走边猜想着，这片漆黑和这水声是她头一天晚上打电话给他时保证他会见到的“惊喜”中的一部分——不管是怎么样的惊奇。

丹尼斯看到的确实是惊人之事，但毫无“喜”可言，令他震惊的程度超乎能想象的任何事。他的双眼这辈子都不曾将如此阴沉沮丧、悲惨到家的画面传递给他的大脑去处理过。

水漫过地下室楼梯的第四级，他的母亲在那边，在梯子的最高一阶上，尽可能地缩起双腿蜷成一团，语无伦次。她的下巴打着颤，牙齿打着战，含糊不清地念叨着什么。

丹尼斯唤着她的名字，说：“是我，丹尼斯。你听得见我说话吗？”对她叫喊，惊慌不安地叫喊，在近乎一片漆黑中，一遍一遍地叫她。得不到任何回应。梯子转向一侧，她朝着对面的墙壁。就算他上蹿下跳也没办法吸引她的视线。他能做的只是站在那儿大喊，希望她振作起来，注意到他，这样才能向她担保没事了，他在这里，他可以求助。

他从口袋里掏出手机，快速摸索按键，打电话给消防队。

等待他们前来的几分钟漫长难耐。在这点时间里，丹尼斯试着推测这可怕的事情是怎么发生的，试着引起他母亲的注意，用不同声调高声喊她的名字，希望能刺激她，让她回过神来。

然而她只是不停地念叨着。丹尼斯听不清她的声音，弄不明白她在说些什么。他似乎听见她重复着一个名字：迈克尔。迈克尔是谁？

消防队员到了。一大群穿着制服的男人伴着极大的声响，带来了水管、面罩、装备。他们见到眼前的情况之后，所有进程戛然而止。电力工程人员到达之前，没有任何人会走下楼梯。水“很危险”。

因此，丹尼斯必须继续等，当他们打电话给电力公司并叫救护车时，他无能为力地在一旁待着。踱着步，熬过这漫长的灾难，直到电力公司工作人员到来，切断屋里的电源，消防队员们才终于能走下楼梯，拯救他的母亲。

在消防队员健壮的手臂里，黛西看起来像个湿漉漉的小布娃娃。消防队员抱着她涉水而过，安全地交给医护人员。丹尼斯看着他们把她轻轻放在待命的担架上，给她服用镇定剂，摇摇晃晃地抬着担架——这无疑是雪上加霜——冒着滂沱大雨送到路边已经发动起来的救护车上。

然后，丹尼斯回过身去开始处理她为他准备的“惊喜”。

七十七岁的黛西·菲利普斯在梯子顶上待了十一个小时又二十七分钟，俯瞰着死亡。五十五岁的丹尼斯·菲利普斯不知道该笑还是该哭。待医护人员、电力工程人员和消防队员全部离开，待他关闭总水阀，房子里只剩下他一个人的时候，他坐在地下室楼梯的最高处，朝下瞪着宛如石油般的黑色水面，让夜的黑笼罩着他。他就是无法释怀。他窥探着内心的那些角落，那些因数十年未曾造访而布满蛛网的角落。他深爱自己的母亲，而他又许久、许久没有像此刻这样爱她。感觉到完全的爱，彻头彻尾的爱，势不可挡地复苏了。仿佛她刚才过世。他坐在楼梯上，对她的全新的爱意灌注全身。一波又一波的感恩与宽慰。

当一波又一波的感恩与宽慰开始消退时，愤怒咆哮着进入内心。她怎能如此愚蠢？她怎能如此行事？他还不知道是件什么事，但不管是什么，一定是件蠢事。

不过丹尼斯也意识到，至少现在她会愿意把房子卖了。或许这件糟糕透顶的事正是她所需要的——当头一棒。因为，毫无疑问，他不得不离开利物浦。生活开销太大了。他的工资收入加上两本非虚构类书籍——其中一本还是畅销书——的版税，与他直线上升的消费相比，两者之间的鸿沟大到他无以为继。要么降低支出，要么增加收入，好似都无可能。最近他的演讲邀约骤减，他只好抓住一线希望，希望搬往切赛克斯能缓解他们的财务困境，希望环境改变能推他一把，让他再写出一本书来，希望在那儿他能够找回他失去的知识能量。

因为阿曼达花了他太多钱——倒不是说他有一丁点后悔娶她。他们第一次交谈结束时，他就爱上了她，那天他演讲完后她主动去找他，他们共处的两年时光非常美好。她在一天——状况好的一天——之内对他表达的爱意，比他那自私又自大的前妻在他们整整二十二年婚姻生活里所表达的还多。只不过阿曼达实在太爱花钱了。

比如她的头发。早在他还没机会抚摸她的头发时，他就梦想着能触摸，到现在他还是不放过任何握着她头发的机会，即使在睡觉时。他喜欢把它们盖在脸上进入梦乡。但这头秀发的花费可真高！他之前绝对无法想象。她试着贡献一己之力，靠教瑜伽赚点钱，但不消说，她完全是入不敷出。

丹尼斯拿出手机，告诉阿曼达发生的一切，猜想此刻她也许在外面，在某个地方，带着信用卡。

5

黛西在医院里住了三天，康复身体。

头两天都在睡。

第三天，黛西能坐起身来，自觉内疚、懊悔、愚蠢。她的访客有丹尼斯、阿曼达，还有加布里埃尔，以及伦尼。伦尼比其他人晚到三小时，兴高采烈，将黛西一把拥在他壮硕的臂弯里，热情地亲吻了她的两颊，才轻轻把她放下去，靠回硬邦邦的医院枕头上。跟他一起来的是个陌生人——他的新女友萨拉。伦尼作介绍时，所有人的目光都集中到萨拉身上：大家都暗自纳闷伦尼是否发现这个新女友打破了他过去交往的类型——首先是她的年纪，显然和他差一大截。还有她的发色——天然的棕色。她的衣服很衬她，仿佛是专为此刻的她而非之前的她所挑选。还有她的整体形象——比他众多前女友中的任何一个都更聪明、更热心，显然也更迷人。

大家在黛西的私人病房里闲聊，客气地共用数量有限的椅子，轮流坐，改变位置。加布里埃尔坐在床尾。

黛西起了几个话头，都无疾而终。谈话反而依着自己的步调兜圈子，围绕着黛西希望永远不要出现的主题。

对话是这样的：

加布里埃尔：我觉得很酷，奶奶，您在梯子顶上苦撑了一整天。

所有人点头称是。

黛西：害这么多人统统跑到家里来，我觉得糟透了。你们能想象吗？消防队员、电力工程人员、救护人员，全都在大雨里出动，就为了营救一个被困在自家地下室里梯子上的笨蛋。

伦尼：那不是你的错，妈。任何人都可能碰到这种事。

丹尼斯：只不过是她把总水阀重新打开时，洗衣机水管突然爆裂了。应该是再次产生的压力造成的。

伦尼：那又怎样？她只是关了总水阀，然后再打开，随便什么人都会这样做的。我以您为荣，妈，您把垫圈换好了。

黛西微笑。同样很自豪，直到她想起这件事的后果。

丹尼斯：我承认电线短路造成配电箱爆炸是有那么点运气不佳，但如果没动总水阀，这一切都不会发生。您太疯狂了，妈，以为您自己可以处理这类事情。

伦尼[耸耸肩]：这可很难说。或许在那一刻，水管无论如何都会爆开，谁知道呢？旋开总水阀又不需要任何特别的技能。

加布里埃尔：我觉得这很酷，奶奶，您在梯子顶上苦撑了一整天。

所有人点头称是。

丹尼斯：所以呢，我想现在我们一致同意，妈不应该一个人住。我们正是要坚决设法避免这一类的事。尽管这话听起来有点唠叨了，我还是要再次提到切赛克斯。

伦尼：那就别提了。妈不想去那儿，对不对，妈？

“我，嗯，那个……”黛西在脑海中搜索，从各种礼貌、圆滑的回答中进行筛选，强忍着大喊她实在不想去的冲动。感觉到阿曼达的目光在她身上，那目光仿佛真的有份量似的压迫着她。

伦尼［继续说］：看吧，她不想去。［更仔细地凝视着黛西］对不对？老年公寓？这可不像您的风格，妈。您不是真的想要那种生活，是吧？而且，那里太远了。

丹尼斯：离哪里太远，伦尼？

伦尼：离我太远。［回答简短］

丹尼斯［恼羞成怒］：你支持她留下来，说得倒轻松啊，伦尼。你上一次帮她做事是什么时候？她上一次打电话叫你帮忙是什么时候？

伦尼［张大嘴露出心虚的笑容，用又大又肥的手指头抹着嘴。］大概是撒切尔夫人当首相的时候。

黛西：那些可怜的消防队员可能会一辈子谈论这件事，一个愚蠢的老太太困在梯子上的事。

加布里埃尔：也许吧，但我觉得这很酷，奶奶，您在梯子顶上苦撑了一整天。

所有人点头称是，然后他们开始再说一轮。在漫长的午后光阴重复同样的对话，聊到天色渐暗的傍晚时分，直到伦尼、萨拉和加布里埃尔道了再见，而阿曼达——她有一头浓密亮泽的红发，琥珀色眼珠，身躯瘦长，修长的脸上长着尖细鼻子——正在翻阅时装杂志，是看照片，不是读文章，新的话题冒出来了，打破了重复的模式。

对黛西而言，真是太棒了。

丹尼斯一脸茫然地盯着电视——正在播放晚间新闻，突然转问他的母亲，说："顺便问一句，妈，迈克尔是谁？"

"迈克尔？"黛西眨眨眼。

"您胡言乱语的时候一直在说'迈克尔'什么的，在我发现您那会儿，您不停地说着'迈克尔'，还有一个盒子或一块手表什么的。"

"我有吗？"黛西故作困惑。

丹尼斯点点头。

"知不知道您可能在说谁？"

黛西摇摇头。

她当然知道。

她认识这个人：迈克尔·贝克。一九四五年。认识保罗多年之前。

一个美国士兵，非常英俊，是美国式的英俊，像电影明星。像加里·库珀[①]。一张平易近人、坦率诚实的脸，喜怒皆形于色。让黛西感到讶异的是一个士兵会有这种特质，她一直认为他们的脸是石头做

---

① Gary Cooper (1901–1961)，美国著名电影演员，他演活了奉行自我原则、在无意识中成为英雄的平凡人物；曾五次获得奥斯卡奖提名、三次获奖；代表影片有《正午》、《战地钟声》等。

的。他的制服是深绿色的。还记得他穿制服给人的感觉：无比重要，属于某种本质上的东西。能干、强壮、聪明、有胆识、有勇气。有备而来，一无所惧，但并非轻率鲁莽。

黛西躺在医院的病床上，回忆第一次看见他的情景；她确信当时自己的心跳暂停，随后又以三倍的速度继续跳动。他只不过是来买一份报纸、一杯茶、一个蛋挞。可对黛西而言，他的每个动作都充满魔力。那么高而宽阔的肩膀。他的手和手指强壮、漂亮，完全不同于跟她同校的那些男生。体型也一点儿不像村里的男人。他怎么会有那样宽的肩膀？那么深的眼睛？那样神气的下巴？他一定是个电影明星，那是她的第一个念头。他一定是来拍电影的。她感觉得到自己的脸红得发烫，她既想扭过头，躲起来，逃走，却又无法从他身上移开目光。他的吸引力太强。

他不是来拍电影的。他和朋友一起来，一个美国士兵，吉尔伯特·吉尔摩。他们获准放几天假，搭乘火车、公共汽车和轮渡，一路从默西河对岸，距离利物浦二十五英里远的美军伯顿伍德的沃灵顿空军基地过来，探望吉尔伯特住在兰开夏郡的母亲，而黛西父母开的面包店就位于这儿。

吉尔伯特去了他母亲家。迈克尔走进了面包店。

黛西情不自禁地凝望着他。她长到十八岁从未见过如此完美的人，而此人就在眼前！自己的父亲在招呼他！这个男人，这位士兵，这件艺术品，正坐在其他凡夫俗子通常坐的地方。她假装在忙，几乎无法呼吸，在他吃东西的时候偷偷瞄他。

她父亲跟他聊了起来。黛西专心地听着，一字不落。这两个人很难听明白对方的话，虽然讲的都是英文，但他们的发音有着天壤之别，几乎是两种不同的语言。他们都不得不讲得很慢很慢，注意每个单词的发音，有时甚至得拼出来。当他把名字告诉她父亲时，黛西用舌尖慢慢品味这个名字——迈克尔·贝克，仿佛那是颗糖果，是一种只在星期天才能吃到的特别甜点。

迈克尔问她父亲镇上有什么事可做。他说他将在这里待上四天，虽然他借住在吉尔伯特母亲家，但他想给朋友和家人一些独处的时间。他想知道附近有没有钓鱼的好地方。他说天气如此之好，他想待在户外。

黛西的父亲跟他说，他可以帮他准备好钓鱼需要的所有配备，而黛西可以领他去附近最棒的钓鱼点。当迈克尔扭过头来看她时，黛西觉得自己已经很红的脸庞竟然不可思议地变得更红了。她感觉热度使自己的颈间和耳朵发痒，感觉五脏六腑如黄油般融化了。迈克尔微笑道谢，说这样太好了。

她父亲带他去店外的小棚子时，黛西清理着他用过的盘子和茶杯。她盯着他吃剩的面包屑，很想吃掉它们，把它们吸进肚子里。但她什么也没做，只是把面包屑擦进垃圾桶，把盘子洗干净。黛西还记得他们一路走去湖边时进行的那段难熬、笨嘴笨舌、结结巴巴的对话，还记得他是如何问她愿不愿意在他钓鱼时陪他坐一会儿。她是如何一言不发只顾点头，拘谨地坐在树下的石头岸上。

她是如何在第一条鱼上钩之前就被他牢牢捕获。

黛西从病床上起身，她对此确信无疑：他也爱她。他叫她小宝贝。他俩肩并肩坐在钢琴凳上，他为她弹奏好几个小时的钢琴。他表演扑克牌魔术给她看，在军装口袋里藏了一堆樱桃口味的棒棒糖，买麦提莎巧克力跟她一起吃。他把袋子里最后一颗融化了的牛奶巧克力分成两半，然后把他自己的那一半再分一半，送进她的嘴里。

战争结束，迈克尔要回家了。他明知不应该，还是来找她。最后一晚他溜出基地，在黑夜里长途跋涉，搭火车、公共汽车和渡轮，三更半夜到她家。他轻敲她卧室的窗户，小心翼翼，不惊醒其他人。黛西轻轻地开了窗，他爬进来。他单膝跪在蓝色编织地毯上，握着她的手，细看她的手指，用他细长有力、音乐家才有的优美手指划过她的手指。接着他清清嗓子说全世界没有任何一个人和她一样，在美国或是其他任何地方都是如此，在这个世界上他最想让她成为他的妻子，然后当场向她许诺了永远，不管她是否同意成为他的妻子。

黛西想起了他，他的眼睛，他呼在她脖子上的气息，此刻全都回到她的脑海里了。犹如水龙头被打开，各式各样的东西奔涌而出。想起了当他对她说着那些话时他看着她的样子——英俊、坦诚、强壮。还有他低语时的声音，是如何因为感情充沛而哽咽，以及她是怎样动弹不得、呼吸不了。一切都沉寂无声。没有上浆的亚麻床单或棉质睡衣的窸窣声，没有地板的咯吱声。从那些话语离开他嘴唇的那一刻直到她开口，仿佛一切都被抽空。

想起了她是如何点头同意，当然，她即刻就同意了。他的话是一场成真的美梦。穿越时空，从病房重回昔日的卧室，降落在她的床上。感觉他的胳膊环绕着她，他的身体压在她上面，他的气息在她的脖子处。他在她耳边一遍又一遍柔声诉说着喜悦，颤动温热的感觉在她的耳后方，以及她腹部很深、很深、很深的地方。

他们是这样计划：迈克尔先回到纽约的布鲁克林，找工作，成为钢琴师，演奏兼教琴。黛西回忆起他在她父母家弹琴的情形。基地没有钢琴，他就用他们家的。他的手指梦幻般地扫过琴键，仿佛赐予钢琴以生命，没有其他人能做到这一点——之前没有，之后也没有。回忆起他有多担心带她漂洋过海，远离她的家人，却无法养活她。还有，当然，她母亲不会伸出援手。她对他始终不友善。至多是冷冰冰的礼貌。她警告黛西不要认真。但黛西把她的话当成耳边风。黛西愿意跟随他到天涯海角。

他做的最后一件事就是取下他的手表，套在黛西的手腕上，告诉她订婚戒指只能用手表来代替。他说他身上最重要的东西应该送给对他来说他最重要的人。

他每天写信，长而热情洋溢，谈她，谈他们，谈他的钢琴比赛，谈他想办法招学生，还有他是如何数着日子，直到他能够回利物浦来接她，带她回家，娶她为妻，成为她的丈夫。

然后他不再写信，非常突然。几个月来每天一封，就这么突然停了，没有半句解释。黛西写了一封又一封信，哀求得到他的只字片语，但毫无回音。没有任何来信。她不时写信给他的父母、布鲁克林市政厅、美军。一无所获。

黛西躺在病床上，她晓得，一部分的她依旧介意她从未得到他的解释，也晓得她很高兴她还拥有那块表，它现在正在家里床头柜上的珠宝盒里等着她。

6

黛西出院后两天，房子仍然无法居住。丹尼斯必须雇专人去清理地下室，修复配电箱。花费高得离谱，但他希望可以用卖房子的钱来贴补，而且现在他确信房子一定会卖掉。自从住院后，母亲就没有跟他争辩过这件事，一提到房子她就默不做声，认真地听他的计划和建议，一个拒绝的字眼儿也没有。

黛西在丹尼斯和阿曼达家住了两个晚上，一有机会就提议泡茶给他们喝。可谁都没有接受过。第二天晚餐后，丹尼斯和阿曼达走进客厅看电视，黛西先离开去冲澡。她对他们的淋浴喷头怀着新鲜、特别的兴趣。她想象得出墙里面的水阀是什么样子，她喜欢这种感觉。

冲过澡后，准备上床。必须把沙发变成床。她从柜子里取出亚麻床单时，丹尼斯走了进来。

“我来把床拉开，妈。它太重了。”

“别担心，丹尼斯，我行的。我之前已经拉开过这张沙发床很多次了。”她把亚麻床单放在沙发扶手上。

丹尼斯过来帮她，把他那头的坐垫拿掉。

黛西阻止了他，说：“拜托了，丹尼斯。让我来吧。”

丹尼斯往后退，把手插进裤子口袋里，看着她。

黛西深吸了一口气：“我得跟你说件事，丹尼斯。我改主意了，明天我不想跟你去看卡里利恩，也不去看你和阿曼达的房子。你们很周到，想让我搬到切赛克斯，但是没这个必要。你和阿曼达去就好，我自己在这里会没事的。就像加布里埃尔说的，不论年纪大小，没几个人能在我那样的处境下撑十一小时。”观察他的脸，读出他那藏不住的沮丧。她把另一个沙发坐垫拿开，整齐地放到窗户下方的地板上。

丹尼斯扑通一声跌坐在椅子里，上身前倾，揉着双眼。“您让我很为难。”

“我不是成心的，但我要留着那房子。我不能搬，丹尼斯。我一辈子都住在那里，我要在那里住到最后一刻。”黛西把手往下伸，想把折叠着的床垫拉开，用力拖，但只移动了一点点。使出全身力气，它还是几乎一动不动。“星期二的时候我差点就死了。”

丹尼斯看着她，强忍住帮她的欲望：“我知道，这正是我想要说的。”

黛西呻吟着，鼓足力量——毫无用处。她咬着牙根说：“没错，当我在那架梯子上时，”她发出一阵呻吟，“我下定决心，如果我活着离开，就不去老年公寓。我不需要选择容易的路走，丹尼斯。我想要好好地活，过真正的日子，直到生命尽头。”

丹尼斯看着，同情她与床垫奋战，心痛地看着她即使不可能成功也不甘愿放弃。他让自己留在原地不动。他说：“我根本不是暗示您去自杀，老年公寓和放弃生活天差地远！但您都快八十岁了，我怎么能搬到英国的另一边，把你独自留在一幢房子里？再说，我以为您会欣然接受轻松生活的机会。”

黛西用力拉，再用力拉。一心想把床垫扯出来，让他看看她做得到，但她做不到。她力气太小，没法把床垫抬起拉出。她别无选择，只能承认挫败，当着他的面。黛西别过头，隐忍住泪水。

丹尼斯一句话也没说，他走过来，只用一只手就拉出了床垫。

五小时的车程，他们离开利物浦时还在下雨，切赛克斯是晴天，光是这一点就让这趟旅程很值得。黛西坐在车子后座，拒绝让旅行的目的给她造成压力，拒绝因为去切赛克斯而生自己的气。跟自己说不是一直想出去走走嘛，这就是了。

阿曼达忙着听音乐，轻松地唱着歌。黛西不止一次感到好奇，为什么这位美丽的瑜伽老师只有三十多岁，又没孩子，会嫁给这个长相虽然不错但绝非什么白马王子的古董专家兼杂志撰稿人，而且比她还大十七岁？她是否满足于当一个二十二岁孩子的继母？或者还会有更多孙辈相继出世？丹尼斯又是怎么想的呢？这把年纪的他还想再当爸爸吗？黛西很乐意知道，但她当然绝对不会问。

卡里利恩之旅进行得相当顺利。公寓干净、明亮且令人愉快。之前丹尼斯很担心会看到无精打采的人晃来晃去、虽生犹死的样子，但没有。黛西非常惊讶地发现这是个很舒服的地方。她被领着去参观一室与两室的公寓。两室的公寓甚至还有小阳台。

随后，他们回到车上，黛西拿着更多五颜六色的小册子。在小餐馆停下草草吃了点东西，聊着卡里利恩的优点。阿曼达吃得很快，兴奋地把挑选出来的房子给丹尼斯看。有六间符合条件。

吃完饭。黛西掏出钱包来付账。丹尼斯阻止了她，说带她大老远横穿整个英国是他的主意，这餐应该算他的。黛西说不行，把钱丢在桌上，丹尼斯把它推开。黛西不肯把钱收回，一再说她不会收回。

她没有收回。这钱暂时被遗忘。他们的注意力被有争议的账单引开，侍者多算了一盘没有端上来的香肠。丹尼斯帮侍者重新算这一餐的钱。黛西看到阿曼达悄悄地把被遗忘的钱攥进手心里。

然后放进她自己的钱包。

回利物浦的路上，黛西坐在后座。六间房都被否决了，全都太贵。她听着丹尼斯和阿曼达讨论，看着他们各执一词。

黛西默默哼着歌儿。她很开心，因为自己成功地将参观卡里利恩的行程当成参观蜜月套房之旅，而这一趟反而变成丹尼斯和阿曼达的苦差事。

7

黛西回去上班。在图书馆里——格蕾斯·帕克不在了。

想念格蕾斯·帕克。

唯一一个问她为什么休病假的是门卫老乔，九十一岁了，没请过一天假。有他在图书馆，一直都让她感到很安慰。

老乔倒废纸篓时问她为什么没来。黛西告诉了他水淹地下室的整个经过。他听着，饶有兴致，瞠目结舌。说真的，这是个值得聚集更多听众的故事，可他就是全部的听众了。能有个感兴趣的人真好，但当天早晨的对话还取得了更好的结果。

黛西告诉他，丹尼斯施压让她搬家，以及自己最近信誓旦旦要留下却又摇摆不定——她是如何在一开始时斩钉截铁，但丹尼斯不断的反复唠叨如何开始削弱她的决心。她开始害怕，他或许是对的。告诉老乔现在她在认真考虑搬走，原本她一直无比抗拒此事。

老乔的反应是大喊一声“胡扯”，告诉她还有好些个年头要过，之后她才会不得不跟她的房子告别，没什么事情是她应付不来的。

他们讨论了新计划：老乔会叫他的玄孙，十五岁大的帕特里克，去帮她刈草。黛西提出十五岁可能太小了。老乔向她保证，他在帕特里克那个年纪已经在犁整片田地了，更何况，黛西走投无路。昨天和今天都没下雨——一个多月以来头一次，雨停了两天——而且天气预报说明天又会下雨。尽管黛西从来没有把心思放在安排刈草的时间上，甚至从来没有留意过刈草的频率，但她也能够判断出接连下了三十八天的雨之后，两个晴天的出现会让大家赶紧去拿刈草机。

老乔打电话给帕特里克安排好整件事。

黛西心情愉快。重拾信心。想亲吻老乔。

但她管住了自己。

黛西下班后重新回到自己家中。

自从被医护人员抬出去之后，第一次回家。转动大门钥匙时心情轻松。回家让她心情轻松。

准备好刈草机，放到屋子前面给帕特里克用。然后走进卧室，换下工作服。看见床头柜上的珠宝盒，伸手去拿。双手微微颤抖。打开它。

看见了手表。

门铃响了。是帕特里克。

黛西放下珠宝盒，匆忙赶去应门。看见帕特里克，她一阵狂喜，几乎要亲吻他。迅速地打好招呼握了手，然后开心地带他走向刈草机。

其实没什么好说的。她家草地的界限谁都看得出来。猜想他比她更懂得怎么操作自动刈草机——谁都比她更懂。

听到刈草机发出劈啪声、阻气阀的声音，接着是轰鸣声，她心头一阵宽慰——因为是帕特里克在刈草，不是丹尼斯。

站了一会儿，看帕特里克操纵刈草机推过整片高高的草地。她发现这工作不容易，因为草高得不得了，草下的地面又太湿。

“真糟糕，地面太湿了。”黛西心情愉快地说道，“要不是气象报告说明天会下雨，我们可以延后到地面干一点再刈。”

帕特里克点点头，用他还在发育的二头肌用力推动。聚精会神，不能闲聊。

“如果你有需要，我就在屋里。”

帕特里克再次点点头，使劲将刈草机推过又高又湿的草地。

黛西回到屋里，计算着这项工作还要耗时多久，她该付他多少钱——比她最初打算要付的只多不少。迈进卧房门槛，帕特里克和草地的事儿从她心里消失得无影无踪，取而代之的是那个珠宝盒。

再次打开，端详那块表，让她诧异的是它看起来并不眼熟。黛西坐在床上，坐在婴儿毯上，细细打量表面上的所有细节：指针、数字、表带、搭扣。在她的记忆里，表面很小，实际上却很大；记忆里表带是皮的，实际上却是银的；记忆里数字是由黑线表示的，而实际上是罗马数字。

仔细检查，把表翻过来。

一股情绪波动。看见背面的刻字——她太过惊讶，一时转不过神来，无法理解。一遍又一遍重读刻字，她的手指滑过一个个字母，抚摸着它们，测试自己是否读得正确。她怎能忘记这种事？她怎能忘记这个刻字？

“献给迈克尔，祝好运。阿图尔·鲁宾斯坦[1]。”阿图尔·鲁宾

① Arthur Rubinstein (1887–1982)，波兰裔美国钢琴家，是二十世纪最杰出也是艺术生命最长的钢琴家。

斯坦！

她双手颤抖着，心思穿越高低起伏的岁月，飞回过去。拼命回想这样的信息于何时何地溜走，她怎能忘记如此重要的事实？

这是由阿图尔·鲁宾斯坦题赠的！那位阿图尔·鲁宾斯坦！

黛西完全茫然失措了。百思不得其解，仅仅模糊地意识到刈草机先前低沉而单调的声音现在已经变得尖锐刺耳。剧烈的拉扯，被拉扯在漫长岁月的两端，在自己的脑海里搜寻线索，然后才开始察觉到刈草机很不对劲的声响。发现这声响越来越大，最终达到家用园艺机器通常不会发出的超强音。这声音糟到黛西必须起身望向窗外。

发现帕特里克已经不在草地上了。帕特里克在她的花圃里。刈草机的轮子陷在泥巴里，没有抓地力地空转着。帕特里克拼命想把刈草机推出泥巴，让它回到草地上。

黛西看着他，把手表戴在手腕上，扣好，想起当初它被戴在她年轻得多的手腕上。仅有一半心思意识到自己在做什么，她的注意力分成两半，一半在戴手表，一半看见帕特里克无法把那刈草机从泥土里推出来。泥巴太深、太稠、太粘。引擎像涡轮增压器一样旋转着。

黛西跑到屋外，匆匆来到花圃。帕特里克脸上的表情复杂。

"你弄不出来吗？"黛西喊着，尽量不带责备的语气，尽管她不得不大喊大叫才能盖过刈草机的声音。

帕特里克摇摇头："它卡得很深，菲利普斯太太。"

黛西看得出它不只卡得很深，而且还卡在灌木丛里。前轮深卡在灌木丛中，嫩条和瘤状的树枝从刈草机身下方伸出来。"我来帮你。"黛西大喊着。

"或许你可以代替我站在后面，这样我就能把前面举起来，拖它出来。"

黛西点点头，站到他原本站的地方。注意到他陷在泥土里有三英寸深，料到自己也将如此。低头看自己的鞋子，不是破烂却结实的旧鞋子，还是她很喜欢的一双鞋。

做她该做的事。

脱了鞋，踩在泥里。接手控制刈草机，好让他移动到前面。握紧把手，她穿着长统袜的双脚站在温热湿软的泥巴里，看着他双膝跪地，设法把树枝从刈草机底下拉出来。树枝卡得很紧；不论他怎么用力拉，它们就是不出来。

黛西试图把手往下压，想着放低后轮就能帮他升高前轮。弄了半天只是让后轮陷得更深。黛西想提起把手，把刚刚陷得更深的后轮提起来。发现提起把手的唯一结果就是让自己更深地陷进泥土里。她凸起的踝骨现在跟她的脚一样，深深地没入神秘潮湿的泥土里。如果她抬起脚，轮子会陷得更深；如果她抬起轮子，她自己就会陷得更深。

她非大笑不可——就差一点，但没敢。帕特里克紧张得要命，全神贯注地努力拉，却毫无进展。

帕特里克终于注意到她也卡住了。他站起来，膝盖上满是棕色的污泥，滴着泥水。他来到她身旁，说："我想我得把您抬出来才行。"

黛西大笑，点头，示意他行动。帕特里克把她举了起来。他运气不错，她身形娇小，不过因为双脚牢牢插在泥地里，她变得重多了。帕特里克把她往上抬，黛西想帮忙，试着把自己往上拉，反而把帕特里克撞倒了。

两个人都跌倒了，就在一瞬间，跌到泥巴里。挣扎着想要脱离对方，脱离这场混乱。他们滑倒了，身上沾满泥巴，手脚并用地往安全的草地上爬。刈草机还在转个不停。后轮一直旋转，使泥浆飞到他们身上。

到达草地。他们头发上、脸上，往下到全身，一直到他们脚上，都是泥巴。两个人都笑了——笑自己，笑彼此的模样，笑出眼泪来。帕特里克把黛西拉起来，他两手托住她的腋下。黛西抓起自己的鞋，两人跌跌撞撞地从泥地里出来，往屋子走，让刈草机待在原地，它的引擎还开着，轮子仍在转。

黛西对帕特里克说：“我去拿毛巾。”

帕特里克点点头，跟着她进屋。

她把自己的鞋子留在门口，匆忙穿过门厅。帕特里克就站在门口，怕把泥巴带进屋里。黛西拿着毛巾返回，递给他一条。帕特里克把身上擦干。

黛西问他：“我帮你泡杯茶好吗？热腾腾的好茶。”

帕特里克摇摇头：“不用，谢谢你。”

“不麻烦的，你应该需要喝一杯。”

“不，真的不用。嘿，很抱歉，发生这一切。”他抹去脸上的泥巴，“草地上实在很难推得动。我必须很用力、很用力地推。”他无奈地耸耸肩，“我猜我滑了一下，所以才引起你到花圃里去的。我真的很抱歉。”

黛西说：“别担心，那里的花会再长出来的。”她的头发湿了，上面还有斑斑点点的泥巴；脸上也有许多泥巴。“抱歉，这是一项不可能完成的任务，你接下工作时绝对没想到会这样。”

“对，我是没想到。”他很不好意思，笑了笑，这完全出乎他的意料。

“你确定不用我帮你泡杯茶吗？只要一分钟就好。来杯茶对你有好处。”

“我想不要了。”他再次摇头，“我该走了，又要下雨了，而且可能不会小。很抱歉我没能把工作做完。”

“雨停之后你不能再来吗？”

“来不了了，我明天要去度假，八月才回来。”

黛西的脸拉了下来。草坪看上去比之前更糟；连一半都没刈完，一个刈过的之字形出现在高高的草中间。之前看起来像是有个邋遢、散漫的女人住在房子里，现在看起来住在房子里的是个疯子。

“抱歉，”帕特里克说，“我真的很抱歉。”

黛西：“我去拿钱包。”匆忙离开，带着一堆零钱回来。

帕特里克：“谢谢你。我想我应该去把刈草机弄出来，我不能就这样把它留在那里。”

“可它卡住了，对吧？”

“对喔。”

两个人站在那儿，考虑着。目光从双方身上移开。黛西低头看，看见了她已经忘记的东西。

那块手表还在她的手腕上。让她惊慌起来，立即检查它，看到它还在走时松了口气。黛西突然间明白了一件事：一块由鲁宾斯坦题赠的手表不应该在泥地里打滚，一块由鲁宾斯坦题赠的手表太过贵重，应该受到至高无上的对待。黛西惊讶于它之前所受的遭遇。对于她在手表和婴儿毯完全被水淹没的前一天恰好把这两样东西转移而心生敬畏，虽然婴儿毯能从这场劫难中复原，手表却不能。黛西思忖着，想象这表被封存半个多世纪之后，自己无意间在它被毁的前一天挽救了它。

帕特里克在等她告诉自己接下来该做什么，可黛西已经把刈草机抛到脑后了。她想着那块手表，想着好好地洗一个热水澡，想着洁净、干爽的衣服，还想着一杯热腾腾的好茶，以及提早来一杯君度橙酒。看着他，猜想他或许会用今天的故事打发漫长乏味的旅途，故事中他和一位光着脚的七十七岁傻老太一起在泥巴里爬行，这老太太的衣服、手、脚和脸又湿又滑，他们一起笑到流泪。

黛西说；“你经过的时候关掉它就好了，让那该死的东西留在原地。”

8

丹尼斯前往他母亲家，来解释一下电工和修理工人所做的每件事。到达时帕特里克正好离开，黛西还没机会把身上弄干净。结果，他看到母亲身上滴着泥水，看到刈成之字形的草地，看到刈草机卡在花圃里，看到他母亲对着眼前的状况咯咯笑。

他目瞪口呆，这下更确定他是对的，问她现在是否承认，她无法独自打理房子。

黛西优雅地笑了，说："没错，我想我是没办法。我放弃。你赢了。卡里利恩其实没那么糟，所以你继续，去把房子卖了吧。"转身离开，走进厨房烧开水，把泥巴从脸颊和肩膀上抹去。

丹尼斯跟着她进厨房。黛西说她要放弃房子，也不想跟卖房子有任何关系。在这件事进行的过程中，她一点儿都不想参与，为此她已经想出了解决办法。

她已经下定决心。

她要去美国，一个人去。

就告诉丹尼斯这么多。

不告诉他其余的部分，不说她要把手表还给迈克尔，或是如果发现他已经过世，就还给他的孩子，如果他有孩子。她下定决心，这块手表太过贵重，不能继续据为己有。现在她知道它是由阿图尔·鲁宾斯坦题赠的，她不能留着。它本来就不应该被封存在地下室那么久，要是她早知道就不会放那么久。但是当迈克尔把它套在她那少女的手腕上时——一边还在亲吻、流泪与发誓——她全然不知阿图尔·鲁宾斯坦是谁。她听都没有听过此人。她不知道他是二十世纪最伟大的钢琴艺术家之一。直到许久之后她才知道他，但那个时候，手表已经稳当地束之高阁，眼不见心不烦了。在迈克尔消失后，有很长一段时间她避免跟钢琴有任何瓜葛，她甚至连听到一个和弦都会觉得不舒服，但她保留了那架三角钢琴。在她父母过世后，得到那架钢琴的是她，不是她妹妹。迈克尔弹过的钢琴到今天还在她的客厅里。这块手表等待多时才重见天日。现在她发现了，就必须归还它。它属于迈克尔和他的家人，不属于丹尼斯或伦尼。

"您说这话真是疯了，妈。您不可能一个人去美国。"丹尼斯有点抓狂，"不可能的。"

黛西轻声笑了笑："不，有可能。"心想他是否一直都对她没信心。如果不是的话，到底是从什么时候开始对她没信心的。她从何时跨越某种无形的门槛，来到无能、衰老的晚年？也想知道，保罗是会坚持他的想法，还是会像伦尼一样——她很肯定，伦尼听到她的计划一定很高兴。

前提是他愿意抽空回她电话。

"为什么？您为什么想去？"丹尼斯相当激动。他两手放在桌上，手掌朝下，十根手指如活塞般敲打着桌子，"您要住在哪里？去做什么？”他恼怒、沮丧、困惑不已。

“我在纽约州有个表妹，在长岛。我会写信问她我能不能住她家。”

“表妹？”

“你总该记得我妈妈的妹妹嫁给了美国人吧。”

丹尼斯快速地眨了几下眼：“但您根本不认识她。”

“那倒是真的。”黛西点点头，“我应该马上去认识她。”简直连自己都不敢相信。又自豪又开心自己想到了这个主意。或许她需要在泥巴里滚一滚才能获得自由。

而且能让她再度踏上旅途。

9

安·佩特森正在读黛西的来信，站在厨房，这是个嘈杂且活动频繁的地方。她的十七个孙辈里有六个是学龄前的孩子，正在到处乱跑。两个年纪小的用她粗壮的腿当球门柱。安把信重读了两遍。她本来要再读一遍的，但烤箱里飘来的一阵气味提醒她有两盘鸡块和一盘炸薯条可以出炉了。她迅速把信折好，匆忙赶去拯救快要烤焦的食物。

她一直到当晚九点左右才有机会再看信，在终于安静下来的房子里，重重地坐进躺椅里看电视。就在刚才，她五个女儿中的大女儿伊丽莎白——比往常更加心烦意乱更加筋疲力尽，因为她先生理查德出差去了，而刚巧她又必须加班，弄得比平常更晚——来接了三个儿子，迈克尔、乔希和戴维回家。安把信打开，又读了一遍。思忖着。

黛西表姐，她母亲姐姐的女儿，她姨妈梅雷迪思的女儿。

安努力回忆，想要找出并收集关于这位黛西表姐的零星信息。安知道自己的母亲嫁给父亲时离开了英国，知道自己的母亲有个姐姐叫梅雷迪思，知道梅雷迪思有两个女儿，多琳和黛西。但安只去过英国一次，六岁时她去见了阿姨梅雷迪思，那是一趟生死攸关的可怕旅行——她永远不会忘记。她从来没见过当时都还是十几岁的黛西或多琳。那次旅程之后，两家人突然不再往来。相连的血脉断裂，被遗忘。迄今她的母亲辞世都有十一个年头了。

现在这位黛西表姐来信问她要来纽约处理要事，期间的几个星期能否住在安这儿，问这个要求是否显得无理。她说安一旦同意她就来，只会待到事情办完。她希望不会超过几个星期。

安再次重读这封信，打了个冷颤。撕掉信。撕成两半，不是撕成碎片。一方面来说，她又有那么点想见见这位表姐。或许试着恢复家族间的联系、再度联络彼此也不错，在几十年后重新开始未尝不是件好事。

另一方面，它的确是一项无理的要求。安很难想象屋里再多一双腿跑，多一张嘴说话，多一个人吃饭。这房子够大，还有许多空房间。只是已经有太多人将其当成家族活动中心。通常每天到所有家族成员都各自回家时，几乎已经到了她的上床时间。她还必须早起迎接第一批外孙。她怎么可能有时间或精力照顾一个房客？而客人又怎么能忍受持续不断的嘈杂、混乱、无序、高分贝和高压？

而且万一黛西和她母亲一模一样怎么办？

安叹了口气。她只能跟黛西实话实说。写信给她，向她解释，虽然自己很想见到她，但她一个星期有五天要照顾七个孙辈，到了下午还要再加上三个，并且一天里大部分时间都在车上，帮孩子们上车下车，接送他们来来往往。她会跟这位黛西表姐讲她有一面墙那么大的布告栏，用来确保各式各样的时间表能执行无误。或许她甚至还会附上一张布告栏的照片，说她并不是想让黛西打退堂鼓，尽管她确实是在这么做，或最起码是在怂恿她进行别的安排——住旅馆，或者缩短来访时间。她希望对方事先知道自己可以提供的时间相当有限。

更别提客房浴室不能用，要等到她的女婿乔有空把它重新整修好。两个女人不得不共用一个浴室好几个星期？这个嘛，黛西可能不喜欢。

安往后靠，闭上眼睛，想着她应该起身开始写这封信，她应该尽快回复黛西，至少这点她办得到。让黛西失望，她感觉很糟。但告诉自己她并不想完全拒绝黛西，如果黛西在知道状况后还是想来，她可以来。

不过要是她真的来了，那可就麻烦了。

安依旧瘫坐在躺椅上，双眼紧闭，想象自己起身来到书房，找出她的便条卡，想象自己翻找书桌抽屉，直到找出那个盒子，想象自己坐在书桌前开始写信。

安很快就睡着了。

10

黛西得救了。她永远不知道安不想要她去，因为安根本没抽空写那封信。她把它抛诸脑后，这封信以及一切随之而来的内心冲突，直到一个多星期后，她的大女儿伊丽莎白发现了它。

就在一天前，伊丽莎白的妇科医生正式宣告她进入了新阶段，并向她解释了那一大堆恼人症状。经期不规律的状况已经持续了至少半年，不容否认。伊丽莎白的新阶段：更年期。晚上睡不好，黎明就醒来，睡衣又被汗湿，床单也是。"更年期"这个词整晚都萦绕在她的心头。令人讨厌的字眼从早到晚都侵入她的思绪。

然而，她还有工作要做。六点半起床，七点半前冲好澡，穿上米色套装，尺寸比她愿意对外承认的要大一两号。她最近不断发福，她甚至还没来得及适应较大尺寸的衣服又已经不能穿了。她匆忙套上红铜色丝质上衣，戴上珍珠项链，迅速把自己细致的浅棕色头发吹干，扎在脑后。她那疲惫而又认真的表情，加上她自信的举止，让她怎么看都像是个成功的注册会计师——这甚至还显现在她眼眶周围皱纹的形成方式上，这些皱纹是由于她经年累月盯着行距窄小的纳税申报单、试算表、税务局法规和电脑屏幕而产生的。

快速为五个儿子中的四个准备早餐，另一个儿子史蒂夫离家上大学去了。幻想着理查德能在家帮忙，而不是每天都要搭早晨六点的火车进城。她收拾桌子，把碗盘放进洗碗机。八点十五分准备上路时，老三，十三岁半的迈克尔，发现他找不到自己的优盘了，那是上欧洲史课要用的。里面不仅有他的报告——他说他不在乎那个，这点丝毫没有让伊丽莎白吃惊，因为她既没有看他做过报告也没听他提起过——他最要好的朋友的报告也在里面。

伊丽莎白和儿子们把家翻了个底朝天，最后她的小儿子，九岁的戴维，找到了它。不知道为什么会在壁炉台上找到，而不是在它应该待的地方，例如他们检查过的无数件衬衫、裤子、外套或背包口袋里。

整出闹剧让儿子们错过校车，逼得伊丽莎白开车送他们去学校，还是两个不同的学校。戴维、十一岁的乔希和十七岁的皮特——除了犯错的迈克尔——所有人叽叽喳喳焦急地喊着他们会迟到，恳求伊丽莎白开快点，即便她被困在动弹不得的车流中、而时间快速飞走她开会将要迟到他们也不管。紧张之下，她撞翻了咖啡，泼得她的越野车前座到处都是，半径两英尺范围以内的所有东西上面都是咖啡，包括她的新外套、旧鞋子，还有打开的公文包。里面的几个档案夹、几十张纳税申报表，还有公文包的棕褐色皮革，将永远沾上陈年的咖啡味。

伊丽莎白到办公室时已然疲惫不堪、心烦意乱，脑子都堵住了。早晨的时光总是很难应付，却发现事情可能还会更加糟糕。因为开会迟到，她的上司帕姆，很不明智地替她去开会。显然他的状况根本不适合出席会议，因为他从早餐就开始喝酒。

帕姆的上司不得不处理此事。一等客户离开，他就把帕姆打发回家，再把伊丽莎白叫进办公室，请她关上门。她的心随着那些话急速下沉。严厉谴责她迟到，接着对帕姆的行为大致讨论了一番，该怎么处理他，还逐一核对她的各项工作近期的完成期限，以及就她所知帕姆手上各项工作的完成期限。

终于，被申斥一番的伊丽莎白回到自己的办公室，乖乖坐到她那张大书桌后面忙活起来。书桌四周全是理查德和儿子们的照片，但没有一张是五年内的，它们被放在价位不一的相框里。她怀疑这是否就是她的一切。

是吗？是这样吗？就是这样了吗？

她单手支下巴撑在桌上，渴望能有什么事让自己高兴起来。忍不住向通常用来振作精神的那件事投降：登录“寻找幼犬网”，盯着小狗们那些可爱的脸。今天看的是约克夏犬，昨天看的是长耳短腿小猎犬，前天看的是柯利牧羊犬。迅速把所有小狗都浏览一遍，才心不甘情不愿地关闭页面，强迫自己回到当天枯燥乏味的工作中来。

与此同时，安在家带孙子孙女们。她的五个女儿都有至少一个孩子送到她家——上午是学龄前的，伊丽莎白的儿子戴维、乔希和迈克尔放学后也到这里来。

安的上午跟往常一样：陪他们玩，给他们讲故事，跟他们一起画画、涂色，让他们看三十分钟的电视，要么就是喂饭、换尿布、找事情给这七个孩子做。她九点做早餐给他们吃——每人一片肉桂土司和一杯果汁——然后任由他们在游戏房探索生命，而她喝自己的大杯咖啡，今天已经第三杯了，还有三片全麦土司。准备好在需要时迅速行动。坐在厨房的桌边细心照看孩子，欣赏小小年纪的他们彼此互动的方式，以及他们是如何全神贯注于之前没有看过的东西。

午餐是奶酪通心粉，装在七个小碗里，一个大碗的给她自己，还有他们都爱吃的西兰花——她总是为此感到惊讶。她用融化的黄油配着西兰花吃，孩子们的西兰花则什么也不加。每个孩子都有一杯牛奶。

安又喝了一大杯咖啡。

三点十五分，戴维和乔希来了，开始写作业，享受着她给他们的饼干和牛奶，而她又喝下一杯咖啡，今天的第五杯也是最后一杯。到四点钟，因为这天是星期二，她把还留在她这儿的两个小外孙赶进克莱斯勒的小厢型车——其他的已经被接走了，并送戴维和乔希去上钢琴课，顺路送其中一个小外孙回家。

上钢琴课时，安陪四岁大的布兰登玩，竭尽所能让他不至于太无聊而抓狂。用尽所有方法后，她拿出一包椒盐脆饼，哄他开心，直到他们又全部回到小厢型车上启程回家，如果不堵车的话，足足三十五分钟的车程——然而在长岛绝无可能不堵车。先弯到学校接伊丽莎白的儿子迈克尔，他刚练完棒球。冷淡地挥挥手向她打招呼，爬进厢型车，自顾自地听着他的苹果音乐随身听——跟平常一样，最近都如此。

他们六点之后才回到她家，车子开上车道不过几分钟，她女儿琳恩就来接布兰登回家了，等伊丽莎白带皮特去眼科医生那里配好隐形眼镜回来接戴维、乔希和迈克尔。

晚餐是意大利面、肉丸子和沙拉。齐聚在餐桌边——安、戴维、乔希和迈克尔。戴维和乔希滔滔不绝地聊着老师、朋友、运动，所有的事情。安不知道——她常常如此怀疑——是不是害怕自己一个人吃饭，才让她日复一日过这样的生活。

迈克尔没有参与谈话，戴着他的苹果音乐随身听耳机，沉浸于自己的世界里，也不在乎每次他举起叉子把东西往嘴里送时都会碰到她的手肘。安希望他能摘下耳机跟他们讲话，但只要孩子的行为不会对他人造成伤害，她一向不强迫他们。她希望她的外孙们和外婆在一起时能高高兴兴，这比什么都重要。

伊丽莎白七点半到安家，她的红铜色上衣下襟一边没塞好露在外面；她头发散乱，从发带里掉出来；她的口红早就褪色了；她眼里流露出忧虑、提心吊胆的神情。因为她刚才从车载收音机里听到某件事。

安正把碗放进洗碗机里。伊丽莎白打发男孩们去收东西，迈克尔经过身边时，她皱起眉头说："为今天早上发生的事说声谢谢如何？因为你把优盘乱放，令我开会迟到。"

"早上的事，谢了。"根本面无表情。

"你非得穿成这样吗？"伊丽莎白把他的耳机扯了下来。

迈克尔看着她，阴沉着脸，说："我哪里穿得不好？"在听到回答之前就把耳机塞回去。

伊丽莎白大声喝道："全身上下都不好！"在他离开厨房走进客厅拿背包时，伊丽莎白厌恶地瞪着他的牛仔裤后面。他的裤子吊在腰下低得夸张的地方，无力地抵抗着地心引力，那十几磅重的多余粗斜纹棉布垂在他的腿上。他的皮带围在臀部中间，皮带上方露出四英寸长的格子图案平脚短裤。

"他凭什么以为全世界都想看他的内裤？"伊丽莎白问安，"太目中无人了，实在是。"她想知道——不是头一回了——如果是她露出她的内裤上方四英寸走来走去，他会作何感想。

"噢，他没事啦，"安说道，"那只是愚蠢的时尚，不过我们当年也赶过愚蠢的时尚。"

伊丽莎白想，母亲或许说得没错。刚才从车载收音机里听到的事让她心烦意乱。本来应该只是一则普通的新闻片段使她焦躁不安，以至于她对迈克尔和他的苹果随身听比往常更没耐性。她的脑海里在老生常谈：她绝对不会让乔希和戴维——他们俩都是很有天赋的古典音乐家，几乎跟迈克尔一样有天分——步迈克尔的后尘。她绝对不会让他们放弃学钢琴。日复一日，她后悔着自己对迈克尔的要求的让步，任由他在花费数千美元上了九年的钢琴课后放弃钢琴。看看这让他变成什么样子了。

“你还好吗？”安问，“今天过得如何？”

“乱成一团。很疯狂。”伊丽莎白看着她母亲用海绵擦拭桌面。然后她出乎自己意料地提出来：“你有没有留意到关于一个‘飞镖男’的家伙的新闻？”

安摇摇头。

“嗯，这家伙在曼哈顿骑着自行车到处跑，用飞镖射女人的屁股。”

“什么？”安的脸皱成一团。人类的堕落当真没个尽头吗？

“我没瞎编乱造，”伊丽莎白说，“他在过去的三个星期里射了五个女人，今天又射了一个。我刚刚在车载收音机里听到的。飞镖倒是不致命，但屁股被戳当然很痛，警察查不出是谁做的，还有为什么要这么做。”

“真是疯了。”安摇摇头，把湿海绵放回水槽的小架子上，想着要去拿吸尘器吸地板，地上通常脏得一塌糊涂。她每晚都得吸地，至少要吸游戏房和厨房。房子里其他地方通常可以维持得久一些。

伊丽莎白：“我要说的是，我觉得理查德可能就是飞镖男。”

安看着伊丽莎白，看到她一本正经地说出这句话，很吃惊。没心思再去想吸尘器，觉得自己的女儿已经不是一般的疯狂。她说：“伊丽莎白，你不是认真的吧？”

“我是。”

“不可能。”

“我是。”

“你认为你的老公是飞镖男？”

“他可能是。他或许是。”伊丽莎白点点头。

“你这想法是从哪儿来的？”

“这个嘛，你听好，首先，”伊丽莎白掰着手指细数以下事实，“他们说他一定很聪明才没被抓到，理查德非常聪明。他们说可能是没有前科的人干的，理查德没有前科。他们说这人可能没有暴力犯罪的冲动，我认为理查德没有任何暴力犯罪的冲动。他们认为这人只想引人注意，理查德喜欢别人注意他。出于某种原因，这人只在星期一和星期四行动。他们不知道缘由何在。理查德是星期几骑自行车去市中心？星期一和星期四！飞镖男骑哪种自行车？据目击者描述他骑的是红色山地车。理查德的车是哪一种？是红色的山地车！”用强调的语气愤愤地说出最后这一点，然后把更多的事实重新组合在一起，“真正的关键在这里。理查德最爱做什么？玩飞镖！还记得他在工作之余还有休闲活动的那段时光吗？他做什么？玩飞镖！记得吗？他喜欢飞镖！还记得他有多厉害吗？”

安站在那里凝望着自己的女儿，她那四十四岁、事业有成的女强人女儿。想从她宽阔、苍白的脸上找寻她在说笑的迹象。或许在她的绿色眼睛里有微光一闪？薄嘴唇边有一抹傻笑？等着伊丽莎白自己忍不住笑出来。但她一直没笑。伊丽莎白是认真的。安不知该从何说起。学龄前的小朋友单纯多了。

“好啦。莉齐[1]，拜托你清醒一点吧。你老公不是什么飞镖男，

---

① 伊丽莎白的昵称。

他是个律师，一家规模很大的法律事务所里成功的律师，还是合伙人。根本不是警察出于任何理由想缉捕的对象，更别提拿飞镖射女人。”

伊丽莎白点点头，但没被说服：“我知道。这的确令人难以置信，但谁也说不准。一个压力过大、在崩溃边缘的人难道没可能做出此番行径吗？我们一天到晚听到有人突然精神崩溃的新闻。这些人崩溃的时候会做什么？做他们擅长的事。飞镖。他在耶鲁玩飞镖，他还加入了飞镖队！”伊丽莎白情绪激动，语速越来越快，语调也越来越强烈，“我们一天到晚听到女人发现她们老公做出各种不知羞耻的事情，报纸上每天都有这类报道。”

“没错，但你不是她们。你不会在自己的老公身上发现这种情形的。”安用严厉的眼神久久注视着女儿。“你需要回家好好睡一觉，到了早晨你可能会觉得自己很可笑。”

伊丽莎白点点头，希望她母亲说得对。她匆忙走进游戏房把男孩们叫来，带他们回家。乔希和戴维还要练钢琴，各一小时。迈克尔还有欧洲史期末考试，外加一个星期之内要考数学、化学以及其他这学年的期末考试，还有州会考。他的分数不能再低于标准，他应该回家学习。伊丽莎白想着，那必定要费一番功夫才能把他从沉迷于苹果随身听的麻木状态中唤醒，回到课本上去。回想并渴望回到从前，当时他是她所有儿子中最听话的一个，她的话就是圣旨。后来发生了什么事？何时发生的？没有答案。

看手表，让他们加快动作。担心今晚稍晚理查德下班回家后要是她不敢看他怎么办？要是她眼前只看到飞镖怎么办？

抹去这一画面。“来吧，孩子们。”摇一摇她的钥匙，检查房间里还有没有他们的东西，“我们走啦。”

伊丽莎白打着呵欠，然后注意到一个来自国外的信封，拾起来。

孩子们一个接一个鱼贯而出。“再见，外婆。”他们齐声说。

“再见，孩子们。明天见。”

“这是什么？”伊丽莎白问母亲，看到她眼睛里闪现醒悟，随之而来的是紧张，“谁是黛西·菲利普斯？”

“一个表姐，英国人。她的母亲是我阿姨梅雷迪思。”

“她干吗给你写信？”

“她在计划一趟纽约之旅，她问能不能住在我家。”

“真好！”伊丽莎白笑了，有人从英国飞来的消息像一股清新的空气吹拂着她，“她什么时候来？”

安皱起了眉头：“我其实没告诉她可以来。”

“什么？为什么没告诉？”

“妈！”迈克尔在门廊的台阶上尖叫，“你怎么这么慢？”

喊回去：“我来了！”转身面向她母亲，“你为什么不告诉她可以来？”

“我担心自己没时间招待她。”只招出一部分事实。

“她需要人招待吗？”

“嗯，不用。她说她来办事情。可一旦她到了这里，我相信她一定至少需要某种程度的关照。她会有些要求。恐怕我实在没有时间或精力分给她。”

“妈，这太扯了吧。你已经叫她不要来了？”

“没有，但我也没有叫她来。我没回信。”

“妈！快点！”乔希在门口大叫，“我要开始练琴了。”

“上车，我马上来！”伊丽莎白转回身对着自己的母亲，“妈，你一定要回信，跟她说她可以来。如果你觉得太麻烦，她可以来跟我住，我很想认识她。我们从来没机会见你英国的亲戚。”

“真的？”安觉得这是可行的解决方法，“她可以跟你住吗？”

“当然可以，孩子们会喜欢她的。”

“真的？你会接待她？理查德不会介意？”

“他当然不会。”伊丽莎白回答。但愿这是真的。但愿在结婚二十一年之后，她对他的了解依然能够让她这么说。

但愿他不是飞镖男。

11

黛西朝屋里走去，几乎穿不进前门，两手吃力地各拎一个装得太满的购物袋，里面装着两双新鞋、三套新裙装、一件漂亮的淡粉色睡袍和配套的拖鞋。她好久没这么兴奋了。享受为旅行所做的每一项准备工作，不去担忧她还没有收到安的回信。做好准备，以便收到回信时，她就可以跳上第一班可乘的飞机。

全世界这么多地方当中，纽约是她的目的地，她还从来没去过。自从迈克尔消失以后她一直不想去。每次保罗提议要去，而且历年来他多次提起，黛西总是可以想出不去的理由。

一边穿进大门一边想着纽约的样子，曼哈顿、天际线、帝国大厦、时代广场和百老汇在她的脑子里打转。希望到了那里她有机会去看所有的景点。必须查查长岛离曼哈顿有多远，还有到底华盛顿港在哪里，那是安所住的市镇。

快步走进卧房，开始打包行李。

丹尼斯开上他母亲家的车道，沿着步道急急忙忙走到门框上爬满蔷薇花的黄色大门前。她的蔷薇总是盛放着，欣欣向荣。开始下雨了，两天以来头一次。天气预报说又将有大雨。

一步跨两级台阶地走上门廊。按门铃，用手遮在文件上以免淋到雨。拱起肩膀向前倾，保护文件。这些文件是他来访的原因。

门开了，黛西面带微笑让他进门。她知道他来的原因，这笑容是装出来的。她心里非常、非常、非常不舒服。决心再次开始动摇，开始想着她真的不能做这事。她不能卖房子。

“请进，丹尼斯。我来帮你泡杯茶。我看到雨又开始下了。”

“不用，谢谢。我只有几分钟的时间，还得回去工作。有些工作非赶上最后期限不可。”

丹尼斯跟着她走进厨房，在餐桌前坐下，把文件放在自己的前面，整齐排列好。

黛西把水壶放到炉子上。“幸好放晴了两天，我才能刈草。”心想，总算让这房子看起来像是住着神志正常的女人。

“你叫了谁来刈草？”

“我没叫谁，”黛西自豪地说，“我自己刈的，一点也不麻烦。”是不麻烦，如果不提前天发生的一切，也不提她花了六个多小时，双手和膝盖着地，拿了把家用剪刀，几乎是一根一根去剪草，之后刈草机才排上了用场。

“真的？”丹尼斯难以相信，“一点也不麻烦？”不由得想起前天发生的一切，不明白她怎能理直气壮地宣布一点也不麻烦，“那么，妈——”

“或许我不在的时候你可以来刈草，”黛西打断他，“只要一两次就好——如果雨停了的话。”

丹尼斯抬手揉着眼睛："您不会还想着去纽约吧？"

"我确实还想着去。"

丹尼斯叹了口气："什么时候？"

黛西没有马上回答。她还没有收到安的回信，但不管能不能住在表妹家，她都打定主意要去。"很快。"水开始沸腾，水壶响起鸣笛声。黛西把炉火关掉，小心地把水倒进茶杯里。"你真的不用来一杯热腾腾的好茶吗？喝了对你有好处。"

丹尼斯摇头："多快？您定好日期了吗？您表妹怎么说？"

"我的护照还没过期，东西都买好了，行李也收拾好了。我估计会去一个月。"把水壶放回炉架上，坐下来喝茶。

"一个月？真的？这么久？"

"我是这么想的。对。或许更久。"她根本不知道迈克尔·贝克住在哪里，她只有他六十年前的寄信地址。她根本不知道他是死是活或应该怎么找他，或怎么找到他的后代，如果他有的话，"我回程要买不定期机票。"她往茶里加了一匙糖，搅拌，茶匙每次转动时碰到茶杯内侧都发出那熟悉、舒适、温馨的声音。

丹尼斯说："您现在计划来一趟回程时间不确定的旅行，似乎太疯狂了，尽管我认为我是无法让您回心转意的。"

"是的，我想你办不到，丹尼斯。我心意已决。"真希望能收到来自安表示同意的只字片语。

"好吧，言归正传。"丹尼斯清清喉咙，把桌上他面前的文件重新排列好，"谈谈我来这里的原因。这些是房屋中介要带人来看房子需要的文件，您只要在几个地方签上名就好了。"他的手指指向第一个空白行。

黛西搅拌着她的茶，银茶匙发出愉快的声音——叮、叮，一阵悦耳的简短旋律。

“妈，我很不愿意如此不通情达理，但我的时间真的不多。您只要在这里和另一处签名，我就可以走了。拜托您。”

黛西无法从他的手里接过笔。她瞪着表格，动弹不得。

电话响起。

黛西受惊不浅，跳了起来，冲过去接电话。

听到：“你好？是黛西吗？”不熟悉的声音。美国人的声音！黛西的心欣喜地怦怦直跳。

“是的，我是黛西。”

“黛西，我是你的表妹安。你好吗？”

“噢，安！好，我很好。你好吗？”黛西开心得昏了头。没时间担心这是不是好消息，她可能会当着丹尼斯的面听到对方说不能住她家。只有一种感觉：松了口气，因为安还没有死，而且打电话来了。

看着丹尼斯在她桌前正襟危坐，脸上的表情既恼火又好奇。

“我想打电话可能比写信好。我想尽快回复你，不让你久等。”

“是的，太好了，谢谢你。”

“很抱歉要告诉你，嗯，情况是这样的，嗯，我就直说好了。你要住我家恐怕不太可能，但是我女儿伊丽莎白很乐意招待你。她家有空房，她家离我家只有五英里远。”

黛西激动不已，放宽了心：“太好了。”

“你只要告诉我们你到达的日期和时间，我们很乐意去机场接你。”

“太好了，”黛西又说了一次，想都没想话就脱口而出了，“如果可能的话，我想这几天就过去。”黛西结结巴巴地说。她转身面对丹尼斯。看见他坐在那儿正认真地听她说的每一个字。

安回答说："没问题的。记下我的电话，你买好票，安排好时间后，打电话给我。"

"太好了。"黛西再说了一遍，担心安会认为她是个只会说一个词的傻子。

安当然没这么认为。她想的只是她应该挂电话去拉开因争抢一根紫色蜡笔而打架的马修和布兰登——在其中一个或两个都哭起来之前。

黛西记下电话号码，谢谢安。宛如新生的黛西回到餐桌旁，端起茶杯，开心地啜饮，把对话中安的那部分讲给丹尼斯听。

丹尼斯不由自主地大感兴趣。他依稀知道有美国表亲——他母亲多年来时不时提起——但他从来没有多想过。现在她们突然间有了名字：安、伊丽莎白。她们刚刚才变得真实起来。他强迫把自己拉回到来这里的原因上，却发现自己宁可想着这些新表亲，这位安和她女儿伊丽莎白，想象她们和她们在纽约的生活。在长岛。

但他有工作在身——两项工作在身：一项在利物浦，他已经严重拖延；另一项就在这间厨房里，也已经严重拖延。指着合同上的那一行，说："妈，我们可不可以赶紧把这件事结束？然后您就可以继续计划您的旅行，我也可以回去工作。"把笔递给她。

黛西没有接，说："我改主意了，丹尼斯。"壮起胆子，"很抱歉，我不卖房子了。"她突然意识到，她为什么要卖？这辈子她从来不曾食言，但有些时候人就应该说话不算话，"很抱歉再次出尔反尔，丹尼斯，但你跟阿曼达应该自己去，别管我。我是认真的。"用力捏着他的手。

丹尼斯凝望着她。虽然可以想见阿曼达会有什么反应，但他不在乎。他满脑子想的都是纽约那些不认识的表亲。他可以晚点再应付阿曼达。或许下班回家的路上在珠宝店停一下，一件小东西往往能发挥大作用。

12

飞镖男再度出击!

安在晚间新闻里听到这则消息。电视里播的。当时她正在准备牛排、沙拉和土豆泥,给自己、戴维、乔希、迈克尔和皮特当晚餐,突然怀疑那可能真的就是理查德,可随即又谴责自己。不可能,这太荒谬了。他一直是模范丈夫和模范父亲,工作努力,有责任感又和蔼亲切,从不说任何人的坏话。安搞不清楚自己女儿的脑袋进了什么水——这匪夷所思的念头是从何而来又因何而起,但她很确定她不需要也把这念头放进自己的脑袋里。

每个盘子里都舀上一堆土豆泥,不知道伊丽莎白是否听到了新闻,如果听到了,她作何感想。但愿此刻她已经发现这事与她的生活毫不相干。

她没发现。

伊丽莎白在网上看到新闻时,她正在处理一份已经延误好几天的企业纳税申报表，同时跟迈克尔的欧洲史老师考尔菲尔德太太通了四分半钟的电话，谈到迈克尔最近一次糟糕的成绩，对方很关心他要如何应付纽约州会考。老师百思不得其解，为什么她成绩最好的学生会在这么短的时间内突然如此一蹶不振。

“杰蒂太太，是不是家里最近发生什么事影响了他？”考尔菲尔德太太礼貌地问，怕触及隐私。

“让我想想，”伊丽莎白拖延时间，“嗯。”会不会是因为他父亲是飞镖男呢？这会不会把一个全优生变成呆瓜呢？“这个嘛，”伊丽莎白说。她心里想，即便在理查德开始用飞镖射女人之前，自去年圣诞节以来，他在迈克尔上床前能回家的次数不会超过三次。现在已经是六月份了。这会不会是原因？或者是因为曾指导迈克尔棒球比赛的理查德整个赛季只去看过一次球赛？或者是因为理查德每个周末都只盯着他的黑莓手机？或者因为他没盯着黑莓手机时，就盯着电视机？这些会不会是把迈克尔这个曾经的优等生变成笨蛋的原因呢？难道是它们才把曾经有天赋的古典乐钢琴手变成沉溺于用苹果随身听听流行音乐的一员？把曾经的历史迷变成流行文化信徒？把曾经健康又快乐、融入家庭、永远会把时间留给弟弟们的哥哥变成一个关上心扉的反社会孩子？

或者有没有可能是因为伊丽莎白忙得焦头烂额，恐怕连早餐小麦片都比她这个人完整？这有没有可能是让迈克尔烦恼的事？很久之前她和理查德刚有孩子时，他的工作时间很合理，而她做兼职，但随着家庭开销增大——大学学费、音乐课、财产税等等——理查德不得不加入合伙律师事务所的疯狂竞争，而伊丽莎白不得不重新开始全职工作。更糟的是，她痛恨自己的工作——现在比以前更加痛恨，因为他们刚才炒了帕姆鱿鱼，把他所有的客户都丢给她。如果她必须连他的报税表一块做，她会死掉。她肯定会的。

她应该去上艺术学院的，而没上是她母亲的错。可谁会怪自己的母亲呢？安六岁时她父亲就抛弃了家庭，而安又眼睁睁看着她先生过世，留下五个女儿由她独自抚养。她当然建议女儿们选择安稳的人生之路。

“嗯，”伊丽莎白意识到老师在等她回话，意识到她必须得说点什么，“我不清楚。”说得有气无力，继续考虑，“我不清楚是怎么开始的。”感觉非常疲惫。睡眠已经成了年轻人的奢侈品。她仿佛已经老到不需要睡眠了，只剩下汗涔涔的睡衣。

“我只是不知道我该做什么，”考尔菲尔德太太绞尽脑汁。

伊丽莎白心想在这一点上她们倒是一致的，她也不知道该做什么。

“除了强制安排他见学校的心理医生——这我已经安排好了；还有让他重考期末考试——我从来都没这么做过，在我二十二年的教学生涯里一次都没有，话说回来，我之前也没碰到过这种情况。星期一我会让他再进行一次期末考，当然试卷不同。”

“谢谢你，”伊丽莎白用手托住脑袋。

“不客气。还有，州会考是在下周。州会考可不能重考。成绩会永远留在中学的成绩单上。能让五十九分写进成绩单吗？期末考试成绩五十九分？我跟他的其他老师交流过，他们都说有相同的情况。他一定发生了什么事儿。你在家里一定注意到了。”

伊丽莎白低头看看桌上那些才完成一半的超过期限的企业纳税申报表，那些表格三天前她就应该完成。闭上眼，想要这一切都消失，或者回到曾经的所在，让时光停留在孩子们都还小、问题也还小的时候，停留在她知道如何应付所有事情的时候。

“你一定注意到了他的成绩在大幅下滑。”

各式各样的考试涌进伊丽莎白的脑中：五年级的考试、七年级的考试、九年级的考试、高三的考试，乔希的考试、戴维的考试、迈克尔的考试、皮特的考试，数学、科学、语言艺术、阅读、西班牙语、法语、历史考试。所有这些考试都以令人眩晕的速度在周围旋转。

“嗯，”伊丽莎白搜肠刮肚地想说点什么来回避这位老师必然会做出的明显结论，也就是，她是个完全不在状态的家长。“你知道……”觉得自己是个名副其实四十四岁、更年期、停经的女人。这就是了，她想。缓慢的老化过程，此时急剧加速。盼望有人介入，替她说点什么。比方说，理查德如何？他的口才好多了。“我想想……他上次数学考试——”她的目光落在电脑屏幕上，中断她的思路。头条新闻：飞镖男再度出击。

考尔菲尔德太太的声音打断了她的思考。“好的。”听上去有些恼怒，“我们一定要想出个对策，让他明白州会考的重要性，把他的分数拉回应有的水准。我知道他还有数学和英语会考。”

“我，呃……”伊丽莎白浏览新闻报道，查看飞镖男出击的时间和地点，无法把视线从屏幕上挪开，无法专注于手里的电话。读到警察正在搜寻任何跟这个难以捉摸的罪犯有关的信息，今天下午他在东四十八街和列克星敦大道再次出击，飞镖射中一个三十五岁左右正在等红灯的女士。

伊丽莎白飞速思考着这些情况。不可能是理查德。他只在星期一和星期四才骑自行车，而今天是星期三！她如释重负。一切都结束了——她那愚蠢的飞镖男恐惧，只因为理查德喜欢玩飞镖，还因为理查德一星期在市内骑两次自行车。她真的需要度个假了。谢天谢地，学校和所有这些随之而来的父母责任终于都接近尾声，接下来是相对而言轻松些的暑假。

“杰蒂太太？”老师的声音再次打断了她的思绪。

伊丽莎白重新振作精神，试着回到最后一个问题，也就是她应该赶忙要想出一个答案的问题。

“我，呃……”搜索着答案。突然之间它好像不再是一个那么严重的问题了。没有她应付不了的事儿。“考尔菲尔德太太，迈克尔会没事的。我保证他会好好准备你非常慷慨地给他机会重考的星期一的期末考，而且他会通过会考的。我对他有信心。”

“但愿你说得没错。”考尔菲尔德太太几乎毫不掩饰她的怀疑。

诚心诚意道了再见，挂断电话。伊丽莎白靠回椅背上，平静地吸气、呼气，和理查德有关的所有紧张情绪全都烟消云散。重新站稳脚步——虽然不像她让考尔菲尔德太太以为的那样有自信，但也够有自信了。她会找到鞭策迈克尔的力量和执著，她也会严格掌控其他孩子，否则问题只会越来越多。

好了，来应付其他迫在眉睫的事情：她面前超过交件期限的纳税申报表。也想到要准备接待留宿的客人，这位明天要来到的表姨黛西·菲利普斯；许许多多期末的派对；夏季球队选拔赛；还有在接下来两星期里排上了日程的钢琴独奏和音乐会。

她的办公椅响亮地弹回它平常的位置，伊丽莎白身体前倾俯向书桌，双眼模模糊糊地盯着纳税申报表。重新开始弄表格之前还要休息一下子。再次登录小狗的网站，今天的主题是金毛猎犬。

来了封电子邮件。公司老板发来的，提醒她迟交了一份纳税申报表。迟了三天。原本星期一就要交，今天已经星期四了。

她的血液瞬间凝固。不是因为纳税申报表——是日期。今天不是星期三。

今天是星期四。

13

黛西去纽约的前一晚，她的手指和脚趾都兴奋得刺痛。两个打开的红色皮箱并列放在床上。黛西静静地坐在它们旁边，手放在膝盖上。再检查一遍里面的东西。

她重新打包了好几次。有时候是为了婴儿毯，有时候什么也不为；有时候她觉得婴儿毯带去很愚蠢，有时候想带着也不错；有时候她没空间放毯子，有时候有空间放。

她检查护照、机票、航班资讯、美金。她去做了头发，打电话跟朋友们告别，跟图书馆的新上司谈过话，解释她会离开一个月或更长时间。新上司露出甜美的笑容，暗示黛西回来后也不用打电话过来了，并感谢她过去的帮忙。黛西并不介意。格蕾斯·帕克不在，她对这份工作也没什么兴趣了。

脑子里把所有旅行计划又过了一遍。不带婴儿毯——至少暂时是。黛西看看钟，才七点。希望在踏上旅途前能睡个好觉，但七点就睡也太夸张了。而且，还有别的事要做。

起身，倒了杯君度橙酒，拿进卧室里。想着保罗，想着他做出门准备的画面。她见过太多次了，因此不难重现。想着他能让黛西平静下来——可能是君度橙酒的作用。也可能两者都有。

坐回床上，对保罗的回忆引领她的思绪回到了迈克尔这边，这也是这次旅行的缘由。喝完酒，决定不再拖延。从床头柜上拿起淹水前从地下室拿上楼的鞋盒，鞋盒里装着迈克尔的信——将近六十年没看过的信。

黛西紧紧抱着鞋盒，让它贴着自己的身体，来到钢琴前，那架迈克尔弹过的三角钢琴，他渴望它犹如生命之水，这水在他的部队生活里如此枯竭。

黛西在钢琴前坐下，让自己回忆坐在他身旁的感觉，就在这张钢琴凳上，看着他的手指飞越过琴键，讶异于他手指的速度和触感，享受他弹出奇迹般的琴音。爱恋他的面容——皱起的眉、紧绷的下巴、从前额往后捋的头发、全神贯注敏锐的眼神。这一切，他的一切，都汇成一潭深邃、神秘的激情之池。为了音乐、为了生命、为了她。他弹琴时，黛西能感受到他的每一次心跳都与她的心跳融合为一。

她抬起手，手指缓缓滑过琴键。保罗时常提议两个儿子学琴，可她总是找出理由劝他打消这个念头。她就是受不了看到他们笨手笨脚弹钢琴的样子，受不了钢琴在她生命中占有一席之地，或让她想起原本可能发生的事情。

深呼吸，打开鞋盒。他的笔迹，这就是了。在这一刻之前，她还记不起他的笔迹，但现在她看见了，她一眼就认了出来。她凝视着盒子里的几十封信，一股怀念的温情遍流全身。她会全都读一遍。

拿起第一封，看到上面写了寄件人地址时松了口气：迈克尔·贝克，纽约市布鲁克林区第二街11440号，二号公寓。

这是她的起点：追寻他的第一步。

小心翼翼地把信封打开，霉味扑鼻，纸张粉碎的前兆。

黛西读着——开始时读得很慢，因为这些在她眼里只是字母而已，但她继续往下读时，一种韵律、一种特殊的说话方式、一种美国口音，开始在她内心苏醒——他喊她小宝贝的那种方式。

读完第三封信时，她听到的是他的声音，而不是自己的。

黛西每封信读了两遍，总共八十七封。每一封都是文情并茂。

重读着信，有种不真实的体验。就像一本书，是别人的生命，一个她熟识的人。她一头栽进信里，几乎没听见门铃响。

是伦尼。伦尼和萨拉。伦尼把黛西抱了个满怀，用力亲她脸颊，说："我们刚才从丹尼斯家过来，他说您要去纽约，是吗？"

黛西开心地笑了，后退一步让他们进门。她的一部分心思仍在信上。

"请进，"黛西兴高采烈，"来杯热茶如何？"

"不用，谢谢。我们不会待太久。"跟着黛西走进厨房，"我们就想顺路停一下，祝您一路顺利。"

"噢，喝一杯很快嘛，花不了多少时间。"黛西把水壶放到炉子上。

伦尼和萨拉拉出椅子，坐在桌前："那么到底是为什么要去纽约？"

黛西坦陈一切，除了跟手表相关的任何事情。

伦尼靠在椅背上，紧扣的双手放在肚子上，带着微笑倾听："也许有一天我们也会去，是吧，萨拉？"这念头让萨拉眼前一亮，说她很想去。"你去打好基础，当开路先锋。萨拉和我会追随您的。"

黛西笑了，仔细端详萨拉，愉快地细看她温暖的眼神和其他五官，很高兴他这个女友的长相和举止跟之前的都不一样。

伦尼："我还听说等您回来的时候，这房子可能已经卖掉了。"

水到沸点，水壶发出尖锐刺耳的鸣声。黛西跳起身，把火关掉。站在那儿，手里拎着水壶，一头雾水："谁告诉你的？"

"刚才丹尼斯说的。"伦尼把她为他摆好的茶杯推开。

黛西小心地把水倒进自己的杯子。萨拉在自己的杯子上方摇摇手，说："不用了，谢谢。"黛西把水壶放回炉子上，问："刚才吗？他到底怎么说的？"

"他说您已经签好文件。他们两个实际上已经在享用您卖房子的进账了，他们就要买下切赛克斯的一栋房子，说得好像您已经归西了似的。"

黛西紧闭双唇，盯着伦尼。

"要我说的话，"萨拉坦率地说，"都是他太太，是阿曼达在讲话。在我看来。听到他们要买下新房子的消息，丹尼斯跟你一样吃惊，伦尼。"

"有可能，有可能。"伦尼同意。

黛西焦躁不安："嗯，这房子不会卖，丹尼斯知道。我根本没签过文件。不会有任何进账，所以阿曼达不会有大房子住——至少在我入土之前不会。"她双臂在胸前交叉。

"很好，我原本就不喜欢这个主意。丹尼斯或许只是害怕把事实告诉阿曼达。她似乎做了自己能力之外的事。"

黛西点点头，把这话题打住。伦尼将谈话主题转回到纽约，祝他母亲旅途愉快。然后把他的椅子往后推，宣布他们得走了。亲吻、拥抱、祝福一阵，接着离开。

留下黛西又和她的信在一起——还有照片，仅此一张照片，在部队照的。黛西静静地沉思，深切地凝望，徒劳地想激起新的回忆。再把信读过一遍，才把它们都塞进一个马尼拉纸质的信封，装好。回到厨房洗茶杯，走向卧房。

从床上拿起伦尼的婴儿毯，放进帆布行李箱里。拉上拉链。

上床，关灯。

开灯，拉开拉链。

丹尼斯的婴儿毯也装了进去。

14

黛西到达的前一晚，房子里阒然无声，所有人都睡了。

伊丽莎白是唯一例外。她躺在床上，身上的睡衣又湿又冷，身下的床单也好不到哪里去，耳边是理查德的鼾声，跟之前的众多夜晚一样。只是不同于其他夜晚的是，这次她默不作声地从被子里溜出来，蹑手蹑脚出了房间，下楼梯来到化妆室，她留了一套替换的衣服在这里。还是不能百分之百确定她真的应该放手去做，这么做可说是她这辈子做过最疯狂的事情。按照计划推进，在黑暗厨房的朦胧光线中煮咖啡，屋子里静悄悄的，再次问自己这探索之旅是否明智。

她决定不管疯狂不疯狂，都要去做。

把冒着热气的咖啡倒进她很旧的不锈钢旅行用马克杯。想不起来上一次她坐在餐桌旁用普通陶瓷杯喝咖啡是什么时候。现在谁不是把咖啡带在路上喝呢？加脱脂牛奶，一包无热量的糖精。抓起一盒饼干、一罐花生，不希望饥饿和疲惫坏了大事。不发一点声响溜出厨房，进入夜晚冰冷的空气中，走过门前的小路，来到铺砌的车道。

她慢慢打开车门，无声无息。把咖啡放到杯托上，食物和她的手提包放到乘客座位上。正要坐进去，停下来，一脚在车里一脚在车外。决定先检查他的车。

朝他的车走去，他崭新的银色宝马车。她跪在驾驶座上，手掌摸索着椅垫、地毯、座位底下。查找车内所有的地方。

找飞镖。

如果他是飞镖男，他应该有飞镖。

搜寻车内，一无所获。松了口气，却并不惊讶。如果他把飞镖放在车里就太愚蠢了。没找到飞镖并不能说明什么。飞镖放在车里很容易被发现，不管是藏在座位底下或是前座的储物箱里。男孩们可能一时兴起去他车上，她也是。伊丽莎白下了车，轻轻关上门。

她轻手轻脚坐进贷款买的黑色梅赛德斯越野车，出发。

去曼哈顿，去理查德的办公室，去找飞镖。

知道这很疯狂但还是要去——穿过漆黑、空荡的华盛顿港街道，沿着码头绕过弧形道路来到梅因大街，经过五金用品店和图书馆，经过许多餐厅、加油站、酒吧、熟食店和百吉饼专卖店，往高速公路开去。

黛西明天就要来了。伊丽莎白必须弄清楚她是否邀请这位年长的表亲来到了飞镖男的家里。

凌晨一点半，伊丽莎白穿过旋转门，不费什么麻烦就进入了理查德的办公大楼，来到宽敞的大厅。只要亮出她的驾照就行，保安可不想惹恼合伙人的太太。

电梯打开，进入他位于三十六楼那极具现代感、高科技的办公室的接待处。伊丽莎白查看长长的走廊，左瞅右瞧，发现没人时松了口气。她还没完全想好万一被人认出来该说什么。

尽管好多年没有来过，她仍能轻松地回忆起去理查德办公室的路。史蒂夫和皮特还小的时候，她每年圣诞节都带他们来理查德的办公室。他们全家一起去洛克菲勒中心看圣诞树，然后在拥挤的人群中穿过施瓦茨玩具城，并且加入一长列队伍，缓缓挪过精美的百货公司橱窗：先驱广场的梅西、罗德泰勒，还有第五大道上的萨克斯。伊丽莎白爱看男孩们红通通的脸蛋，爱他们聚精会神地看着这创意十足、精雕细琢、靠机械操作的移动展示品。

但他们已经有好多年没进行这种纽约市内的圣诞节之旅了。就在蹑手蹑脚走过排列着艺术品、铺着长毛地毯的走廊的此时此地，伊丽莎白许下诺言，不管发生多么疯狂的事情，无论是上刀山下火海，下个圣诞节她都要带男孩们来——戴维、乔希，甚至是依然拒绝读书、宣称不在乎学校或分数的难搞的迈克尔。

傍晚稍早时他们又起了冲突。她不得不把他的苹果随身听藏起来，打发他回房间，把他整晚关在里面，不知道他在房里做些什么。他比她先睡着，她只知道这一点。

伊丽莎白打开理查德办公室的灯，踏进室内，觉得自己偷偷摸摸、鬼鬼祟祟。

还有罪恶感——因为那些最先引人注目的东西：在他的书桌上和书柜上，到处是她和孩子们的照片，有些照片她甚至不知道他有。伊丽莎白凝望着照片，心跳加速，拿起一张，握在手里。和任何一个来到理查德办公室书桌前的访客一样，客观地看她的人生。她的人生看起来棒透了。她英俊的儿子们度假时的笑脸，她和理查德历年来的照片，从结婚开始，随着时光流逝，一直到去年圣诞节。有一张照片她压根儿不知道他有，是他俩在装饰好的圣诞树前拥抱，这是两人都在家、醒着而且有空可以摆姿势照相的难得一刻。大学放假回家的史蒂夫拍了这张照片，她记得。照片就在这里，裱好相框，放在他桌上。理查德什么时候弄的？他什么时候选好照片、买好相框、把照片装框却连提都没对她提起？

对他的一腔柔情淹没了她，领悟到其实没有什么太大改变。他们越来越老，他们越来越忙，她越来越疯狂。相框握在手里，感觉泪水夺眶而出，希望自己回到床上和他一起待在静谧的房间里。如此她就能听见他的呼吸声，一如往常般试着想象他的梦境。

而她会向他道歉——当然，默默地。他甚至不知道自己曾被指控了。她会在心里为自己竟然以为如此稳重负责的好丈夫、好父亲和好男人会做出她认真怀疑的那件事向他道歉。

伊丽莎白把照片放回书桌上。坐下来，不是他的椅子，而是他面对的椅子。用一小会儿把她过去曾在何处与此刻身在何处做一番总结，把她混杂的情绪快速巡视一遍。站起来，绕过他巨大的书桌，坐到他的椅子上——进行某种程度的重新连结，将自己不偏不倚放回她一直和他在一起的位置。坐在高背黑色皮椅里，手臂放在扶手上。双脚蹬地转着椅子，像她儿子们那样，想象理查德坐在椅子上，召开会议。任凭自己因他升起一股自豪感。看着他办公室的规模，看着他窗外的风景。外面三十六层楼的高度之下，就是中央公园。他做得非常出色。他上耶鲁靠的是奖学金，念大学和念法学院时都是。他父亲是纽约市的公共汽车司机，母亲是诊所的秘书。

伊丽莎白现在的心情是好一阵子以来最愉快的。现在是一点四十五分，她还得开好一段路才到家。她最好现在动身，她要动身了——连一个抽屉都不翻看。结束了。她会隐瞒这一段小插曲。

站起来，离开他的办公室。

走到一半停下来，呆若木鸡。

就在那儿，在他办公室门的后面，有个飞镖靶。靶心里插着四支飞镖。

伊丽莎白匆忙回到车上，告诉自己保持冷静。

一路开过第五大道时，她告诉自己那个飞镖靶一开始就挂在办公室门后面，它可能一直挂在那里，这不代表什么。想要让自己回到她原来的状态：信任并爱她的丈夫。

强迫自己不再去想。打开收音机，胡乱换台。从白天听的公共频道转到别的台。把调频器转到播放歌曲的电台。调整音量，一路向上。大声唱出歌词。

等她开上威廉斯堡大桥的时候，她的脑子里只有歌词、音乐和节奏。她年轻时代的歌曲。引吭高唱，不怕被人听到。桥上只有其他几辆车，一两辆孤单的出租车。伊丽莎白超过限速，肆意享受着难得的宽敞道路。

开上空荡荡的高速公路，加速前进。超过限速更多，声音开得更大，歌唱得更响亮。重获某种东西：欢欣鼓舞。感觉到十足的冲劲。释放和活力。

不记得上一次感到如此自由自在是什么时候。在高速公路上一路飙车回家，感觉就像从嬉皮士老电影里跑出来的人，心想着这甚至比盯着网页上的小狗更棒，而且是自从她的妇科医生说出那可怕的字眼之后发生过的最有趣的事儿。

当晚是她数月以来睡得最好的一次。

15

丹尼斯在开往机场的路上差点撞车。

旁边车道的出租车司机开车的架式像是他深信转世投胎会更美好。

丹尼斯不是完全没有过错，这是真的。他猛然开回自己的车道，出租车大按喇叭。“你看到没？”丹尼斯紧张得用手抓头发，一粒汗珠出现在他左边的太阳穴上，“他应该被吊销驾照。”

“是啊。”黛西尽可能沉着冷静，双手端正地叠放在大腿上，皮包的背带绕在手上。虽然很不愿意，她还是问起：“对了，你有没有告诉阿曼达我不会卖掉房子？”

丹尼斯脸色一沉：“有，有，我告诉她了。她知道。”

“那就好，我只想确认一下。”

丹尼斯心想她可以放一百二十个心，同时回想起这件事引发的剧烈争吵。

出租车司机把车子开到他们蓝色的小奥迪旁边，对着丹尼斯挥动拳头，用外国话咒骂着。

“神经病。”丹尼斯咕哝着，恢复平静。

黛西说：“你们俩搬家的事情有什么新想法吗？”

丹尼斯叹了口气：“我们还是要搬，阿曼达心意已定。很抱歉您回来时我们可能已经搬走了，这样的话伦尼会去机场接您。”

“没问题，我希望你们在新家住得开心。”

丹尼斯也希望如此。“好了，您需要的所有东西都带了吗？”

“带了，亲爱的。”

“护照？”

“你问过我了。带了，护照和机票都在这里。”黛西冷静地拍拍自己的包。

一辆车的喇叭狂鸣，丹尼斯又心不在焉地开到错误的车道上去了。他换回来，感觉很惭愧：“天哪，我今天好像完全不在状态，我不知道自己是怎么回事。”

黛西知道。他太过紧张不安了。他终于把车停好时，她松了口气。他匆忙到车后拖出她的行李箱——有两个，一个大的和一个中型帆布的，两个都有轮子。她的手里拿着她的皮包和随身行李。他们一起走进航站楼。

黛西光是站在那里就激动不已：这么多人来自全世界，短暂相聚在看不见的交叉通道上，迅速往四面八方疏散，吸取彼此的能量，创造出新的活力，急剧上升，然后离开。大多数人行色匆匆，快步拉着身后的行李箱，双眼专注地看着前方。一小群邋里邋遢、二十岁出头的年轻人呆坐在角落的地板上，双眼茫然地瞪着前方，啜饮着带盖塑料杯里的咖啡，塞得满满的背包七零八落地放在他们身边。不太说话，仿佛他们在到此之前的几个国家里把话聊完了，而且累得不在乎是否有话可说。

黛西和丹尼斯走过光滑的地面来到办理登机手续的柜台。前方旅客队伍从柜台前蜿蜒了一段距离，一直排到拉绳后面，那里放着一个大告示牌，以全球统一的标志公告哪些东西不再允许放进随身行李里。

黛西停在告示牌前，好心情顿失。因为没有人告诉她——或者可能有人告诉她但她忘了——不能带任何液体登机，包括牙膏、洗发水和化妆品，这些她都没有。可如果禁止带这些东西，当然其他类似的东西也不能带，而她带有类似的东西。

丹尼斯经过告示牌走到队伍的末端，排在一个生意人后面。回头看黛西为什么停下来，看到她一脸焦虑的样子。一对夫妇带着三个小孩排在他们后面，身旁摆满各式各样的行李箱和随身的衣物。

黛西紧张地说："丹尼斯，我有麻烦了。"

丹尼斯："怎么了？"目光快速扫视她身上有没有什么地方明显不对劲，担心地瞥了一眼身后的那一家人，他们个个都伸长了脖子在看是否前面的队伍在动，而他没跟上。

没错。有段空隙，在他和那个生意人中间形成。

黛西指着那个告示牌："看看有什么不能带上飞机。"

丹尼斯看着："好了，你有带提到的东西吗？"

黛西摇头。"没有，但也不是完全没有。"

"那好。"丹尼斯有些恼火，侧身贴近那个生意人。

黛西没有跟在他身边移动，两脚粘在告示牌前的地板上一动不动："橘子果酱。"语带歉意，"我带了六罐橘子果酱。"

"橘子果酱！在你的随身行李里？"

确认此事："是礼物，三罐给安，三罐给伊丽莎白。"

“纽约买不到橘子果酱吗？”

他们后面的那一家人仿佛接到暗号似的，从黛西和丹尼斯的身边绕过，又推、又拖、又拉着大大小小十几个行李箱——爸爸走在最前面，然后是妈妈，再是三个小朋友。他们后面立刻又聚集了另一群人，那群人后面又有乱糟糟的一群人加入队伍。

“我不知道，”黛西的声音有些嘶哑，“我不知道纽约买不买得到橘子果酱。或许买得到，但不是敦刻尔克的橘子果酱。我想把利物浦最老牌的果酱工厂做的原汁原味的橘子果酱给她们带去。”

丹尼斯的目光越过了母亲——她在告示牌前定住不动——看着她身后紧张、不耐烦的旅客：“你确定果酱在你的随身行李里？”

黛西点点头。

“好吧，那么我们最好拿出来，你必须把它放进托运的行李箱里。”难掩一脸怒容，让出他在队伍中的位置往外走，黛西快步跟在他后面，去找个人不多的地方把东西换过来。走过候机大厅，穿梭在熙熙攘攘的人群之中。

黛西努力唤回最初的兴奋心情，但已经荡然无存。她只觉得自己很蠢——因为她太逞强，想要进行这趟有勇无谋的旅程。她也很紧张，因为过不了多久就要和丹尼斯说再见。他会把她独自一人留在这广大无名的残酷世界里。如果她办不到呢？如果她犯了其他像橘子果酱这样的错误呢？现在她还有足够的时间思考，她想起确实有人跟她说过关于随身行李的限制规定，但她忘了。她的确有时候会忘记事情。

突然间意识到自己的年纪和一阵强烈的自我怀疑。她是否应该取消这趟旅行？恳求航空公司通融？尽量减少金钱损失？打电话给表亲，感谢她们，邀请她们来利物浦？回家去享受她一成不变的平静生活？

丹尼斯坚决镇定地穿过拥挤的候机大厅时，黛西看着他的后脑勺。连他的后脑勺都显得怒气冲冲，从他的头发落在领口上的样子就看得出来。

他的不满让她鼓起勇气，振作起来，再次相信自己办得到。毕竟，丹尼斯自己也会忘东西，一直都会。还有伦尼，他什么事没忘过？这两个人都可能忘记随身行李的限制规定。不论年龄，不管是谁，都会忘记。就算二十、三十、四十、五十年前，她都可能犯同样的错。

她可不会那么轻易动摇。她要前进，她要去纽约。兵来将挡，水来土掩。

黛西拍拍他的肩膀："你看，丹尼斯，那儿有个合适的地方。"指着左手边等候区一块小小的、没有人的凹处。

丹尼斯看看那里，同意，朝那地方走去。六个玻璃罐，从随身行李里拿出来，整齐地塞进预计将送往货舱的另一只行李箱。丹尼斯和黛西又走回办登机手续的队伍中。

黛西走在前面。

安全带系好，准备起飞。

黛西窝在椅子里，引擎快速旋转。她闭上眼睛，飞机在跑道上加速。机头抬高时她紧握拳头，指甲掐入柔软的手掌里。引擎的动力猛然一推，机身向上抬起。

想象保罗的手握着她的手，一如往常。

16

登机时，黛西小心翼翼地经由登机桥进入飞机，进机舱前她的手轻轻拍了拍机身，她和保罗每次起飞前都会这么做——与此同时，安正想着谁该去机场接黛西。

伊丽莎白知道她母亲厌恶上高速公路，已经预设是她去接黛西。理查德和皮特还在睡觉，戴维和乔希在楼下看电视。伊丽莎白穿着睡袍和拖鞋倚在迈克尔的房门上，看着他，防止他出逃。伊丽莎白愉快地回想起她昨晚的秘密驱车出游。她说："星期一，你明白吗？考尔菲尔德太太对你很好，让你重考期末考试，你要考一百分才对得起她的好心。得一百分的唯一办法就是学习，而我确定你在学习的唯一方法就是盯着你。昨天你没有任何进展。从现在起，我的视线不会离开你。你不能参加棒球练习，你不能听你的苹果随身听，你不能玩你的Xbox、你的Wii[①]或你的电脑。今天和明天你从早到晚都要学

---

① 任天堂公司出品的著名游戏。

习。知道吗，迈克尔？”

迈克尔身上的睡衣让他看起来年纪小了很多。一大清早的，刚睡醒的身体还暖呼呼的，头发乱糟糟地竖着。他没有战斗力，没有青少年的叛逆——只有呆滞的表情。

伊丽莎白：“还有，你要跟我一起去机场。”

迈克尔打个呵欠：“去干吗？”

“去干吗，去接你的黛西表姨婆，这就是为什么。”

迈克尔呻吟一声：“我非去不可吗？”

伊丽莎白点头：“你非去不可。我们中午出发，所以你最好现在起床，下楼吃早餐，然后开始啃书本。”

不等两人争执起来，伊丽莎白转身下楼吃早餐。神奇的午夜兜风的片断回忆贯通全身，给予她小小动力，让她有全新生活、有能量、有展望。挥开理查德门后挂着飞镖靶的画面，代之以夜晚隐秘飙车的光辉情景。伊丽莎白半带玩笑地想，不知道现在转行当长途卡车司机会不会太迟。

叫理查德起床，顺便告诉他，他必须带戴维去参加十点钟的保龄球派对，带乔希去参加十一点的镭战派对，然后中午去接戴维，一点去镭战派对接乔希。伊丽莎白告诉他，这两个派对的方向相反，加上周末上午通常都会堵车，两地大约相距一个小时的车程。提醒他，客人已经在路上，他们已经邀请了她的妹妹们和她们的家人来吃晚餐以欢迎客人的到来。

身穿蓝色T恤、格子法兰绒抽绳裤的理查德看着她，那形象一点儿也不像个律师。没有刮的粗糙的胡须，黑眉毛和乱成一团的头发，下巴周围的肌肉和皮肤紧绷着。她说这一串话时，理查德彻头彻尾恍惚着。她塞了杯咖啡到他手里——这动作表示她好心助他开启新的一天。伊丽莎白眼看着他满头雾水了好一阵子，才闷闷不乐地想起这些事他之前全听过。

十二点差五分，屋里只剩伊丽莎白和迈克尔。伊丽莎白出现在迈克尔的卧室门口，发现他在书桌前，他已经在那儿坐了一个半小时。怀疑他是否真的学了点什么东西进去，觉得自己到门口时似乎看到他关上书桌的一个抽屉。

"该走了。"伊丽莎白情绪高昂。

"你自己去。"迈克尔咕哝着，不抱希望。

"嗯哼，没门。我们一起去欢迎我很久没有联络的表姨。"一派要去探险的腔调。

"搞得我跟一个老太太有什么话好说似的。"合上书本，轻而易举地投降。事实上，他整个上午都相当配合，做出一些并不太投入的反抗动作，让伊丽莎白觉得内疚。显然，他很在意她全心全意的关注，喜欢她的焦点放在他身上，而且只放在他一个人身上，用她的雷达锁定他。伊丽莎白甚至还跟他开点小玩笑，就像以前那样。想知道是否就是那么回事，是否只需要这么做，若是真是如此，这情形她可以维持多久。

迈克尔站起来。他俩现在几乎一般高。他的牛仔裤要掉不掉地挂在臀部很低的地方，平脚短裤露在外面。

伊丽莎白皱起眉头。她不想——今天上午是如此宁静，但她忍不住，说："噢，拜托你，"用足够和善的声音，"你不是真的要穿成这样吧？"保持冷静。

迈克尔低头看看自己，装傻："怎么啦？我哪里穿得不对？"好像他们从前没有为此吵过无数次。

"你要迎接一位英国老奶奶，总不该穿着没比你的袜口高出多少的裤子吧，对不对？”维持语气的轻松幽默。

“为什么不行？为什么一位老夫人要在意我穿什么？”开始认真起来，防御心再现了。

伊丽莎白久久注视着他，努力回忆自己十三岁的样子。不知道自己是否有过类似的想法，也不清楚他是不是对的。黛西干吗在意呢？不知道她是应该就此做罢，还是让他俩又艰辛地走上同一条不愉快的老路，在如此平顺的上午之后。

“去换换吧，拜托啦。”伊丽莎白带着点恳求的语气。

“不要，我喜欢这样穿。”迈克尔抚平他的橙色T恤，“我觉得自己穿得很好看。”

“是吗？”伊丽莎白问。他没放弃，他坚守立场，让事情变得棘手。如果他是说真的呢？伊丽莎白又注视了他好一会儿，考虑着什么，考虑着昨晚午夜兜风时所想的事。就在她开心地和那些疾驰在高速公路上超速驾驶的伙伴们一起在长岛快速道路上飙车时，在皇后区的某个地方，有个画面飘过她的脑海——众多画面之一。这个画面跟迈克尔有关。

“好吧。”伊丽莎白下定决心不让形势落入两败俱伤的老一套里，觉得自己可以来点新鲜的。新招术。完全不同的战术。“去厨房里拿点东西吃吧，路上可能会肚子饿。我马上来。”她转身离开他的房间。

几分钟后，伊丽莎白在厨房里，说：“准备好走了吗？”

迈克尔正在冰箱里东翻西找，转身回答，两手分别拿着一罐泡菜和几叠保鲜膜包着的冷肉切片，看着她，瞪大眼睛，僵在原地。

“走吧，老弟。”伊丽莎白若无其事的样子，“我们可不想让老太太等。”

迈克尔一动也无法动，被她的装扮吓坏了，不知该做何反应。

“走吧。”伊丽莎白又说了一遍，悠闲地走出厨房，“你没空做三明治，拿一个苹果或者一根香蕉就好了。”

迈克尔的目光追着她，从后面看她的样子。看自己的母亲穿着父亲的牛仔裤，用的正是迈克尔本人的方式：松松垮垮的，勉勉强强挂在大腿上部的地方，一条皮带横过臀部下方，不太牢靠地固定裤子。鲜艳的花朵图案的老奶奶内裤——她从衣柜最底下拉出一条丑得吓死人的旧孕妇内裤。内裤从牛仔裤腰往上延伸五英寸高，盖过她中年凸起的小腹。穿件短上衣，这样才不会遮住任何元素。

迈克尔看着她走开，惊恐万状。他笨手笨脚地想办法把没打开的食物放回冰箱里，然后快步追在她后面。

“妈，”他在前廊赶上她，“你不是真要穿成这样出门吧。”

“为什么不呢？”伊丽莎白满脸无辜样，“我觉得我这样穿很好看。”

“不，不好看！你难看死了！”迈克尔目光扫过街道，确认没有被邻居看见。她上了车，他仍一动不动地站在前廊。

“快点，我们现在得抓紧时间了。”语调如歌唱般抑扬。

“你不是真的要这么做。”迈克尔把课本像盾牌一样平贴在胸前，“你不是真的要穿成这样去见你的表姨！你这么做是为了修理我！”

“如果你去换衣服，那么我也去换。”伊丽莎白把钥匙插进钥匙孔里，她的车门是开着的。一脚在车外，运动鞋踩在车道上。

两人眼光直逼对方。迈克尔，紧张地站在前廊。伊丽莎白轻松地坐在驾驶座上。她惊讶地发现，穿得跟迈克尔一样，她压根儿不觉得难堪。她觉得很可笑、很滑稽、很有趣、很放松。或许不在乎其他人怎样想，确实有道理。反正已经四十四岁了，她看起来再也不会有多漂亮了，只要合乎她的年龄就行。

“可你表姨会怎么想呢？”迈克尔简直在哀求她。

“她会觉得我和你穿得很像。现在决定吧：要不就去换衣服，我也去换；要不就上车。”伊丽莎白一副泰然自若的样子。

迈克尔杵在前廊，无法决定，不知所措。不确定自己是否被捉弄，应该生气而拒绝换衣服，还是应该维护他的、他母亲的、他整个家庭的名誉，或者他应该为了他母亲不在乎别人的想法而感到骄傲。

伊丽莎白：“赶紧，老弟。做决定吧。”

迈克尔气急败坏：“你去换啦，妈。拜托，穿在我身上跟穿在你身上不一样，别假装不知道。”

伊丽莎白发动汽车，踩油门，威廉斯堡大桥的气息、长岛快速路的痕迹、无限延伸的左车道的本质，全都复活了：“我为什么不该穿？如果你不在乎把你的内裤给所有人看，我又何必在乎？你没听说过公鹅母鹅要一视同仁吗？”

“那说的是性别。现在是跟年龄有关。”

“随便啦。现在我们该走了，已经来不及换衣服了。上车吧。”

又高又瘦的邻居图米先生，留着胡子，有赛跑选手的体格，穿着很不适合炎热天气的纽约大都会棒球队长袖运动服，经过他们身边。他的棕色的小吉娃娃走在前面，那腿细得跟铅笔似的。伊丽莎白从驾驶座向他打招呼，他也挥手应答。

迈克尔满脸通红。图米先生脑子里铁定在想着的内容把迈克尔吓坏了，纵使图米先生是全世界最没资格评判他人穿着品味的人。迈克尔心不甘情不愿移动身体，一路拖着步子上了车。伊丽莎白从后视镜里看着他系上安全带。她打倒挡，将车子慢慢地倒出车道。

不知打哪儿突然冒出一辆车，猛冲上车道，发出尖锐的刹车声之后停在他们旁边，差那么一点点两车就擦上了。伊丽莎白和迈克尔都吓了一跳，不得不探出身体准备撇清责任。

是安。她把车子熄火，费了番力气下车。

“妈！”

“外婆！”

伊丽莎白和迈克尔异口同声：“你来这儿干什么？”

“我也去。”安匆忙绕到乘客座位，“谢天谢地，我担心死了怕赶不上你们。”

“真的吗？”伊丽莎白说，“你要去？这可真叫人跌破眼镜。”

安打开车门：“我怕如果我不去机场，场面难看，她会有想法。”安上车，关上车门，“你们知道有句俗话说：你永远不可能有第二次机会再造给别人的第一印象。”

“就是说嘛，妈。”迈克尔附和。

“你觉得她会是什么样的人？”伊丽莎白问自己的母亲。他们当时正在路况出名恶劣的贝尔特公园大道上穿越皇后区。

迈克尔在后座，本应该念膝头上的书，此刻却观察起高速公路和公路两旁的房子与公园。

“我不知道。”安思忖着。

“你竟然从没见过她，太奇怪了。”

安的脸部肌肉紧绷着：“我只见过她母亲——那时我还小，是一九四五年，我跟我母亲去了趟英国。自从那次旅行之后，我母亲再也没兴趣去英国，也从来没有人来这里看她。她的家人一直不肯原谅她嫁了个外国人，一个纽约人——只不过是个杂耍团里的特技演员——然后擅自溜去美国。他们不信任他。他们说这不会有好结果的。最糟糕的是他们说对了。”

“呃，不完全对。”伊丽莎白的左肘支在车窗上，手指插进头发里，“他们生了你，那是好事一桩。”

“她们曾经一起跳舞，”安沉浸在回忆当中，“我母亲和黛西的母亲梅雷迪思，在我母亲结婚前，在她们闹翻前。梅雷迪思比我母亲大九岁，她们一起游遍英国和欧洲。我母亲和我父亲就是这么认识的——他们在都柏林相识。好笑的是，这两个人一个是舞者一个是特技演员，却生下我这个笨手笨脚的女儿。他们对我一定很失望。”

伊丽莎白用眼角瞥了一下她的母亲，很讶异她对之前几乎不碰触的话题侃侃而谈。从她脸上看得出痛楚。伊丽莎白领悟到，即使在四十四年之后，人还是会从自己认为对其无所不知的人身上发现新鲜事。

17

飞机着陆，十分平稳，如滑过玻璃般。

黛西坐在中间座位上，脑袋左闪右晃，想绕过她右手边那男人硕大的头颅，迫不及待要捕捉她看到的第一眼的纽约肯尼迪国际机场。她的胃不安地搅动着。

飞机缓缓滑行，最后停了下来。几百条安全带同时解开的声音萦绕在封闭的空间里，显得清晰确切。仿佛排练过似的，前前后后的旅客都从椅子上弹了起来。

黛西依然坐着，站起来也没用，走道完全堵塞了。那个头颅硕大的男人起身，站得太近，往她这里靠过来，试图从舱顶行李箱里拿出他的东西，但没有成功。他浑圆的肚子弹在她头上。黛西尽量贴着椅背。她左边的男人，一个看起来像生意人的瘦子，全程都在打电脑，默默站起来，耐心等着走道上排成长龙的人流开始移动。

黛西不急着走。只要她还在飞机上，她或多或少跟家还有所联系。一旦踏出飞机，她就是一个人了——完完全全依靠陌生人和几乎算是陌生人的人。她再次担心自己办不到。一百万个“万一……该怎么办?”堆积在她的脑海里。

走道上有了动静,拥挤的队伍逐渐疏散,有了些喘气的空间,聚集的人群之间的距离稍稍拉大。黛西感觉如果自己不紧跟拿着超薄电脑的瘦男人后面逃离这里,那个硕大头颅的男人会从她身上碾过去。黛西把膝头上的东西收拾好,没有延误加入队伍的时机。

18

伊丽莎白找到停车位。

迈克尔不想跟她们一起去航站楼。他坐在越野车后座，没有解开安全带。他的长腿和又大又笨的双脚向身前伸展，双臂在狭窄的胸前交叉，脸部肌肉牢牢附着在光滑的粉红色脸蛋上。他宣布："我在这里等，我要学习。"

"不行，你得进去。"伊丽莎白说，"我们可能需要你，谁也不晓得她带了多少行李。"伊丽莎白扳下门把手，打开车门。

安下车，在停车场伸伸腰杆。天气湿热，正午的烈日高挂空中，天空，是澄澈的蓝。

"这下我又成了你驮行李的骡子了吗？"迈克尔被惹恼了。

"你一直是啊。"伊丽莎白微笑着。她内裤的腰带很高，牛仔裤头很低。伊丽莎白的目光扫掠过在她面前延伸出去的航站楼，寻找英国航空。

迈克尔："我还以为我应该学习。"

“是没错。但既然你来的一路上没事可做的时候都没学习，我看不出现在有什么理由要开始学。”

迈克尔故意大声吹胡子瞪眼睛，踉踉跄跄下了越野车，在强光底下眯起眼睛。“那走吧。”他咕哝着。

朝航站楼走去。

“我真的觉得有点紧张。”穿过限单人通行的旋转门进入到达大厅之前，安说。

伊丽莎白：“我也是。我的意思是，她有没有说会待多久？”

“她没说。”

迈克尔跟在她们身后缓慢移行，尽可能地表现出他有多不想待在这里——甚至在他母亲盛装打扮的骇人事件之前就已经如此。她还真的贯彻执行，他吓坏了。

站在到达出口前时，安终于注意到了。她的目光停留在伊丽莎白的衣服上，眼睛眨了两下，立刻领悟缘由，快速观察伊丽莎白的脸。她的目光又匆匆转移到迈克尔脸上。迈克尔在看着她，他的眼神强烈要求做母亲的对女儿做出权威性的谴责。

安不确定自己该靠那边站，该支持谁。

迈克尔：“她看上去是不是很蠢？”

伊丽莎白低头看自己，不禁失笑。她几乎忘了自己穿着什么衣服。“我一直都想要穿成这样。”欣赏着自己的标新立异。了不起的会计师，了不起的律师事务所合伙人的妻子。

迈克尔转过身，面向开始走出到达出口的人潮。

“黛西长什么样子？”伊丽莎白问。

“我没概念。”安说，“她可能会像任何人。”

通过出口的人越来越多。

“我们知道她很老。”安接着说，“不可能有很多单独旅行的老女人。”

伊丽莎白和迈克尔默默赞同。看着抵达的旅客通过出口，经过他们，走向行李提领处。

时间一分一秒地过去。大批人群逐渐散去，只剩下三三两两的旅客。还是没看到老太太。他们不安地挪动，开始担心。

就在这时，终于，黛西出现了。

19

来自利物浦，这个以航海历史、运输港口、工业中心、运动场，当然还有披头士闻名于世的城市，黛西仿佛配合节奏般地走过来，拉着红色随身行李箱，以明亮、愉快、好奇的眼神注视着一切，把所有的事物尽收眼底。

安的心跳似乎一顿，从黛西身上看到自己母亲的影子——好像她去世多年的母亲又重返人间。

黛西发现他们，赶忙过来。她的目光一落到他们仨身上，她就知道是他们没错。那个矮壮的女人穿着深蓝色裤装，头发整齐地梳向脑后，警觉的浅棕色眼珠，柔和的圆鼻子，略有皱纹的褐色皮肤，长得不像家族里的任何人。年轻一点、四十几岁的妇人——黛西禁不住惊愕；她的穿着简直是笔墨难以形容——让黛西重新考虑之前做出的纽约人应该跟欧洲人同样时髦的假设。还有那个青少年——高瘦，手长脚长，浑身上下都散发出年轻人的傲慢。

黛西拉着行李箱走向他们。安和伊丽莎白，在她朝他们移动时迎向她，招呼她，用眼神唤她。伊丽莎白立刻就喜欢上她——她的举手投足，她的娇小身材，环绕着她的好奇而友善的气场。

安发现黛西全身上下看起来都很熟悉。从黛西身上看到安的母亲的所有特征，以及她希望女儿拥有、事实上没有的所有特征。她生下的是一个矮胖壮硕、骨架子又大的女儿，这种体型来自爷爷的遗传，让她母亲失望，也让她自己绝望，自卑感一辈子跟着她。

“安？”黛西到达适合开口的距离时说。

安点点头。两个女人站在那里，彼此凝视。谁也没有上前碰触对方。

“黛西，”伊丽莎白走上前，“见到你很高兴。我是伊丽莎白，她女儿。你一路还好吧？”伸出手轻拍黛西的胳膊。

“很好。”黛西说。

“那就好。”伊丽莎白说，“我们都很期待你来住。”镇住脑海中持反对意见的杂音——她自己的和孩子们的。

幸运的是，理查德没有反对，他只说“好吧”，然后倒头就睡，让伊丽莎白再次希望她能多分得他一些时间，因为等她简短概述完迈克尔最近的态度，又仓促跟他报告其他几个儿子生活状况的最新消息之后，理查德清醒着听伊丽莎白诉说其他事情的时间不到一分钟。

“这是我儿子，迈克尔。”伊丽莎白用手在迈克尔背后把他往前推，把他推向黛西做自我介绍。

“很高兴见到你，迈克尔。”黛西开心地想着这个名字。

迈克尔点点头，用力瞪着地板，心想：标准的老太太，她们全都一个样。

“我们去拿你的皮箱吧，行李提领处在这边。”伊丽莎白提议。一行人排在七零八落剩下的旅客后面朝那方向走去。

一大群人拥在行李传送带周围。黛西深吸一口气，突然间觉得精疲力竭。因为紧张，她在飞机上几乎没睡，而且也很饿。她只吃了一点点——也是因为紧张。所有的事情忽然都令人望而生畏：取行李、去住所，以及她所到之处的陌生感。或许她无法承受这么多。或许她应该搭下一班飞机回去，不要去动行李，只要让传送带把她的行李转到下一班横越大西洋的飞机上。

前方传来齿轮转动的声音；传送带开始移动。行李箱出来了。人群开始骚动，后面的人往前推挤，粗鲁地分开摩肩接踵、密密麻麻的人墙，好拿他们的东西。黛西焦虑得心跳加速，等着看到自己的行李。安和伊丽莎白忙着偷看她、打量她。迈克尔根本不费这个心。他已经看到他要看的。她是位小个子老太太，而小个子老太太有趣的程度跟那些历史建筑的导览行程差不多，他们针对窗帘、挂毯和靠垫的质地讲个没完。

伊丽莎白揣测着黛西需要她花多少时间协助，还有她是否可以整天独自一人，想知道她到底有什么打算。还记得她母亲说黛西想处理些事情——是什么事呢？她会把伊丽莎白牵扯在内吗？黛西会开车吗？她有没有办法适应开在马路的相反一侧的规则？要是她以为伊丽莎白有空载着她到处跑怎么办？黛西知不知道伊丽莎白有全职的工作？安有没有提到这点？此刻是思考这些事情的好时机，她知道，但就像她生活里的其他事情一样，不等到火烧眉毛，她是不会花心思处理的。

不是只有伊丽莎白在想黛西此行的需求，安也在猜想。当黛西查找自己的行李时，这两个女人都在琢磨着同一桩事情。

黛西轻拍安的肩膀，然后开始费力地穿过已稍微散开但还是很难挤进去的人群。黛西带头往前走，礼貌地轻拍他人肩膀，向不情愿分开的群众说声不好意思。安和伊丽莎白尾随在后。伊丽莎白抓着迈克尔的袖子，迈克尔抱怨地嘟囔着。

黛西走在前面，指着她的行李。与此同时，周遭冒出一大片窃窃私语。大家的反应都来自传送带上朝他们接近的某样东西，大家都指着它。其他人伸长脖子想看看是什么。每个人都准备嘲笑那个做出这种事的蠢货——此人把橘子果酱放在帆布行李箱里。结果橘子果酱从箱子的每一条缝隙中渗出来。敦刻尔克橘子果酱，流得传送带上到处都是，从冰冷的金属叶片边缘滴到地板上。

迈克尔："哪个白痴会做出这种事？"

黛西吓坏了，把悲伤搁到一边。他们拿不到敦刻尔克的橘子果酱了，然后又忍住想笑的冲动。要是丹尼斯和伦尼在这里就好了。或许丹尼斯不会觉得好笑，但伦尼会。他会笑得前仰后合。

黛西听到伊丽莎白说："要承认做出这种事还真尴尬。"

迈克尔："做了这事的人可能笨到不觉得尴尬。"

黛西看着自己犯的错误逐渐接近，快要到他们面前了。她痛恨她将不得不承认那行李是她的。她怎么能请迈克尔去拿这惨不忍睹的行李箱？他们可能会想办法把她丢在停车场。

大伙儿看着，所有人的目光都聚焦在行李箱上，等着看谁会去领。黛西努力快速回忆箱子里装着什么，心想也许她可以直接走开，把行李留在那里转到地老天荒。

没那么好的事。想起来了：梳洗用品——可以放弃；睡衣——可以放弃；另一双鞋——可以放弃；纽约的书和地图——可以放弃；丹尼斯和伦尼的婴儿毯——不能放弃。

就在她盘算的片刻，帆布行李箱距离她只有两英尺远了。她是否应该让它再转一圈？黛西觉得自己在发热，满脸通红。她的皮肤苏醒，已经好久没有如此。年轻时害羞的脸红——鲜明的红色，滚烫的热度——长期困扰着她，但已经几十年不曾这样了。突然间它再度出现——带着几分愉悦。这使黛西觉得自己变年轻了，很高兴自己还是有可能脸红的。

行李箱就在她面前的传送带上。重获新生的黛西，伸直手越过安，弯腰拎起行李箱，听到她身后讶异的惊呼声。行李箱黏在传送带上。黛西猛力一拉，把它扯了下来。

行李箱从传送带上剥下来时发出很大的"啵"的一声。行李箱摇摇晃晃，滴着果酱。黛西把它拉近些，用身体抵住让它不要摇晃。感觉到许许多多双眼睛看着她，就在这时，她转身对她瞪目结舌的美国表亲说："不好意思，这是我的行李。非常抱歉搞得一团糟。当然我会在把行李放到你们车上之前弄干净，如果能找到厕所的话。我知道自己打包时不幸犯了错，我绝对不会再犯同样的错误，真的。"她傻笑着，"顺便给别人上了一课，不要到最后一刻才打包。这一切都是因为我在拖运行李的几分钟前才看到'液体不准带上飞机'的告示牌。"

黛西上气不接下气地解释完，抓着行李让它离身体够远，好让往下滴的果酱掉到地板上而不是她身上，指望得到些反应。她不确定会得到什么回应，但在她的忏悔之后，他们总该要说些什么。然而，这三个人却一脸茫然，回看着她，完全没听懂的样子。

"她说的是英语吗？"迈克尔说。

"一定是。"伊丽莎白说。

"我一个字儿也没听懂。"安说。

"只是因为她有口音吗？"迈克尔说，"因为我认为那根本不是英语。"

"抱歉我们没听懂你说的话，"伊丽莎白对黛西说话的方式好像黛西是聋子似的，“我们听不懂你的口音。”

黛西笑了，她也听不懂伊丽莎白说的是什么。黛西困窘地站在那里，手上拿着那个行李箱，望着她表亲的脸。有几秒钟没人说话，然后黛西把那可恨的行李箱挂在手臂上，几乎到了手肘位置。她的手，以一种相当高贵的姿势和身体垂直，头抬得老高，鼻子往上翘，很有威严。她转身，穿过人群，人们迅速往两旁分开，害怕沾到果酱。黛西移动身体的姿态好像在展示世界上最高级的行李箱。

三位表亲慢慢跟着她，绕开滴在地上的黏答答的果酱。

“我的老天。”安说。

“见鬼了。”伊丽莎白说。

“或许她不是寻常的老太太，”迈克尔说，“但真是怪到家了。”

三个人跟在黛西和她那条橘子果酱痕迹后面，寻找洗手间。

黛西在厕所里待了将近二十分钟处理这片混乱。她小心翼翼地把上方拉链拉开，谨慎地伸手进去，把玻璃罐上的六个金属瓶盖子和好几大片沾满果酱的弧形碎玻璃捡出来丢掉。全部丢进满是揉皱湿透的擦手纸的巨大塑料垃圾桶里。

其他人在外面等她。黛西不敢去猜他们在想什么。她专心清理，专心去想她已经身在此处。旅行的不安和疲惫几乎被她抛诸脑后，因为表亲们看起来人很好，即便他们其中一位的穿着很可笑。她很快就要坐上他们的车，被带到她将居住的长岛上的一座房子里。她会遇到新的人，看见新的事物，处理一些旧事。或许还会看一场百老汇歌舞剧，看自由女神像，看帝国大厦，看世界贸易中心遗址，看华尔街，如果她可以设法安排的话。如果不能也没关系。她人在纽约了！

在厕所清理完，和他们会合，说几句话，跟着他们走出航站楼，来到没有下雨的停车场。蓝天澄静，没有沾染一抹云。

20

啪!

一支箭射中箭靶，没有射中黄色靶心，却射到旁边那一圈，外围红色那圈。紧接着又是三箭，全都离靶心更远。失望，沮丧。

下一支箭，接近靶心。

伊丽莎白把车停在他们精心照料的房子外面的碎石车道上，房子有红色百叶窗、红色的前门、雅致的前廊、整齐的草坪、无懈可击的花园、高大的景观树木。他们的房子，和在这典型的“黄金海岸”北岸城镇的其他房子并无二致。黛西已经注意到他们从高速公路越往北开，房子就越令人大开眼界。这一幢也不例外；在这里看不到任何邻居，而且他们告诉她，这里距离停泊如诗如画的帆船的华盛顿港很近。

伊丽莎白换到停车挡，开心地说：“我们到啦。”

四人下了车。伊丽莎白赶紧跑过来帮助黛西。安迈步往屋里走。迈克尔想逃走，但被逮住。伊丽莎白叫他回来帮忙拿行李。

迈克尔回答了句："我去叫乔希和戴维。"他溜进屋里。

"对。"伊丽莎白低声嘀咕，朝屋里望，看看有没有人过来帮忙并问候客人。

没有人。

"黛西，请进屋来见见我的家人，理查德很快就会来帮你拿东西的。"

"好的，好的。"黛西说着，"那可太好了。"挺直身体，整理她的衣服、她的头发。和其他人一起走上青石小径来到前门，眼里的每样东西都让她开心，阳光洒在她双颊上的感觉令她心满意足。

伊丽莎白匆忙带头穿过房子，呼唤他人。寻找他们。没有人来。安往厕所走去。

黛西赶忙跟上伊丽莎白，跟着她走进厨房，注意到那些最顶级的厨房设备，还发现每样东西都超级大。心想着和美国这个国家一样，这里的每一样东西都那么大。

伊丽莎白带她到橡木长桌前坐下，问："我给你弄点什么喝好吗？"

"不用，谢谢你。"不过黛西觉得自己愿意用一切来换一杯茶。

"你确定？"伊丽莎白问，"连一杯茶都不要吗？"开她玩笑，"你知道我们都怎么说英国人，是吧？说你们嗜茶成瘾。"

黛西无言以对。她不知道这下子她该怎么讨杯茶。她的味蕾竖了起来，渴望被下一波涌入口中的茶冲刷。现在到底几点了？

快速瞄了一眼手表。外面传来孩子们的笑声。她的英国时间接近晚上十一点，不过厨房的钟才指着五点。突然觉得很累。通常这时候她已经睡着了。心想或许她应该直接请伊丽莎白带她去她的房间，让她睡觉。

她听到的却是："今晚我们为你举办一场盛大的欢迎餐会。"伊丽莎白站在桌子对面，把零散的发丝拨到耳后，"我的妹妹们都会来。我有四个妹妹。她们，还有她们的先生、孩子，大概一小时之内就陆续赶到了。大家都想见见你。"

黛西心里想的是：哦，不！但她说出口的却是："喔，太好了。真棒。"怀疑自己到底能不能撑过今晚。晚餐大概一小时之后开始？不清楚自己有没有听错美国口音。希望是听错了。

"理查德和孩子们跑哪里去啦？"伊丽莎白自言自语，"我去去就来。"又觉得把黛西单独留在餐桌前不太妥，"你在这里待一会儿可以吗？"

"噢，没关系，"黛西说，"我没事的，你慢慢来。"

伊丽莎白眨眨眼，没听懂，一个字儿也没听懂，但是看见黛西在点头。伊丽莎白冲出厨房，穿过客厅，来到玻璃拉门前。她走进大太阳底下，猛然停在露台上，呆住了，因为眼前所见：一个巨大的箭靶放在支架上，全新的，上面插着黄色的箭。

伊丽莎白瞪着理查德完美的弓箭手姿势，他用箭卡住弓弦往后拉到最紧绷的状态，看上去像是个十足的能手。放箭。他、乔希、戴维、皮特，现在再加上迈克尔，全都看着箭从空中飞过，射在靶上，几乎射中靶心。

"噢呼！"男孩们疯狂欢呼，因为他们的父亲不但在家、醒着，而且还在做他们可以参与的事。

"你目前为止最好的一箭。"戴维面露骄傲。

理查德转身对着伊丽莎白："你看到了吗？一个每秒移动三百三十三英尺的东西完全在我的掌控之中，我倒要看看谁能赢过我。"

伊丽莎白站在原地，她的下巴快要掉到裤腰带上了。

“你想试试吗，莉齐？”理查德问她，“过来，我教你。”

“我要试试，”男孩们全都叫了起来，一齐跑向箭靶把箭拔出来，一路争着下一次该谁射箭。

伊丽莎白目瞪口呆，结结巴巴地说：“你从哪里弄来的？”

“运动用品商店。我早了几分钟到达镭战派对，还有时间跑去隔壁的店逛逛。我想经过这么多年后重新磨练磨练技术对我来说挺好的。你不知道我以前是弓箭手吧？”

理查德擦掉脸上的一层汗，把弓递给皮特，走向她。男孩子们跑到起点线，到理查德刚刚射箭的地方，争着要开弓放箭。

“我大学的时候很厉害。”理查德没注意到伊丽莎白震惊的反应，“我们飞镖社里的大多数人都会射箭。我得说看来我的技术不比当年差。”他站在她面前，沉湎于过去的回忆，然后才突然回到此刻，迅速地深吸一口气。“好啦，你的客人在哪里？”

伊丽莎白试着接受她先生正中靶心的画面。他张弓搭箭的时候想象的是什么画面呢？伊丽莎白用力咽口水，没有回答他的问题。她不需要回答，因为安带着黛西一起来到了露台上。

理查德走上前去，用他的前臂内侧抹去太阳穴上的最后一滴汗珠，扶正他的黑色方框眼镜，握住黛西的手：“很高兴见到你，黛西。”他热情地用手握住她的手，注意到她的手腕很纤细。他从没见过这么纤细的手腕。“你在飞机上还好吗？”

黛西点点头，他的热情问候让她觉得很安慰：“好，很好。”她的手，握在他的手里很舒服，让她渴望更多的舒适，渴望上床睡觉。

“妈，”伊丽莎白问，“你有没有看到理查德在射箭？”用眼神暗示她话里有话，“他真是个神箭手。”伊丽莎白又强调了一句。

安眨眨眼，好一会儿才弄明白她的言外之意，扭头看着箭靶：

“理查德，你是射箭手？”她问，声音很平稳，像在聊天，很愉快，但在她心里有个盒子嘎吱打开了。忧虑像花园里的蛇一样悄悄溜了出来，安突然认真看待起伊丽莎白的恐惧，然后又立刻抛开它。太荒谬了，不是吗？

理查德没发现他妻子和岳母在互相使眼色，继续对黛西说：“伊丽莎白带你去看过房间吗？你一定累了，你那边的时间已经快要半夜了。”

大大松了口气的黛西几乎要倒在他身上。总算有人了解了。黛西回答道，她很感激有人带她去房间。理查德催促伊丽莎白带黛西去，而他去车上拿她的行李。

这三个人离开之后，安还留在露台上，旁观她的外孙们尝试射箭，按捺住自己的疑问。

钳子从侧面夹住三块厚牛排中的一块。下面的火往上窜，包住牛排，油脂往下滴，火苗烧得更旺，发出劈啪声。一群人在火旁，围成一圈。黛西看过自己的房间后回来，坚持加入真正的美国烧烤会，英勇地参与其中，抵抗下垂的眼皮，止住呵欠。每个人都看着肉在火上烤的壮观景象，刺激着嗅觉。

理查德移动烤肉钳，把另外两块牛排往下压，大声嘟哝了一句：“很嫩，就像女人的屁股一样。”

烤肉架旁的所有人刹那间都盯着他看，很惊讶听到他当着他们客人的面说出这种话，让敏感的英国老太太感到不舒服。

“理查德！”伊丽莎白惊呼。有谁会说出这种话？自问自答：飞镖男。

理查德：“噢，对不起。我可以解释。”

伊丽莎白听到他的话在她的脑子里不断回响，觉得反胃。

理查德呵呵笑着，转身对黛西说："我道歉。我只是在复述上班时发生的一件事。我们有个法务助理，这家伙二十出头，想当演员。据说——我当时不在场，但我听别人说——有个资深合伙人让他拟一份跟法定货币[①]有关的合约，而这个助理说：'很嫩，就像女人的屁股一样。'"理查德微笑，"真是超好笑的。"

黛西咯咯笑。

伊丽莎白没有笑。

黛西环顾四周，换了个话题。她称赞起苍翠繁茂的宽大草坪："你一定花很多时间刈草吧。"回想起自己穿着保罗工装裤的模样，想到了自己的刈草机。

"噢，不是我来刈草。我们雇了园丁来。对吧，莉齐？"理查德注意到她的心思似乎飘得很远，想把她拉回现实，想让她投身进来，加入谈话。

可她没有。她陷入沉思当中，想要弄清楚她到底会不会真的叫警察，把结婚二十一年的丈夫抓走——还有，如果她真的这么做了，她该说些什么。

还有他们会说些什么。

还有他们会做些什么。

"英国的天气糟糕透顶。我这一辈子都不晓得为什么有人会来英国。"黛西看着她周围的脸庞，虽然精疲力竭，还是想讲些有趣的事吸引他们，"但他们还是要来。一直有人来英国。"

---

① 法定货币，英语原文为"legal tender"；而"tender"也有"细嫩的"意思。

黛西坐得离游泳池不远——那游泳池几乎是按奥运会规格建造的，就在大理石桌面铸铁野餐桌前，这桌子是无比昂贵的户外庭院桌椅组合之一，这套家具还包括贵得离谱的藤编沙发和双人沙发各一，两张沙发上面都摆着鲜艳的橙色条纹靠垫，全都由高级布料制成。低垂的蜡烛。所有人手肘挨着手肘——安、她的五个女儿、女儿们的丈夫，以及他们的孩子。黛西尽可能记住他们的名字和长相。

大多数人听不懂黛西的口音，因此分别私下交谈。安、伊丽莎白、她的妹妹们和她的妹夫们都听不懂，也不完全是；他们只能勉强听懂，程度不一。黛西评论着景观美化，她熟知花园里生长的每一株植物的名称和特性。

理查德听她的口音几乎没什么问题。他有一些英国客户，甚至还有来自英格兰西部的客户，操着类似的口音，所以在这点上他有优势。他听得懂黛西说的话，成了她的翻译。他很喜欢她，热切地听她说的每一句话。他大为赞叹她对植物渊博的知识——她说起他的树、矮树丛、灌木和花朵。他无法分辨水仙和郁金香，也很少正眼看他的花园，此刻他为此感到羞愧。他询问她家乡的情形，问她的家人。

“我们家族的脸型都是长而悲惨的。”黛西用手把脸颊往下拉，做出长脸的样子，“我们并不悲惨，我们只是长相悲惨。”

蚊子和萤火虫来了，占领此地。大人们拿防蚊液拼命往孩子身上喷。黛西说起利物浦没有蚊子。没有人听到，没有人在听，每个人都像他们正在躲避的昆虫一样忙来忙去。

大人往室内转移。姐妹们和安在厨房里。她们的丈夫，除了理查德在清理烤肉架之外，都站在客厅里围成一圈，手里拿着啤酒，讨论着纽约大都会棒球队，交换信息，分析赛事。他们背对着坐在沙发上的黛西，没人注意她，几乎把她遗忘。

孩子们在房子里跑进跑出，黛西置身于他们制造的这一团混乱、嘈杂、喧闹的骚动之中，感到精疲力竭。她找到了一个舒服的地方坐下来。乔希和戴维身上是快干了的游泳裤，一边抓着刚被蚊子咬的包，在沙发的另一端坐下来，玩起了任天堂升级版掌上游戏机。他们头碰头，这样两个人才都能看到小小的屏幕。

毫无预兆，黛西突然陷入沉睡。她的头，完全往后仰，靠在沙发上。她的嘴巴张得老大，朝向天花板打着呼噜。

那些先生注意到了，转身离开。伊丽莎白和妹妹们弄完厨房的事，回到客厅，看见黛西。她们别过头，移开目光。安叹着气，对眼前的景象不知为何感到无法忍受。

迈克尔："看来她想接住天花板吊扇上的灰尘。"

戴维从乔希的肩膀后面探头对迈克尔说："你可真坏。"

才走进屋子的理查德站在门口，手上拿着油腻腻的烤肉工具，注意到黛西。他很生气，投给他妻子责难的一瞥："你就让她这样睡吗？"

伊丽莎白领悟他的意思，感到极其内疚，这才发觉她满脑子都是他的事情，没办法不去想象他射箭的画面。

理查德冲到沙发前，在黛西跟前蹲下来。轻轻把她摇醒，柔声喊她："黛西，来吧，这是漫长的一天，我带你去床上好好睡。"

黛西猛然惊醒，错愕地看到一群陌生人呆望着她。理查德倾身向前，把他强壮的手伸到她上臂下方，帮她从沙发上站起来。

"噢，我的老天。我真的很抱歉。"黛西困窘不已。"很抱歉我在打瞌睡。"

"没关系，黛西。我们理解。"他轻手轻脚领着她到客房。发现自己不确定其他人是不是真的理解，他为此感到气恼。

21

稍晚，夜深人静。黛西的生物钟告诉她现在是清晨。该起床了。

她从床上坐起，四周一片漆黑。头几秒钟，她困惑不已。她把现实拼凑起来，看到一个钟：凌晨一点半。她大概睡了三小时。想起自己是怎么被理查德带进房间的，他真是个好人。想起自己陷进枕头里，就想得起那么多。

不清楚自己的梳洗用品在哪里。黛西想刷牙，想上厕所。发现行李箱，把床罩盖回床上。她去拿帆布袋，那个沾满橘子果酱的袋子。它现在好多了，但还不是非常干净，有些地方还是黏乎乎的，但当然是好得多了。她找出需要的东西，努力回忆厕所在哪里。理查德带她去看过。在走廊的尽头，不是吗？但在哪一边？左边还是右边？但愿她不至于偷偷摸摸开错好几扇门之后才找到。

黛西把手放到门把手上，欣赏它——旧式圆形雕花玻璃门把手，跟她自己家里的东西完全不同。很精致的门把手。转动它，拉开门。站着，聆听房子里寂静、熟睡的声音。

借着朦胧的微光窥看，寻找有印象的标志物。放轻脚步，光着脚丫子，穿着轻薄的睡袍，蹑手蹑脚走出去，没弄出半点声响，不想吵醒任何人。经过三个门之后她找到了厕所。

随后，蹑手蹑脚回到自己的房间去，听着自己安静的呼吸声和房子里夜晚的沉静。然而，在寂静中还听到一种声音，棉布摩擦的声音。不是她的睡袍，她很肯定。声音从后方传来，从另一条走廊。

黛西侧耳倾听。她无比肯定，对方刻意放轻动作。这个时间点儿她不想跟任何人对话，悄无声息地快步回到房间，非常小心地关上房门。她等着，倾听从走廊传来的声音。

奇怪的是，她听到的反而是从外面传来的声音，从车道上。一扇车门，缓缓打开。黛西穿过房间来到窗前，往外窥看。

伊丽莎白溜进车里，无声无息地开出车道，倒车来到空无一人的街道上，开走。

黛西惊愕地看着，直到穿透黑暗的红色尾灯消失为止。

伊丽莎白不确定是什么动机促使自己半夜从床上爬起来，坐上车，开回三区大桥，在九十七街穿越中央公园，从百老汇游荡到休斯顿街，然后往东开上威廉斯堡大桥。但是，她却这么做了。此刻她在桥上驰骋，畅通无阻的大桥上车道空旷；收音机里大声播放着老歌，她尽情地演唱，声音震耳欲聋、满怀豪情。中间车道上只有她一辆车。城市的灯光在她身后闪耀，她投身于这隐秘的城市之夜，成为野外黑夜演出的一分子。现在她尽兴了，打算要回家了，她明白了自己半夜从床上爬起来坐上车的动机。

是志得意满的感觉，只是志得意满感而已。

释放了长眠已久的内在，如舒缓剂一般，把某样东西从内心深处给拉了出来，这东西来自她之前的自我，来自满溢着自信、镇静沉着的时期。重新跟另一个伊丽莎白·杰蒂结合，是她比较喜欢的那一个。

没有人问黛西她为什么来纽约，她原本以为他们会问。如果他们不快点问，她就不得不自己提起这件事。她迫切想着手开始。

星期天，家里乱成一团。早上他们全都急急忙忙奔去教堂，除了理查德在家中的办公室里被接二连三的公务电话缠住不得脱身。从办公室里出来的他打着呵欠，一头乱发，烦躁不安。他揉着发红的双眼，匆忙对黛西丢下一句“早安”，就飞速跑去跟汽车修理厂预约时间，因为今天是纽约州强制车辆年检期限的最后一天，而且该换机油的期限也老早就过了。

伊丽莎白拖着两个大眼袋，穿着之前同一条奇怪的裤子。整屋子的人都在团团转。一点钟是乔希和戴维的年终钢琴独奏会。戴维要弹奏贝多芬，乔希要弹肖邦。伊丽莎白烫着他们的白衬衫，找出两条领带，摸出四只黑袜子。她祈祷他们的鞋子在一月举办的独奏会之后还穿得下。

皮特有棒球赛，他不能参加弟弟们的独奏会，基于同样理由安也不能参加。伊丽莎白在屋子里忙进忙出找这找那，接起响个不停的电话，替全家人安排计划。她把安排草草写在厨房的巨大布告栏上。每一个偶发的状况都让她分心，每次经过迈克尔身边都吼着叫他快去学习。

正玩游戏的迈克尔抬起头说：“你不会真的要穿成这样去参加钢琴独奏会吧。”

伊丽莎白低头看着自己的衣服，除了新换上的衬衫之外，其余的都跟昨天一样。她很高兴他发表意见。理查德一个字儿都没说。伊丽莎白重复她的紧箍咒："迈克尔，你换我就换。"她挎着一篮待洗衣物匆忙走开。

黛西不自在地坐着，至少现在弄清楚了伊丽莎白为什么会穿成这样。置身于种种活动之中，黛西假装读她的书。觉得别人无视于她的存在。有点困扰，因为没有人问她要办的事是什么，还有她为什么要来这里。希望有人能问，她需要他们的帮助。她决定跟迈克尔讲话，他独自坐在沙发上，在她坐的另一头。黛西和蔼地问他学校如何。

迈克尔几乎没抬眼看她，说："糟透了。"迈克尔揉揉鼻子。他的眼睛盯着屏幕，正投入一场他的机器人和来袭敌人的战役。

黛西又试了一次："你要在今天的独奏会上表演吗？"

迈克尔说："不，我放弃弹钢琴了。"他暗自抱怨着，预期一场逃不过的长篇大论，勉励他不要后悔或要把握第二次机会。奇怪的是，它没有出现。黛西只是扭过头去，自顾自地小声哼歌。迈克尔等了几秒，但它还是没有出现。

因为黛西没在考虑他放弃弹钢琴的决定，她想知道的是这个迈克尔有没有什么好主意找到另一个迈克尔。她想知道的是这个迈克尔可能会怎么做，他会如何去找六十年来都没见过或听说过的某人。年轻人通常会有好主意，他们知道很多事情。但他好像不愿意聊天。黛西心想她晚一点再试试。

午餐时间——所有人都被叫到桌边。黛西真是饿坏了。她出门之后有几餐没吃。她很尽兴地跟男孩们一起吃伊丽莎白准备的食物：一碗奶酪通心粉。伊丽莎白在厨房忙得团团转，没空坐下吃——把洗碗机里的碗收好，刷锅子，清理厨房台面。

伊丽莎白像一股超强台风在近旁旋转时，黛西对自己的游手好闲感到很不自在，她朝伊丽莎白望过去，看了她一会儿，然后问："我能为你泡杯茶吗？"

正在把枫木橱柜上的枫糖浆擦洗干净的伊丽莎白抬起头，一脸疑惑，惊讶地望着黛西，好像她在分析某种外语。不过这一回不是因为语言本身，而是观念。她微笑，放松肩膀。

伊丽莎白说："不用了，谢谢。我没时间慢慢品茶。但如果你想喝就请自便，我应该有茶包。"她把海绵丢进水槽，往碗柜走去要找。

黛西弹跳起身："伊丽莎白，请你让我来就好了。我知道茶包在哪里。今天早上我找到茶包了。"

伊丽莎白停住，吃了一惊。

"希望你别介意。"黛西立刻加了句，"我起得很早，我找到了需要的每一样东西。"

伊丽莎白觉得自己受到了指责："我真粗心，昨天晚上没有告诉你东西都搁在哪儿。抱歉还要让你自己在这里东翻西找。"

"噢，没关系，我没事，我不想给你添麻烦。"

"你一点儿都不麻烦。"伊丽莎白友善地想这句话可真是太轻描淡写了。看起来，没有半个人花费一丝心力在黛西身上。现在应该修正这个重大失误了。稍后她会理出头绪，搞清楚怎么会有这样的失误。"你还有什么别的需要吗？还有其他什么要我带你看或帮你拿的东西吗？"用黛西的角度看看自己和家人，感觉真是烂透了。

"噢，不用，我很好。"黛西的脑海里不由自主地浮现一瓶君度橙酒的影像。

伊丽莎白突然注意到客厅里电脑游戏的音量。"对不起，我的视线一分钟都不能离开这些孩子。"她飞奔出厨房。

黛西听得到叫喊声。伊丽莎白对戴维和乔希嚷嚷着不要再看迈克尔打电子游戏了，快去钢琴前把表演曲目练一遍。孩子们跑到钢琴前，争着谁要先弹。伊丽莎白尖声叫迈克尔开始学习。跟着他上楼，提醒他应该要准备某个考试，他第二天就要考的那科。

黛西拿起她午餐用的碗，洗干净。听见有人在弹奏肖邦。停下来，倾听。如此优美的音乐。不管是谁在弹，弹得可真好。偷看一眼弹钢琴的是谁。

乔希。十一岁就能弹得这么好。戴维在他身后走来走去，等着轮到他练习。黛西站在门口，沉浸在这一刻，音符在她全身流淌。

伊丽莎白回来时，黛西坐在钢琴附近，如痴如醉般听着乔希弹钢琴。伊丽莎白问黛西是否想和他们一起去钢琴独奏会。她不认为黛西会去，又不确定该怎么安置她。伊丽莎白一直在等，等着看黛西拟定计划，希望黛西询问去市里的火车、旅行团的信息，询问关于演出或其他曼哈顿景点的信息，又或许要求借用电话，但她都没有。她只是这儿坐坐那儿坐坐，看上去心满意足，双手整齐地放在膝上——让伊丽莎白摸不着头脑。

黛西说好，她很乐意去独奏会，一定会很棒。当然会的，这两个男孩真会演奏。黛西非常高兴能够成为音乐方程式的一部分：不可或缺的听众。更何况，穿着西装的男孩们看起来真俊俏。

黛西也假设他们在路上也许会经过卖君度橙酒的商店。

钢琴独奏会在当地教堂举行。伊丽莎白停好车，跳下来，匆忙走进屋里。她不得不回家来拿戴维的琴谱。离开家之前他坚持自己不需要琴谱，因为他已经把谱子背下来了。车子开到离教堂三个路口远的时候他改变了说法。

伊丽莎白只得先把黛西和孩子们放到教堂，然后回到拥堵的交通里，马路上挤满了星期天下午出门购物的人潮。

独奏会开始前几秒，她才赶回教堂。在一排排座位间搜寻，终于找到他们。理查德也是刚刚才赶到的，车辆检查和换机油把他困在修理厂。伊丽莎白重重地在他身边的空位坐下来，由于及时赶到而松了口气——应该说是他们及时赶到，因为她不是独自回来的。

当她进屋取戴维的琴谱时，她发现迈克尔整个人摊在沙发上打电子游戏，这跟他本应坐在书桌前学习的差距差得远了。结果是，现在他坐在这里，和黛西隔着两个座位，他的课本打开，准备好被晾在那儿。迈克尔对母亲耳语："她没有更好的事可做吗？"

伊丽莎白坐在迈克尔和理查德中间，理查德坐在黛西旁边。

迈克尔说："仿佛她是为了这场独奏会才来纽约似的。"他仔细瞅着黛西：腰杆挺直，双手规矩地交叠在膝头。迈克尔翻了个白眼："她到底来这里做什么？"

"我知道才怪。"伊丽莎白说。

"你连问都没问吗？"

"轮不到我问。"伊丽莎白心想，妈妈到底在哪里？伊丽莎白明白安不想接待客人住在家里，但她以为黛西一来安就会热情招待她。她怎能不如此？这是她久未联系的亲戚，黛西是和她血缘最近的表姐，她母亲的外甥女。怎么安反倒像是所有人中对她最不感兴趣的？为什么她昨晚几乎没有跟黛西说话，甚至今天早上也没有打电话来问黛西她今天要做什么。

教堂里很热，没有空调。有几只风扇，吊扇、立扇都有，以最高速度转动着，还有个快速摆动的节拍器。弹奏慢板曲目的演奏者可就遭殃了。电扇不能带来凉意。这些电扇无法胜任降低室内温度的重大责任，因为教堂里有一百多号人，温度高达华氏一百多度。

伊丽莎白周围的听众汗流浃背、热得发昏。伊丽莎白则昏昏欲睡。但本应该是最不习惯温度猛升的黛西，几乎没感觉到热。她很高兴来这里，追溯自己到底是如何参加了一场美国的钢琴演奏会——一场纽约盛会。不过一天多以前，她甚至还不知道这些男孩的存在。而现在她准备好为他们加油，为他们喝彩。

她看节目单，搜寻他们的名字。他们差不多排在最后面，在他们之前有多达三十五个孩子要表演。黛西静下心来，热切期待表演开始。她偷瞄了一眼迈克尔，怀疑他是否在学习。她得身体前倾，目光才能越过理查德和伊丽莎白；这两人都在忙着准备摄影——伊丽莎白拿着便携式摄影机，理查德拿的是数码相机——连接配件，两手专心摆弄着。他们都没注意到迈克尔盯着天花板。

音乐学校的校长正在致开幕辞。接下来是排成一排的表演者——有些年纪非常小的孩子，四五岁大。骄傲、紧张的家长在走道上徘徊，拍下他们的第一次独奏。在场的每一颗心都为这些孩子感动。伊丽莎白还记得她是那些家长之一时的情景，一切都很新奇。迈克尔是家里第一个学钢琴的孩子，他让观众为之疯狂。伊丽莎白想起他的第一次独奏：他的头比琴键高不了多少，而他完全掌控了观众的情绪。他发自内心深处的和乐器之间的连接，他如此轻松自如的弹奏，没有人比得上。没有人。

然而他却甘愿把这一切都抛弃。

伊丽莎白想到这又动了怒气，心头未解的愤怒又被搅动一番。她扭头看他。或许他在这里是件好事，不只是因为这样她和理查德可以盯着他。或许看到年幼的孩子表演会唤醒他的内心。或许，只是或许，他会回头。

只看了他一眼，伊丽莎白就放弃了这个念头。她不可能看不出来，他是完全游离的。他甚至不看那些小孩，不看正在弹奏“一闪，一闪，亮晶晶”的小男孩，也不看那些紧张等待轮到他们表演的孩子——他们坐在前面，穿着西装、礼服以及黑色真皮、假皮或漆皮皮鞋，小脚丫还碰不到地板。他也没在看书。他像一个傻瓜似的盯着窗外看。

伊丽莎白叹了口气，打个呵欠。这里实在太热，让她昏昏欲睡。告诉自己应该放弃半夜兜风的享乐，但很高兴她没有。把自己的手背放到脸颊上凉一凉，深呼吸，又想到理查德。伊丽莎白不知道是否该直接问他，引出这个问题。可是要怎么说？“理查德，亲爱的，你最近有没有培养什么新嗜好？发泄情绪的新活动？”或“那么，你是如何选择你的目标的？那些目标一定很嫩吧？就像女人的屁股？”叹口气，毫无办法。把她涣散的注意力移回钢琴前的小男孩身上。

黛西可不一样。她在注意听每个音符，喜爱孩子们的脸蛋。他们弯曲的小手腕，低垂的脑袋，弹奏的小手指头。一个一个再一个，漫长到大家开始在座位上换姿势；漫长到开始听得见第一声无聊的叹气声；漫长到理查德开始拼命忍住打呵欠，领口下面热得要命，做着晚上一夜好眠的白日梦，黑莓手机又回到左手，滑动页面查看电子邮件，虽然精疲力竭还是得回复紧急的邮件；漫长到伊丽莎白瘫陷进椅子里，继续推敲她的飞镖男烦恼；漫长到室内其他人都弓身离开座位，黛西还是兴致盎然。她把对之前每个学生的兴趣以同样程度投注到之后的每个学生身上。在第十六次“小星星”演奏之后，她的手拍得还是跟第一次一样用力。其他人或许已经觉得无聊——显然如此；其他人天马行空的幻想或许已经飘到千里之外——显然如此。大多数成年人茫然凝视着前方，可黛西不是这样。独奏会对她来说真的是一种享受。

等待的时刻终于到来，她专注地看着台上。戴维走到钢琴前面，他的浓密棕发跟他父亲的一样不听话，他的圆脸跟他母亲一样，但他鼻子和脸颊上的雀斑以及嘴角的两个酒窝都是他自己的特征。他鞠躬，坐到琴凳上，然后往旁边移动一点点，使自己正对着钢琴中央。他调整手指的位置，放在中央C键上。教堂里鸦雀无声，他开始弹奏。

黛西密切关注着每一个音符，和他一起轻轻摇摆，几乎屏住呼吸，跟他一起紧张地憋着气。她仔细倾听，希望他能精准地捕捉到每一个音符、和弦和停顿。

他的确办到了。一场完美无瑕的表演，毫无差错，连一个小失误也没有。

观众惊艳，掌声如雷。黛西大声欢呼，扭头看理查德和伊丽莎白，想要分享他们的兴奋之情，想要和他们一起喝彩，想要共享他们对戴维无懈可击的成就所感受到的骄傲。

然而，眼前的景象吓坏了她。

伊丽莎白和理查德，两人都在打瞌睡。低着头，打着呼噜，双眼紧闭，下巴抵住胸口——两个人都是，父亲和母亲，肩并肩，坐在J排的第十一和十二号座位。理查德发出低沉的呼噜呼噜声，伊丽莎白发出音调较高的呼咻声。

尽管会让她患有关节炎的手指痛，黛西还是使劲地拍。在他们两人的另外一边，她捕捉到了迈克尔的眼神。解读他的神情，或多或少在说："知道我的意思了吧？"

黛西的目光回到戴维身上，他站在琴凳旁边，准备鞠躬，环顾屋内，在鼓掌的观众之中搜寻自己的家人。黛西要采取防御措施，假如他找到他们的所在，她不想让他看到他即将看到的这一幕。黛西做了两件事：伸手越过理查德，在伊丽莎白的腹部上拍了一巴掌，然后用手肘使劲撞理查德肉鼓鼓的大肚子。

迈克尔看着，看到她所做的。他被彻底震住了。他从来没看过谁动手打他的父母，他从来没看过谁不用毕恭毕敬的方式对待他们。谁能料得到这娇小的老太太会做出这番举动？这位把橘子果酱装进帆布行李箱里，让它们在货舱中横渡大西洋的女士，这位在为了欢迎她而举办的晚宴上睡着的娇小老太太——头朝后仰，嘴巴张得老大——会不会其实没那么糟糕？

迈克尔用全新的眼光看待她，重新评估她，重新考量她。他钦佩这两个动作：拍打他母亲，肘击他父亲。这个黛西超过了他之前对她的评价。

还有更绝的：她在吹口哨！她把两根手指头放进嘴里——像个男人一般！这是保罗教她的。她好多年没吹了，那时候儿子们还小，他们常去看橄榄球比赛。但现在她在吹口哨，兴高采烈地，转回头去，而此刻理查德和伊丽莎白气急败坏地醒来，迅速明了眼前的状况，沮丧地看到在那里鞠躬谢场的是戴维，沮丧地发现他们打瞌睡错过了儿子的整场表演。

他们发觉欠黛西一个大人情。

22

“晚饭后，迈克尔。”伊丽莎白说。这是独奏会之后的傍晚，她正和理查德、黛西、安以及所有的孩子坐在长方形餐桌前。一大堆中国菜摊在他们面前，筷子发出碰撞声。几只手同时伸向巨大的调羹，舀起一堆堆炒饭、芝麻鸡、橙汁牛肉、豉汁虾仁。“晚饭后你一定得马上开始学习。对不对，理查德？”她的目光越过餐桌看着他，寻求支持，尽量不去想飞镖的事。

理查德点点头：“绝对的。我会盯着你的。”希望真能如此。他明早之前要写出一份备忘录，上午八点在城里的会议要用。

“我也会盯着你的。”伊丽莎白加了句，也希望真能如此。她要报他们自己的所得税；期限只延长到星期二。明天没有时间；排满了一个又一个所有那些最后报税期限在六月十五日的客户的会面。她必须钻研一大堆文件和表格，想想就让她头痛。今晚必须奋战。真希望自己不是一个注册会计师。

“事实上，我认为我不需要学习。”迈克尔宣布，往后靠在椅背上。

“真的吗？”伊丽莎白设法保持冷静，“为什么？”

“学习浪费时间。”

“你要学习。”理查德坚定地说。

“来一壶热茶怎么样？”黛西问。

“我不用。”理查德心里想着干邑白兰地。

“我也不用，谢谢。”伊丽莎白说，“但如果你想喝茶，希望你别客气，请把这里当作自己家。”眼神越过餐桌瞥向她母亲，试着让她活跃起来，因为让伊丽莎白无比惊讶的是，安对黛西没有表现出丝毫兴趣，整个晚上都是如此。伊丽莎白甚至不得不强迫她来吃晚餐，而从一开始她就和孩子们深陷在餐桌另一头吵吵闹闹的谈话中。

自从独奏会上的尴尬事件以来，理查德和伊丽莎白就把黛西奉为上宾，注意倾听她说的每一个字，尽最大的努力——至少对伊丽莎白而言是如此——拼命弄懂黛西先前令人费解但现在却慢慢听得懂的口音。

“嗯，那么，或许不喝茶，可以喝……”黛西开了个头。

理查德突然领悟了：“你要不要来杯餐后酒？”

黛西轻声笑着：“或许我可以来一点。”

“来一点什么？”

“噢，我不知道。我想你们应该没有君度橙酒吧？”

“我想我们有。”理查德从桌前起身，膝盖僵硬。

“真好，谢谢你。”

理查德带着黛西的饮品回到餐桌旁，站在她身边，慢慢啜着他的苏格兰威士忌，查看时间，想着他应该开始做备忘录了。

舌尖熟悉的味道，让黛西觉得舒服。她越过长桌子注视迈克尔：

“你要学习的是什么科目，迈克尔？”

“欧洲史。”仿佛这些字眼儿有毒。

“他以前很喜欢历史。”伊丽莎白把一个盘子放进洗碗机的凹槽里，任由水龙头的水从排水口白白流掉。

安收拾剩菜，把菜舀进塑料盒里。

迈克尔年轻的声音尖锐刺耳：“历史能改变什么？我们从来没有从中吸取教训，知道第一次世界大战并没能阻止第二次世界大战。”

“但愿有，”黛西说，“这样我们就不会被轰炸了。”

“你被轰炸过？”迈克尔的眼睛亮了起来，“你真的看见过炸弹掉下来？”

黛西点头：“多得数不清。我们被轰炸得很厉害，利物浦是英国除了伦敦之外被轰炸得最厉害的地方，因为我们在默西河有些大港口，对美军来说使用方便。我们那里部署了很多军舰，我们也用港口来从事进出口。战争时期使用的原料有百分之九十都是经由这些十一英里长的码头运送的。”

“真的吗？而且你就在那里吗？”乔希加入谈话。

“就在那里，缩成一团。而你们的高曾外祖母，也就是我们的外婆，”她用手势把安也含括进来，安正探身到冰箱深处，几乎所有人都看不见她，“在她的车上度过战争时期。”黛西吃吃笑着，“她真是个强悍的老家伙，我们的外婆。她有辆新车，她是村里最早一批拥有汽车的人，当然也是家族里的第一个。噢，她可真骄傲——骄傲到警报声响起，我们所有人都冲进防空避难所里躲避，她却不走。她不愿意下车，她不想把车子扔着没人管，没人保护，担心它可能会被炸。因此她坐在里面。每个人都对她大喊，叫她进防空洞，甚至连空袭民防队员都对她大吼。但她对所有人不理不睬，就只是坐在她的车里，任由炸弹落在她四周。”黛西又笑了，“她可真有个性。”

有好一会儿，没人说话。理查德又坐回餐桌前，告诉自己备忘录可以等一等。伊丽莎白也加入他们。突然之间，这短短的几句话在她眼前展现出一个全新的家族，全新的祖先历史。对她那几个坐在那里睁大眼睛盯着黛西的儿子来说，则是展现出一个全新的世界。

黛西高兴坏了，他们喜欢她的故事。他们肯定喜欢，因为他们围在餐桌旁，探问她更多回忆。他们全都克服了她的口音——只有安除外。

通常，黛西会推测保持距离是安的为人处世之道，安似乎煞费苦心地让这一点表露无遗。可是黛西想了想她看到的伊丽莎白对安这种态度的反应：伊丽莎白挑起的眉毛、好奇的斜视、不解的表情，使得黛西认为安这种态度是以前没有的，而讨厌的是，黛西——还有伊丽莎白，就这件事来说——都不知道原因何在。

伊丽莎白不得不把所有人从黛西的故事中强行拉开，让大家各做其事，不顾他们的抗议，严厉地提醒他们，明天要上学，乔希和戴维都还有功课没做完，皮特和迈克尔要学习，而她和理查德都有工作要做。黛西急忙回到卧房，把洗梳用品拿往浴室。她很想冲个澡。发现浴室没人用时松了口气，希望自己用浴室不会造成任何人的不便，决定洗快一点。但这似乎不可能办得到，因为她都没办法开始洗。她的手掌和手指有关节炎，这使她转都转不动淋浴喷头的开关。

黛西站在浴缸边，绝望地低头瞪着贴白瓷砖的墙面，诅咒这设备。用意志力让开关转动，全心全意要它转动。

再试一次。

这次把冷水打开了。冰冷的水又快又急地往下流进浴缸，但如果她打不开热水，冷水又有什么用？环顾浴室，想看看或许有什么东西可用。把睡袍从洗手台上拿起来，放在开关上，用睡袍裹住，让旋钮比较容易抓牢。努力把手指和开关连结在一起，如跳交际舞般让两者水乳交融。

行不通。睡衣卷成一团，被丢回洗手台上。黛西无力地跌坐到瓷浴缸边沿上，肩膀向前弓，拼命想着到底该怎么办。只有一个办法：投降。

黛西站起身，关掉冷水，打开浴室门，往走廊走，去找一个男孩子来帮忙。

第一间卧室的门关着，但门后有灯光。黛西敲敲门，吓了迈克尔一大跳。看到是黛西站在门口时很惊讶。他本来是很肯定敲门的是他父母中的一个要检查他在做什么，确保他在学习——结果证明，他并没有在学习。

藏在他身后的，是他的苹果随身听。仍在播放，隐约可闻的节奏。

“你可以帮我打开洗澡水吗？”黛西问。

“夕照？”迈克尔。

“洗澡，淋浴。”

“噢，没问题。”迈克尔溜过她身旁来到走廊上。

黛西跟着他来到浴室：“因为关节炎，我转不动开关。”

“没问题。”迈克尔心想任何事都强过他父母发现他还没有打开课本。他把浴帘拉开，很轻松地就让水流了出来。他扭过头看着黛西，调节水温：“那么，你们真的把窗户涂黑了吗？”

“当然了，”黛西说，“我们可不想被轰炸。”

迈克尔笑了。他转动旋钮，调整水温和水压。黛西用感激的眼神望着他。

“你们真的实施定量配给吗？”

“噢，没错。”黛西站累了，坐在关着的马桶盖上面。

迈克尔注意到她舒服地坐下，他也照做，坐到浴缸边上，手还放在流动的洗澡水里。

“情况很糟糕。”黛西看得出他想要她继续讲，“我父母开了家面包店，为了维持面包店，他们经营得很艰苦。他们不得不拿那么一丁点东西凑合着用。我们老是缺原料。真亏了你的外曾祖母，也就是你外婆安的母亲。她拯救了我们，她从美国寄东西给我们——主要是大米、面粉和糖这些不会变质的东西。要花好几个月的时间，东西才能走船运到我们那里。

“我记得有一次，她寄给我们两个几乎跟你一样高的袋子，一袋糖跟一袋米，但全都混在一起了。所有的米都在糖的袋子里。噢，我的天，真是糟透了。我父亲发愁得不得了，我母亲哭了好几天。我想帮点忙，所以晚上我就溜到那个袋子旁，它被丢到食品储藏室没人管。我把妹妹多琳也拉去了，趁我父母睡觉时劳动几个钟头。多琳在第三晚放弃了，但我没有，我继续做。我花了两个多星期的时间才把每一粒米从那袋糖里拣出来。”

迈克尔沉默不语，想象着这幅场景。

“真酷，”他终于说，“还有呢？”

“我告诉你，这样吧，如果你把藏在口袋里的那个苹果随身听收起来，开始学习，明天我就讲更多的故事给你听。”

迈克尔笑了，说：“我告诉你，这样吧，我会好好学习，等你明天讲更多的故事，只要你保证其中一个故事是关于你为什么来这里，你在纽约要办什么事。“

黛西又惊又喜："你想知道我来这里的原因？"

"我们都想知道，包括我妈妈。但她认为她没有资格问。"

"喔，我很高兴你想知道，我想你会喜欢这个原因的。你喜欢侦探小说吗？因为如果你喜欢，你一定会喜欢我来这里的原因，而且你或许甚至还能帮我找出一个人来。"她的眼睛瞪得越来越大，"听起来有趣吗？"

迈克尔点头。"太酷了。"

"那好。就这么说定了，但你的欧洲史考试一定要拿高分，之后所有的考试也都拿高分才行。"

迈克尔点头，微笑。他把手从洗澡水里拿出来："我们握手约定。"

黛西微笑，把他湿漉漉的手握在自己的手里。真是个好小伙儿。

23

几个小时后，屋子里寂静无声。孩子们上床睡了，黛西也是。

伊丽莎白在家里的办公室书桌前研究整年度的W2表格、1099表格、利息和红利明细表、银行每月明细表、贷款明细表、破烂的公司收据、捐给慈善机构的支票，还有关于企业投资信息、几乎模糊难辨的小纸片，就这样苦干了四个小时。这会儿，她睡眼惺忪，半死不活，像个僵尸似的开始每晚例行的清洁工作，机械地刷着牙。忽然，她惊讶地发现有两只手包住了她的屁股。

理查德从身后偷偷摸摸靠上来，没敲门就进到浴室来——在将近凌晨一点，在工作日的前一晚，而且是在他一整天呵欠连天，神思恍惚，且在他儿子们的钢琴独奏时全程睡着之后。他的每一天，每一个星期，每一个月，这半年，自从一月以来的日子，持续不断的工作，冷酷无情地日益增加他的压力，并严酷地逼迫他。

伊丽莎白因为他的出现而发颤，她试着不去想象那怀了五次孩子的身躯正在她邋遢的棉质睡衣底下寻找掩护，她日渐扩张的腰围已经不是巧克力糖果两端包装纸扭转的形状，而是那块糖果的形状。她也不去想象她那已经无法抵挡地心引力的可悲胸部。更年期。他看得出来吗？经过好几个月更频繁、经血量更多的日子后，现在连续两个月没有月经了。

然而她的皮肤还是蓦然醒觉，完全赞同暂时摆脱单调沉闷的工作二十分钟是件好事。感觉到自己的态度软化，呼吸速度改变。她的头朝后往他的方向仰，忘记嘴里还满是佳洁士牙膏的泡沫，牙刷举在半空中。

想起来了。手忙脚乱地刷完牙，理查德的手爱抚着她的背部、腰部、臀部，将她的细胞逐个唤醒。让她高兴的是她的疲劳就像渗入土壤里的水一样快速消失。她转身面对他，他们拥吻对方，规划以床为终点的旅程。呢喃细语中他们到了。轻柔地倒在床上，期待的心情席卷两人。手掌、手指头、唇、嘴，满是被压抑的行程，现在如脱缰野马，跟随无声的命令，好好品尝这趟旅程，珍惜结尾。

但伊丽莎白的探索旅程意想不到地结束了，结束得太早而且无疑不是美好结局。她的希望被无情粉碎，她的期待被压垮，她的快乐无法满足。

因为他的一句话，以及他说这句话的时机。

当一切就绪，万事俱备，只等着最后的压轴。一切的一切，都很完美，话语，在耳边倾吐："像女人的屁股一样嫩。"

她听得出他声音里的笑意。这些话，将她从原本的位置赶开，彻底把她扯离，无法回头。

伊丽莎白，勉为其难捱到最后。

理查德，奋力冲刺。

伊丽莎白，转身背对他，内心空虚。

理查德，耗尽精力，沉沉睡去。

几分钟后，伊丽莎白躺在床上，在暗夜里眨着眼——思考、流汗，听着理查德沉睡的声音。下定决心。再次溜下床，再次沿着长长的走廊无声无息地走入黑暗之中。走下嘎吱作响的老旧楼梯，屏住呼吸，直到出了门来到车道上。

浑然不知道还没完全适应美国时间的黛西正彻底清醒地待在客房门后，困惑地看着她，纳闷着是否所有的美国人晚上都不睡觉，抑或只是这一家人。她看着伊丽莎白坐上车，驶入黑暗中，不知道屋子里还有其他人也醒着。

迈克尔的手掌撑着前额，正在埋头苦读欧洲史课本，深深沉浸在第二次世界大战时期的英国历史当中，甚至没听到他母亲离开的声音。

伊丽莎白没费什么劲儿就找到了理查德的自行车。他一直把它锁在同一个车库里——离他的办公室一个街区远——数十年如一日。她一眼就认出了那辆红色的山地自行车。它是那儿唯一一辆自行车，用链子锁在生了锈、有凹痕的旧架子上。

她试到第三次就得出了锁的密码。不是他的生日，她一开始就试过了；不是他们的结婚纪念日，这是她试的第二组数字。而是她认为胜算最小的一组数字，且这组数字让她无比感动：她的生日。

锁滑开了。伊丽莎白异常镇定地呼吸，吸入润滑油、汽油、轮胎、排气管的味道。一辆车按着喇叭，在第五十七街发出刺耳的声响，就在敞开的车库入口外面。伊丽莎白努力装出一副正大光明的样子，就好像她常常在星期天凌晨两点十五分打开自己老公的自行车车锁似的。密切注意管理员。蜷缩着，等待，均匀呼吸，直到他去忙别的事，晃荡到宛如洞穴般、发出回音的车库深处。伊丽莎白把链条和锁放进口袋里，把自行车推到车旁，抬起来，塞进车里。冷静地关上车门，动作尽量不引人注意。

从车库慢慢开出去，从后视镜里检查是否有任何危险的迹象。什么都没有。管理员只是走回他的小亭子里，什么都没注意到，把一个硬币弹到空中，吹着口哨。

伊丽莎白感觉到自己的嘴角上翘成微笑。往西开，开往中央公园。

之前的伊丽莎白当然绝对不会相信，在某个六月中旬炎热的夏夜，四十四岁的她将会推着她先生的自行车从东六十七街进入中央公园，快步沿着一条小径来到游乐场，离她违规停放、闪着警示灯的车不远。那里围着有道门的黑色金属栏杆。里面空无一人，当然了，在这种时候。

很完美。

检查是否可能有恶棍或老鼠，很惊讶自己并不害怕，让自己的汽车始终在视线范围内。迅速把自行车推到三英尺高、上面有尖刺的闪亮的黑色栏杆旁，把自行车斜靠在那里，留在那里。

伊丽莎白转身从自行车旁走开，回到小径上。发现自己不知怎么地弄断了一根指甲。她用牙齿把半断不断的指甲片扯下来，吐掉，用大拇指指甲把锯尺状边缘磨平，心想理查德发现他的自行车不见时会如何。她匆忙沿着水泥小径走去，回头看了最后一眼，凭吊这辆自行车，轻声道再见。

砰！一头撞上某个坚硬的东西。身体相撞、衣服摩擦的声音。

她的眼角被什么东西冰冷的金属边缘刮了一下。

伊丽莎白转过身看到一个上面有某中尉名字的警徽，两位纽约市警察局警官挡住了她的去路。

“晚上好。”其中一位说。

伊丽莎白完全惊呆了，喃喃地回应问候。

“那是你的自行车吗？”另一位警察用他的下巴朝她肩后比画了一下。

伊丽莎白转身去看理查德的自行车。她吓得说不出话，很不安。他们一定看到了她把自行车留在那里，他们一定看到了。最好不要装傻。

她的胃揪成一团；如毁灭性的暴风雨狂扫过一般，把她的五脏六腑往不同的方向搅动。她身上的每个部分都泡在肾上腺素里，她的心跳有平时三倍快。害怕迟疑太久，担心当她开口时会发不出声音。她点点头试着让自己看起来正常，尽管她的舌头打结，卡在喉咙里。眼光越过他们身后，看到他们闪着灯的车子停在她的车旁边，她那辆车的警示灯在夜色里仿佛在大声呼叫。一对年轻情侣手挽着手经过步道，头碰头肩并肩，十指交扣。伊丽莎白的目光回到警察身上，但无法直视他们的眼睛。用力吞口水，忘了她参差不齐的指甲。

“你介不介意告诉我们，为什么要把自行车留在那里？”

不幸的是，伊丽莎白确实介意把原因告诉他们，想不理会这个问题，回到车上，开上路，但他们显然想要个答案。他们站着等，低下头盯着她，不只是出于百无聊赖的好奇心。

伊丽莎白偷笑。突然间觉得这整件事很蠢，蠢得可笑。好几个星期以来她一直想着应不应该叫警察，坦承她的怀疑，把她先生的名字加入嫌疑犯名单；也想着她是否真的做得到，供出结婚二十一年的忠诚丈夫，还想着是否真的有什么事可以让她供出他。而现在这一切都得来全不费工夫。她感觉得出两位警察的眼神穿透她，把她看得一清二楚。她必须回答，这一点毋庸置疑。但怎么回答？这就没那么简单了。

“我不想要那辆自行车了。”伊丽莎白渺茫地希望这样说就够了。当然是不够的。

“你叫什么名字？”

伊丽莎白告诉了他们。

“你住在这儿附近？”

她的回答让两位警察的四道眉毛都挑得老高：高大、水桶身材、三十多岁、红嘴唇、黑眼珠、圆下巴、看起来看像西班牙裔的那个警察，和他那位较矮的、宽手掌、大脚丫、淡棕色头发、奔三十岁、看起来像爱尔兰人的搭档。

“长岛的华盛顿港？你在凌晨两点大老远开来，就为了把一辆自行车留在中央公园的游乐场？”

这可不妙。伊丽莎白不再暗笑。事实上，她还有点惊慌失措。他们是否有权把她押回警察局？这个故事搞不好会变得让她笑不出来。

“其实这辆自行车是我先生的，他把它放在他的办公室。”她的声音有点颤抖。想办法克制住不要这样。“多年来我一直想让他把这辆车丢掉，它实在是破铜烂铁，在市区骑着它一定很危险。但他对这破烂东西有感情，所以我就……嗯，你们也看到我做了什么。他会以为自行车被偷了。他就不得不买辆新的。”伊丽莎白最后呵呵笑了几声，为了提升效果而加的。

然后她像个女学生似的站在那儿：两脚并拢，脚尖朝前，手放在身体两侧，头抬高。她可以感觉到他们仍在估量她的可信度，目光从她身上移到自行车又移回到她身上，把她的话思考一番，想嗅出谎言的气息，嗅出漏洞和自相矛盾之处。

她看到了。那动作很小，几乎察觉不到，但她还是看到了——肩膀微微耸动，最轻微的动作，是那个西班牙裔长相的警官。那是最微小的放行，松懈，降低戒备，肩膀下垂，只低了那么一点点，非常有限，不会更多。可对伊丽莎白而言，足够让她鼓起勇气。虽然还没能自由回家，但或许已经不远了。

"你先生的办公室在哪里？"长得像爱尔兰人的那位警察问，下巴往前探、微微眯着眼，一脸怀疑。

"他是个律师，是第五十七街上一家律师事务所的合伙人。"

长得像爱尔兰人的那位警察，现在疑心更重了。他嗅着空气——他名副其实地仰起脸在嗅着空气。

"你先生是律师事务所的合伙人？"

"是的。"伊丽莎白轻声笑着，好像跟他们同样感到不可思议。双方都认同她简直疯了。"要是他知道我大半夜在中央公园这里丢下他的自行车，他会气死。"

"你知道吧？我们一直在找一个骑那种自行车的人，飞镖男。"长得像爱尔兰人的那位警察说。

伊丽莎白感觉得到他紧逼的视线，尽量不让自己的眼神闪烁。她有没有眼神闪烁？她是否脸色苍白或僵硬？是否所有的迹象统统显露在她的脸上？

"你听说过他吗？"西班牙裔长相的那位警察直视着她的眼睛。他能看穿她吗？洞悉她的恐惧？

从某方面来说，这一刻她等待多时，也就是把盖子掀开让真相大白的一刻。这将会逼迫她做出结论，面对自己真正的想法——迫使幻想变成事实或者迫使事实变成事实。这将会让她彻底领悟，承认自己真正的想法，因为说实在的，她不知道自己真正的想法。她的丈夫真的是飞镖男吗？

她还是不知道，然而她确实得出一个结论：就算真的是他，她也不会告密。“我想我上班时在收音机里听到过。我是个注册会计师。”后面那句毫不相干，她知道，但她还是说了出来，尝试寻求认同。

四道眉毛再度挑起，但西班牙裔长相的那位警察突然间觉得无趣。他相信了她，嗅出诚实，准备离开。

长得像爱尔兰人的那位警察比较难被说服。“那个飞镖男骑着和那辆车一样的红色山地自行车。你知不知道这一点？”

她的犹豫顿时消失无踪。现在她忠贞不二，在仔细的盘查之下变得更强悍，对长得像爱尔兰人的那位警察采取新对策。此刻她把他视为美国国税局官员，在无数次查账时她已经对付过无数次的某种类型的人——这些人疑神疑鬼，想找出大漏洞，对于她的清白感到失望，就是喜欢延长调查，可其实并没有理由这么做。

“对此，我一无所知。我只知道某人会在早上得到一辆免费的破铜烂铁自行车当礼物，而我先生会得到一辆新自行车，一辆他终究还是会喜欢上的闪亮又安全的自行车。”伊丽莎白满不在乎地耸耸肩，施以小小的幽默感，“否则要花上他二十年的时间。”

他们听着，全听了进去。西班牙裔长相的那位警察显然相信了她。他抓抓自己的后颈，移开目光，扫视黑夜中的公园。长得像爱尔兰人的那位警察执意要越界。她看得出来。

“现在，如果没别的事，”伊丽莎白亲切地，但带着些许威严地说，传递着信息：她老得可以当他们的妈——不尽然，但差得也不远。

“我想走了。”

西班牙裔长相的那位警察点点头，往后退，让路给她。

长得像爱尔兰人的那位警察不得不说些什么，以维护自己的权威：“请便，你走吧。”仿佛这是个命令。

伊丽莎白控制自己的脚步，走回车子旁。她的手放在车门把手上，回头看他们。看见他们坐上那辆在她的车后面闪着灯的车子。

伊丽莎白很守规矩地开走，遵守限速开在第五大道上，每几秒钟就查看后视镜。很满意没有人跟着她，松了一口气。倒带，重新播放那一幕：她与执法人员的遭遇战。

也许回头重述这个故事会很有趣。

往驾驶座里陷得更深，放轻松。深呼吸。期待开上威廉斯堡大桥。

那是她彻底释放的地方：在驾驶座上狂笑、超速、响彻云霄的音乐、引吭高歌、摇来摆去。绷紧的安全带勒住她的胸口和腹部，她的左手在方向盘上猛打着节拍。对自己的行为、她的超大恶作剧满怀着欢乐、轻松与难以置信。

一路欢欣鼓舞地回到家。

24

第二天早上，伊丽莎白穿回上班的套装。她的青少年时尚在工作时间退居幕后，搭在卧室那张矮的丝绸椅椅背上，等着她的回归，她会的。等迈克尔把裤子穿好时，她也会穿好。

她恶作剧之后的头一个早晨糟透了，从痛苦不堪的起床开始。闹钟响完十五分钟之后，她的脸还深埋在枕头里，她肚子朝下趴着，一只手臂挂在床边，几乎碰到地板。然后乔希冲进门，叫醒她，告诉她，她的闹钟已经响过十五分钟，她最好起床，否则他会赶不上校车。他们全都会赶不上。他们的早餐在哪里？

伊丽莎白还是设法办到了。她做好他们的早餐，把他们送上校车，去上班，发着誓停止自己夜晚的疯狂行径。她揉揉疲惫的眼睛，好焦虑。今天是星期一。理查德要在市中心骑自行车。伊丽莎白，为罪恶感和担忧所苦。他会打电话告诉她。她如何跟他对答？他告诉她时她要说些什么？她不可示人的小秘密。惧怕他打电话来，设法专心处理别人的纳税表格。

到午餐时她松了口气，终于捱过了这个上午。两盒打开的、没动过的中式食物在她的书桌上，一双筷子插在其中一盒里面。纳税申报表堆得有她的下巴那么高，她却无心处理。相反，她的眼睛看着电脑，瞪着屏幕，歪着头，入神地盯着可卡犬幼崽的照片。

害怕他打电话来。又期盼着能听到电话铃响，这样她就能做个了结。算计着时间，在脑海里追踪他一天的行程。把电脑页面换成喜乐蒂牧羊犬。筛选着当理查德告诉她自行车的消息时各种可能的回答。

因为此刻她在大白天里几乎不敢相信自己做过的事。

黛西独自一人。这一家人，全都走了。男孩们一阵风似的上学去了。理查德在黛西醒来前就离开了，不过她没法听不到伊丽莎白像快速移动的飓风那样横扫过整座屋子。因为伊丽莎白睡过头了，从床上弹起来想赶时间，整个早上都处于一触即发的状态。现在屋子里安静了下来，黛西独自在花园里。

阳光洒下辉煌灿烂的金色光芒，这是利物浦根本看不到的光景。无事可做的黛西，徜徉在户外美丽的花园和精致细腻的园艺造景中。她慢慢沿着花径的周边走，包括毛地黄花、百合和天竺葵，仔细检查花朵，用手指头摸，闻一闻。在这整块占地两英亩的土地上漫步，四处走动。看许多五颜六色不同种类的鸟儿绕着树飞翔，忙碌度日。黛西测试自己能否辩认树木：几株苹果树、一株樱桃树、一株长得很美的日本枫，这块地后方远远的角落里有一株巨大的白蜡树，在一株胡桃树、一株黄樟和几株木兰附近。

黛西回到屋里为自己泡了杯茶，然后端着茶杯回到外面，坐在游泳池旁的矮脚折叠椅上啜着，谛听不同鸟类的鸣叫声，种类繁多；有些和家乡的一样，有些是没听过的。她听见远处火警警铃、刈草机和吹树叶机的声音，以及偶尔传来遥远的卡车轰隆隆的声音和较近处经过的汽车声。

下午她回到自己的房间，打开行李箱，拿出那些信。小心翼翼的，她拿着信回到花园里，再看一次他的照片，重读来自纽约的旧信。

当她身在纽约时。

六点半，伊丽莎白开进安的车道，停车，下车。

伊丽莎白走进屋内，满怀心事。理查德一整天都没打电话来，这表示关于他自行车的消息将会面对面地交流，而不是通过电话这种比较安全而她比较喜欢的方式。

伊丽莎白猛然间差点儿被冲过来的迈克尔撞倒，他的苹果随身听挂在脖子上，耳机没有塞在耳朵里，穿着松垮垮的裤子。迈克尔很亢奋。叫伊丽莎白别跟她母亲像往常一样闲聊，他要快点回家。

一头雾水、被惹恼的伊丽莎白，告诉他非等不可。她必须把迈克尔的弟弟都叫来，还要跟她母亲打招呼。迈克尔气冲冲，不耐烦，跟着她进厨房，脚尖顶着她的脚跟。

安很忙，忙着刷厨房台面。刷着，以无比的活力。一圈圈皱纹爬了满脸。伊丽莎白问候她。迈克尔心急地跟着伊丽莎白，催促她动身。伊丽莎白没办法跟她母亲说一句完整的话而不被打断，问迈克尔为什么这么火烧火燎的。

"我得回去找黛西。"

"黛西？"伊丽莎白的眼睛睁得老大，惊讶表露无遗。这时她才意识到她整天都没有想到过黛西，哪怕一次。慌乱地回想她到底知不知道黛西打算做什么。回想今早，她睡过头，飞也似的出了门。她跟黛西甚至没说上一句话。黛西整天都没有跟家里半个人说过话。她会做何感想？

“没错，黛西，”迈克尔的语调意味深长，“你有意见吗？”

伊丽莎白看着自己的母亲。她在安的脸上看到各式各样的情绪，但只能读懂一半。她不想试着读懂另一半。

迈克尔将重心从一只脚移到另一只脚上，摆弄他的苹果随身听，说：“我们可以走了吗？”

“去叫你的弟弟们，我马上就来。”他离开厨房时，伊丽莎白转向她母亲，“这是怎么一回事？”

安说：“我以为你知道。他们还真是忘年之交呢。”语调挖苦，傲慢。

伊丽莎白摇头：“我一点儿都不知道。其实，我必须很不好意思地说，我一整天都把黛西忘了。我感觉糟透了。”

“别这样。她到底来干吗？她什么时候离开？”

“我不清楚。她不是刚来吗？”

“迈克尔几乎没吃晚餐。他没说话，没听音乐。他从头到尾都在看书，说他一定得学习。他简直就差把课本放在晚餐餐盘里了。”仿佛这是来自最高长官的指控。接下来的话说得火更大：“显然他跟黛西达成了某种协议，他说他所有的考试都会考得很好。”

很难说哪个女人感觉更糟糕。

安说：“我做了他最爱吃的晚餐。我花了整整一天的时间弄那些烤肋排。而他几乎没碰。”

迈克尔飞奔回厨房，他的弟弟们跟在后面。“我们都会在车上等。快点。”

母亲和女儿四目交接，被只有她们俩体型四分之一大的女人给打败了，体重更是只有她们的零头。

开车回家的路上，伊丽莎白情绪低落。

停进她的车道，感觉糟透了，她竟然几乎没去想家里的一位客人、一位表姨，她觉得很不好意思，黛西一定会有想法想，她一定很失望、很受不了。

车子还没停好，迈克尔就一个箭步跳下车，两步并做一步走上前廊。乔希和戴维比较慢，拼命想从车里举起很重又没拉上拉链的背包。两个男孩都拉得太用力，他们的笔记本、练习簿和课本一古脑儿全散在车底。然后午餐盒不晓得怎么搞的就混在一起了。两个男孩子都坚决拒绝拿对方的东西。

争执最后终于停止。伊丽莎白跟着乔希和戴维走上前廊台阶，告诉自己明天她会替黛西做妥善的安排，今天只是她睡过头的结果。今晚她会待在床上好好睡觉，明天不管从哪方面来看都会更好。

跟着他们进到屋里，看见客厅里有点不一样，继续走到厨房，也看到不一样的东西：花。在花瓶里，摆满了整个房间。桌面上、台面上、窗台上。伊丽莎白连眨了两次眼，目瞪口呆。

黛西坐在厨房台面旁的高脚凳上，仔细观察伊丽莎白的反应："希望你会喜欢。请别介意我拿着剪刀到你的花园去。当然，我只剪下了花园里数量太多的花——这儿和那边花瓶里的天竺葵、蝴蝶草和冰岛罂粟花。那个花瓶里是蓝色筋骨草、麝香蔷薇和紫罗兰。你有那么多漂亮的野花，我忍不住就自己动手了，"心虚地微笑，"剪下堆心菊、美丽的春白菊和你的罂粟花。这些花大部分都在看不到的地方，全都藏在高高的灌木丛后面。"期待回应。完全没有。

黛西细小的脖子布满皱纹，伸得长长的，她的头高高抬起，用同情的目光看着伊丽莎白："噢，你今天很累吧？我给你泡杯热腾腾的茶好吗？"

伊丽莎白没有动，没有说话，只是站在厨房台面旁，眨着眼。她身穿淡蓝色针织上衣，戴着一串珍珠项链和相配的珍珠耳环。她两眼下方的凹陷处有暗青色的新月状浮肿，眼睫毛和眼睛交接的地方有一圈深红血丝。她的嘴唇下垂，嘴角两边是两个括号状。她看上去疲惫不堪、心力交瘁，而且形容枯槁——帮她泡杯茶是黛西起码能做的。

伊丽莎白婉拒，摇摇头，想离开这里，不知道自己是否已经到了谷底。

"我喜欢这些花，黛西。"迈克尔注意到他母亲的为难。他的胳膊直直下垂，双手握拳塞在位置很低的裤子前口袋里，站在那里，以脚趾和脚跟为支点前后摇摆。"这里看起来很美。"看一眼他母亲，语气仿佛是说，"换个样子也不错。"

伊丽莎白的眼光从厨房移到客厅。那里也有花，把一群室内设计师合力打造的空间改头换面。大客厅里华丽的家具、窗帘和波斯地毯都是上乘之选，全都价格昂贵，都是出自他人之手。这整套房子四年前重新装修过，那时戴维上幼儿园了。伊丽莎白和理查德都同意该是升级到更成熟、更精致且更有条理的生活空间的时候了。最小的孩子已经入学，所以也该把儿童游戏房的样子丢掉。只是伊丽莎白没有自己装修的时间和信心。现在看着这幢屋子，她才能欣赏它的雅致，但也反衬出他们俩有多欠考虑。她甚至不想要这种风格。她应该把这些全都拿到易趣网上去拍卖，回到舒适的大学宿舍、儿童游戏房或滑雪小木屋的样子。

伊丽莎白把注意力转回到黛西身上，微笑着说："这儿看起来的确很美。很感谢你，黛西。很抱歉我们没有在家吃晚餐，但愿你找到了些吃的。”

“噢，别担心我。”黛西轻描淡写地说，“我很好。我今天过得非常棒，非常美好。”她凑合着解决了晚餐。她喝了好几杯茶，在冰箱里翻找出几个煮老了的鸡蛋和一包美国奶酪，她试吃了一些，小心地将玻璃纸撕开。她从来没吃过美国奶酪，即便她差点嫁给一个美国人的时候也没有。除了肚子有点咕咕叫之外，她一整天都很高兴，热切期盼着更靠近那个几乎娶她的美国人。

“噢，好的。”伊丽莎白把愧疚感抛开，至少这一刻暂且如此。她提醒自己晚点儿要问问自己的母亲，为什么她没有邀请黛西跟她以及孩子们共进晚餐，不然黛西就能吃到那些烤肋排了。“给我一分钟去换掉上班穿的衣服。”看着依然穿低腰牛仔裤的迈克尔，她刻意强调自己注意到了。

“好了啦，妈，不要闹了啦。”

“等你不再穿成这样子，我就不会再穿得跟你一样。”伊丽莎白昂首阔步地走了出去。

迈克尔翻白眼，看着她离开。

黛西转向迈克尔：“我想你跟我有些事要讨论。”

“我考试考得不错，我还可以考得更好。我拜托老师让我明天再考一次。她还没决定，但无论如何我今晚都会学习。你先告诉我好吗？我确实考得比上次好。你要找的人是谁？”

黛西打量着他。他带着谨慎的、急切的表情，很努力不要泄露心思。然而要读懂他轻而易举。黛西在他身上寻找自己儿子的影子，捕捉到蛛丝马迹，回忆起两个儿子十三岁时的样子。寻找共同点——十三岁的特质。就在那里，她看得出来。

“我会告诉你，我当然会。我很乐意。我该等你的兄弟们和父母一起吗？”

他摆摆手，清楚表明立场。

因此黛西拍拍厨房台面旁的高脚凳，示意迈克尔坐到她身边来。

迈克尔坐了上去，把膝盖整个弓起来，把他的大脚踩在凳子最上面那一层踏脚板上，聆听黛西说着，告诉他一切。往事从她嘴里倾泻而出，他那年轻的耳朵张得大大的，等着听。

迈克尔的脑袋里，细节在打着转。等黛西说完，他从凳子上跳下来，拉起她非常轻的手，拉她站起来，带她走出厨房。

“他的名字叫迈克尔，跟我一样？”这一点让他很开心，“贝克？我们会在电脑上找到他的。或许我们今晚就找得到他。来吧，也许你在睡觉之前就可以跟他讲上话！”

黛西的手举起到锁骨的高度，她患关节炎的手指张开成起伏的扇形，任由自己被拉过走廊，匆忙拖着脚步踩着低跟鞋走在硬木地板上，准许他为她拉张椅子坐在电脑前面。屏幕亮起时她兴奋了起来，听迈克尔提出计划。他们第一步要在谷歌上搜寻“迈克尔·贝克”。

黛西的心怦怦直跳。

迈克尔输入迈克尔·贝克，打字的速度超出黛西预期。他很有效率，比旧时代的秘书更出色，那个年代没有哪个十三岁男孩会打字。

他得到一千零八十四万个结果。

迈克尔皱眉头：“他的名字太普通了。你知道他中间的名字吗？”

“伦纳德。”

迈克尔把名字输入。得到六百零一万个结果，包括数以千计关于某个同名的在明尼阿波利斯的杀人犯的网页。迈克尔再度皱眉。他母亲走进来时，他正忙着采用新方法。她宽松下垂的牛仔裤穿得很低，咬着指甲，她的头发乱糟糟散落在前面。装得太满的洗衣篮靠在她的左臀边，她的手臂搂着洗衣篮，像搂着个朋友。叫迈克尔开始写作业。

黛西觉得内疚。

“不，妈。我一定要做这个。再几分钟就好。”

“‘这个’是什么？”伊丽莎白问。

迈克尔慷慨激昂，告诉了她。在他说话的时候，伊丽莎白注视着黛西，为了向她确认。黛西点头。戴维坐在钢琴前练习音阶。伊丽莎白终于知晓黛西来的原因。

“我想帮她找到他。”最后，迈克尔说。

“你要他帮忙吗？”伊丽莎白问黛西。

“我非常想要他帮忙，如果可能的话。”黛西彬彬有礼又心怀感激地说。

“好的。”伊丽莎白说，“我也会帮忙的——但今晚不要弄太久，明天要上学。我必须检查戴维的数学功课，帮乔希复习他的西班牙文，他明天要考试。”

“还有明天，妈，我想直接回家，不去外婆家。我们可以放学以后马上开始。黛西，你会在这里，对吧？”

黛西点点头，无法想象自己还能在哪里。

伊丽莎白说：“如果你把功课做好，而且黛西不介意的话，那我就没问题。”她心想母亲听到一定会气炸掉。

“介意？这会是我莫大的荣幸。”黛西回答。

迈克尔心想：“就是说嘛！”

他非常得意。

25

理查德非常疲惫，在将近十一点时走进前门。放下公文包，倒了杯酒，注意到酒瓶里的君度橙酒变少了。脑海中出现黛西啜饮一杯酒的画面，推测黛西又很好心地讲了一晚上的故事给家人听。但愿自己也在场就好了。

屋子里安安静静。他打开电视机，草草地换了几个频道，好像那是随便翻翻的杂志似的，边看边喝酒。在上楼告诉伊丽莎白发生了什么事之前，他要独处几分钟。白天他试着打了几次电话给她，但都没找到她。

他走进房间时她还没睡。她坐在床上，背靠着高高一堆枕头，打开的笔记本电脑放在盖着毯子的伸直的双腿上。她对他说“嗨”，但目光并没有从屏幕上移开。她在电脑上忙着。理查德很同情还要处理税务的她。

然而伊丽莎白没在报税。她正在拉动网页看英国古代牧羊犬的照片，以它们打掩护。

理查德用食指松开他红蓝相间的领带，先用小小的、然后愈来愈大的往左和往右的动作把它解开。他的头配合手部动作以相反方向和相同节奏摆动。丝布和丝布彼此磨擦的声音。伊丽莎白按着往下的方向键，慢慢翻动屏幕，不漏掉任何一只小狗，耳中听闻："你绝对不会相信今天发生了什么事。"

"噢？"伊丽莎白只表现出最低限度的兴趣。

理查德说："有人偷走了我的自行车。"

"不会吧！"伊丽莎白装出非常吃惊的样子。

"是啊。从车库里偷走的。他们连锁啊什么的全都拿走了。"

"他们怎么偷的？"伊丽莎白摆出一副难以置信的样子，双眼睁得老大。

"我要是知道就好了。那锁可是氪星石做的。管理员宣称他什么都没看见。"理查德跟往常一样，小心翼翼地把他的领带放到领带架上。屋子的其他地方乱得像猪窝，他不在意，但他的西装、领带、衬衫不能乱。这些是他的宝贝，他要把它们维持得有条不紊。

"真的喔。"伊丽莎白一本正经，仿佛正试着想象怎么会有这种事情。关于她怎么能做出她已经做了的事情，那些深刻的反省与思索可以先搁着，留待以后接下来的漫长岁月里一个人的时候慢慢细想。现在她只要努力把罪恶感、羞耻感以及连带的些许笑意压抑住。

理查德在床边坐下，震动到她身体底下的床垫。理查德解开鞋带，从脚跟处拉下鞋子。传来袜子从紧绷、僵硬的空间里滑出来的声音。他脚底的热气散发到空气中。理查德一边把袜子脱下来，扯着袜子顶端从脚趾头上拉下来，一边说："管理员根本不知道是什么时候的事，但在他之前那个晚上，六点到早上一点值班的管理员说他很确定他下班的时候自行车还在。第二个家伙没看到任何人拿走自行车。我还以为把U形锁切断要花点时间，我还以为这样会发出声音，引人注目，我还以为有人可能注意到。”另一只鞋子脱掉的声音，一缕皮革的气味。

“是啊。”伊丽莎白赞同。需要找个东西掩饰。找到了。伸手从床头柜上拿起她的红酒，她的第四杯。喝下它，把杯子边缘残留的一滴酒，最后一滴，用舌头舔去。

理查德站起来，解开皮带，把它从皮带环里快速地抽出来，像是不停小站的地铁列车。把皮带丢到床上，它还保持着弯曲。

他解开衬衫纽扣时看着伊丽莎白，伸长脖子和下巴，把头扭开，方便他解开最上面的纽扣。“没自行车就惨了。我不得不乘地铁到市中心。真是噩梦啊。我已经十七年没搭过地铁了。”

伊丽莎白再也装不下去了。她把手放在前额上，宣布：“我头痛得很厉害。”转向床头柜，把灯关掉。后脑勺猛然往枕头上一倒，闭上眼睛。

留下云里雾里的理查德。他量身订做的白衬衫露在裤子外面，他的手指正在解第四颗衬衫纽扣，很惊讶她突然间的举动：“抱歉，莉齐。你应该早点告诉我。”

“刚刚才开始痛。”伊丽莎白翻身，臀部压在床垫上，准备安睡，知道四杯红酒会让她乖乖待在床上。如此一来她就不能飞车穿越曼哈顿的街道，欢乐地冲过威廉斯堡大桥。伊丽莎白渐渐进入梦乡，想象可能有人正骑着她老公的自行车，在城市里炎热的人行道上奔驰。想着黛西和她的第二次世界大战士兵，想着她找到他，在六十年后再次看到他。

隔壁两个房间里，迈克尔也进入了梦乡，他心里全是黛西的故事——她有一块阿图尔·鲁宾斯坦题赠的手表在他家里！她曾有个美国男朋友，一个第二次世界大战的士兵，而他，迈克尔，将要把他找出来。

理查德脱完衣服，把海军蓝长裤腿部的折痕对齐，把外套左右两边对衬地挂在木头衣架上，在黑暗中把两件衣服一起挂进衣柜里。

26

脑子里有个声音大叫着他不要这么做，但他无论如何还是做了。

丹尼斯的长手指握紧圆珠笔。不管喜不喜欢，木已成舟。购买切赛克斯一间豪宅的合约已经签订，此刻已具有法律效力。他被他太太说服；她拿出每一种手段和每一种策略，加以利用。她应该去当政客。他认识的人里没有一个能和她强大的说服力匹敌。丹尼斯终于同意他们不用依赖他母亲的房产也能买房子。他卖掉所有的股票，提光银行存款，清算共同基金，倾囊而出。

他放下笔，同时缓缓吐出长长的一口气。望向桌子对面，几滴汗珠在他上唇闪烁。

阿曼达微笑着回望他。她穿着一件黄色上衣，抹着红色口红，银耳环在耳垂上摇晃。她的头发绑在脑后，她的蓝眼睛如梦似幻。她伸出修长的手臂，把冰凉的手掌放在他出汗的手上。他的指尖渗出汗水，木头上的痕迹是他潮湿的手印。她洁净、白皙的手放在他的手上。

丹尼斯往窗外望去，看着下个不停的雨。他想打电话给他母亲，但他手边没有号码。正想着怎么样能找到时，思绪被留着大胡子的房产中介给打断。说了些话，然后把合约滑到桌子对面给阿曼达，她签下了很大、很黑、很粗而且很花俏的字母。

27

网络搜索没有收获。迈克尔·贝克这个名字太普通，迈克尔·L·贝克，甚至迈克尔·伦纳德·贝克也一样。迈克尔、黛西、乔希、戴维，甚至是皮特，如果他也在的话，每天下午放学后都花好几个小时挤在电脑前面。这样一来，安的家里只剩下其他几个外孙，她嫉妒黛西的来访，黛西和他们相处的时间。她希望她快点回去。

伊丽莎白心怀内疚度日。到了夜晚，她躲在被单深处，背对理查德。不再深夜兜风。忧心如焚地等着听到飞镖男再次出击的消息，希望得知理查德是清白的。目前为止，什么消息都没有。一个又一个早晨，她安坐桌前，穿着低跟浅口鞋，踩在桌子下方的地板上，电脑屏幕上是电子表格，但她凝视的目光越过房间，看见夜晚空荡荡的高速公路展现在眼前；听到自己的声音在大声唱着车载音响播放的歌，看见市区五颜六色的灯光，车窗摇下，闻着数百万个生命的气味。还有桥上的风景，都没了——就和理查德自行车的两个轮胎、把手、窄小的黑色皮座椅一样。

现在从他口里听到的是搭地铁的故事。抱怨。发誓等他一有空就要再买一辆自行车。来自地底下的故事。关于乘地铁上下班的人、害虫、灰尘、误点。

共同的决定是：从起点开始找。

布鲁克林的地址：第二街11440号。布鲁克林，开车可以轻松抵达的地方。迈克尔·贝克或许还住在那里。或许。争论着谁去。伊丽莎白认为只要她和黛西去就行。

迈克尔坚持也要去。他在地图查询网上找出路线，打印出来。

伊丽莎白还是不同意。这是他参加纽约州会考的前一个周末，他当然应该把时间用在学习上，而不是去布鲁克林去办一件很有可能是徒劳无功的傻事。

迈克尔极力争辩。他想去。要是迈克尔·贝克还在那儿，他想见见他。他跑去拿背包，回来时一脸不认输。他给母亲看他做的一份欧洲史的加分报告，这份给欧洲史老师的报告主题是第二次世界大战时的利物浦，他们在课堂上只学习了伦敦，但利物浦也非常重要。在黛西的帮助下，利用网络寻人的空档，迈克尔写出了一份关于利物浦的报告，给他母亲看。他拿到了A。

28

他们三个人朝纽约布鲁克林第二街11440号前进。星期六一大早，车子呼啸着经过壮观的布鲁克林博物馆、布鲁克林图书馆、布鲁克林动物园、布鲁克林植物园。人山人海。

伊丽莎白左转开到布鲁克林的主干道，展望公园西街。人们在街上散步，婴儿推车里的宝宝，系着链子的小狗。这是座美仑美奂、树木繁茂的公园，有一侧很像中央公园，它们是由同一个团队——奥姆斯特德与沃克斯——设计，该团队完成曼哈顿中央公园的设计后便进行这座公园的规划。宏伟的建筑结构，楼房已有一百多年历史。四层楼高的十九世纪赤褐色砂石建筑，花朵从窗台上的方型花盆茂盛地往外长；自行车、滑板、旱冰鞋；小孩在跳绳，人行道上有用颜色鲜艳的粗粉笔画的涂鸦。

黛西坐在前排。接近那个地址时，她的心跳加速。

迈克尔坐在后座，研究着布鲁克林公园坡这一区的路线和历史。翻阅布鲁克林大桥那一章，把照片给她们看。伊丽莎白在开到第二街附近时搜寻路边的停车位，却找不到。

理查德星期六要工作；戴维和乔希在朋友家玩电子游戏；皮特在三垒上希望能扭转比赛局势；安在理发店，对着替她染头发的女人不停地抱怨着黛西。

在那个街区转了第十六次弯之后，一辆旧大众车开出来，空出一个停车位。伊丽莎白把越野车开进车位。他们的车与前后的车都靠得非常近，以至于她和迈克尔没办法到人行道上跟黛西汇合。他们只能隔着车顶和黛西对话，确认接下来该往哪里走，最后决定朝上坡走。不只有伊丽莎白的车停得跟前后车子挨在一起。他们不得不走了大半个街区的路程，迈克尔和伊丽莎白才在两辆并排停着的车中间找到够大的空隙，穿过，走上人行道。

几分钟之后他们找到了那个地址。那是第二街最高的建筑物，紧临主干道展望公园西街。一栋带双层玻璃大门的四层赤褐色砂石建筑，11440这个号码用黑边金字漆在玻璃上，玻璃门的边缘漆着同样的金色和黑色。

一张住户指示牌列着六个名字。迈克尔读名字时，黛西屏住呼吸。

没有姓贝克的人。迈克尔看着黛西，预期她会失望，但他发现黛西在微笑。黛西说：“唉哟，拜托，迈克尔，我们没有真的指望他还会住在这里。我明白事情不会那么顺利的。”

迈克尔说：“大概吧。”他用左手抓抓左肩后方，手肘直直对着黛西，有节奏地上下摆动。

“我们该不该按门铃？”伊丽莎白问，“既然我们都来了，或许应该跟公寓管理员谈谈。”她穿着理查德的李维斯牛仔裤，像迈克尔的裤子一样低腰。她已经开始下意识地去拿这些衣服，不假思索地穿起来。她一只脚踩在比另一只脚高一级的赤褐色砂石台阶上，一只手背放在膝盖上，掌心朝上，手指放松，呈碗状，空着。

黛西点点头。随着一阵轻柔的微风，她米黄色百褶裙裙摆在小腿边摆荡，这阵微风带来窗台上的方型花盆里不同花朵混合的气味。这一带到处都是花，似乎在每个窗台、每个台阶上都有。主干道对面的展望公园的一个入口处有个热狗摊，卖水、冰块、冰棒、热的椒盐脆饼。阳光耀眼、强烈、灼热，穿过人行道上成排的中等大小的枫树，洒下一束束光线。光束照到赤褐色砂石台阶上时已经破碎不全，在他们三人身上形成光与影的斑驳图案。

车辆在三车道的大马路上急驰。偶尔有一辆车拐到这条街上，寻找停车位。一个穿着石灰绿T恤的红发小个子女人带着一条邋遢的巨大黑狗并行，狗的头顶几乎到她的肩膀。

迈克尔回答道："那还用说，我们应该跟管理员谈谈，或许他知道些什么。"

黛西点点头："找管理员吧。"

他们就这么做了。迈克尔念出门铃旁边的名字，说："看来这一位是管理员——布雷恩·F·戴维斯。"

迈克尔看着另外两个人，等着她们叫他行动，他的手指头放在门铃上。黛西和伊丽莎白点头。迈克尔按响门铃。他们等着，身体重心换来换去，听着微风拂过树叶的声音、鸟儿的啼鸣声、远处篮球弹跳的声音。孩子们的声音。对面人行道上有个跟理查德差不多年纪、汗流浃背的男人，推着自行车下坡。伊丽莎白心里漾起罪恶感的涟漪，她把这痛苦的感觉直接赶出她的身体。

他们听到有人走近——拖鞋踩在嘎吱作响的硬木地板上——然后门被推开了。门栓往一边滑动。一个身高、体重、体型都中等的中年人，握着一把粘有某种咖啡色黏稠物的木匙，看着他们。宽松的牛仔短裤和黑上衣，浓密的眉毛底下是探询的黑眼睛；宽宽的鹰钩鼻不那么精准地长在脸中央，底下是厚嘴唇；没有梳理的黑头发，顶部长得太长，耳朵周围很短。明天的胡碴已经冒出头，今天就看得到，在他凹凸不平的脸庞下半部分和脖子上长着许多小圆点。

"是戴维斯先生吗？"伊丽莎白问。

"有什么事？"他一脸拒绝任何请求就打发他们回家的神情。一只手放在门把手上，另一只手握着汤匙。准备把他们关在门外。

"我们在找人。"迈克尔说。

那男人的目光落在迈克尔身上，打量他。

"我们希望能得到你的帮助。"黛西加了句，"我们会非常感激。"

那男人扭头看黛西，然后又转回去看迈克尔，听不懂她的口音。

"我们在找一九四五年住在这幢公寓里的一个人。"伊丽莎白说。

那男人看着伊丽莎白，眨眨眼睛，重复道："一九四五年。"

"我们知道机会不大，"伊丽莎白承认，"我们只想要试试看。据我们手边的资料，这是我们在找的那个男人最后的地址。"

布雷恩·戴维斯重复着："一九四五年。"

"这很荒谬，我们知道。"黛西加上了几声自我解嘲的轻笑。

"不，"布雷恩·戴维斯猛然打断了她，低沉的声音里带着粗鲁的语气。他们吓了一跳，三个人不由自主地绷起身体。"荒谬的是，这里或许真的有人可以帮到你们。"他的左手从门把上放下来，落到身体一侧，表明他不会让他们吃闭门羹了，"我的一个房客从一九三八年开始就住在这里。"

黛西领会意思后，膝盖发软。这里真的有人认识迈克尔·贝克吗？有可能吗？

“真的？”伊丽莎白大感讶异。

“真的。”布雷恩·戴维斯重复她的话，语气尖锐，他的声音再度带着明显的不客气——但不是针对他们，“胡尔达·基斯特，三楼，从一九三八年开始就住在这里。”

街上某个地方有辆车在按喇叭。一个高大的黑人穿着旱冰鞋优雅地经过，往斜坡下溜，淡蓝色T恤贴在他结实的腹部和胸口。突然间刮起一阵风，摇晃着树叶。黛西的裙子拍打着她细瘦的腿。她把手伸向迈克尔，抓住他上臂后方，因为突如其来的那阵风而扶着他；也因为这个消息。两者都出乎她的预料。

迈克尔同样没有预料到这个消息或是黛西需要依赖他的手臂。他看着她，因为她抓住了他而心有所动。

“真是个好消息，”伊丽莎白说，“也许她真能帮助我们。”

“对你们来说，或许是好消息，”布雷恩·戴维斯没好气地说，“但对我而言不是，因为她一个月只付两百七十八美元，而且自从我十四年前买下这幢公寓以来她只付这个价钱。”火更大了，拿着黏乎乎的汤匙的那只手沿着门框往上，靠在上面，高过头顶，一只脚的脚趾放在另一只脚上，两腿间形成一个三角形，“我买下这幢分租公寓时，他们告诉我租金不是个问题，住在三楼的那个女人已经七十八岁了，等她去世，我就能把她那间公寓的租金提高到目前的市场价格。她那间很漂亮，占据一整层楼，能看见展望公园，可以大赚一笔。在那之前我不得不住在地下室里。等我把她的公寓租出去，我就有钱搬到二楼去，那里只有她那间一半大，一个月的租金却能要价四千五百元。然而我却在地下室里住了十四年。十四年！住得像地底下的老鼠一样，而她和她的鸟却一个月只花两百七十八美元住在豪宅里！我四十一岁了，还被困在地洞里，等着胡尔达·基斯特太太走，不管离开或死掉都行。”

短暂的沉默。伊丽莎白怀疑他这些年来到底把这故事说了多少次。一定多到数不清。一个戴着蓝色宽檐帽的年轻女子路过公寓，朝坡下走，嘴里哼的曲子像是贝多芬第九交响曲，推着一辆空购物车。一只轮子嘎吱响，让他们分心。

“她奚落我，告诉我她会活到一百岁，因为她吃的是瑞士杂粮水果燕麦片。听她这么说，我忍不住想起我在收音机里——1010 Wins电台——听到的故事。你们知道那个电台吗？”

黛西和迈克尔摇摇头。

“我知道。”伊丽莎白说。

“‘你给我们十分钟，我们会给你全世界。’这是他们的口号。那是一家新闻电台。总之，有一次我听到有个七十一岁的老家伙，因为把他九十四岁的老母亲勒死在养老中心的床上被抓。他当场被抓，手指还紧紧掐着她的喉咙。为什么？他厌倦了苦苦等候她的遗产。他身陷贫穷的泥沼，被账单淹没，即将被赶到街头无家可归，然而他母亲，差不多是个废人，却每天花费好几千美元，过着她生命中几乎算不上是活着的每一天——若非如此，这笔钱应该归他。”他摇摇头，“我真是同情这家伙。他最后坐了牢，这可怜的呆瓜。”黛西、伊丽莎白和迈克尔很不自在地站在那里，看着他，无言以对。“告诉你们，若没听说更多这种故事倒真叫人纳闷。”戴维斯瞪着脚下的水泥地，沉思人生的不公平。

“噢，”一分钟以后，黛西打破沉默，“原来有这种事啊。那么这位基斯特太太在吗？”

“不在。现在是星期六上午，这时候她通常去做头发，然后去买菜。她大概一个小时之内会回来。如果你们想到我那垃圾堆里去等，也行。或者你们可以到公园去逛逛，或走到第七街找点东西吃。”

“谢谢你，戴维斯先生。”黛西礼貌地说，“我想我们可以去公园走走。如果你看到基斯特太太，请让她知道我们一小时内回来。”黛西转身问伊丽莎白：“这样可以吗？”

伊丽莎白说：“好，我们去公园。”

黛西转回身对布雷恩说：“谢谢。”发现他正盯着伊丽莎白的着装瞧。黛西已经渐渐习惯了伊丽莎白穿这种牛仔裤，但还记得自己对这裤子的第一印象。她可以想象布雷恩心里在想什么。黛西跟在伊丽莎白后面走下台阶，她的手轻轻扶着迈克尔骄傲的手臂，说道：“伊丽莎白，如果你不介意去那里的话，”匆忙说出试探性的话，“我看到几家非常棒的店，就在这条街上。也许我们可以进去看一下？”

伊丽莎白的眼睛闪烁着：“几家店？对，我也看到了。好，我们走。”

“你不介意吧，迈克尔？”黛西问。

“不介意。”尽管他其实介意。

他们转身，一起走在人行道上朝坡下移动。

回到第二街11440号时，他们全都拎着沉甸甸的购物袋。还有别的东西。新买的。穿在伊丽莎白身上，还有迈克尔身上。

合身的牛仔裤，没有足以被当成船帆带人飘到中国的多余布料。看到对方换掉原本的服装，两人都松了口气。

迈克尔把手指放在胡尔达·基斯特的门铃上，默默征求黛西的指示。她点头表示可以，他按了门铃，通知住在三楼公寓的女人，楼下有人想见她。

三楼公寓里的女人从电视机前抬起头来，感到诧异。她很久没有听过门铃声。以为那是按错的门铃，将注意力又转回有线新闻。

楼下的迈克尔说："你们觉得她回来了吗？"

"我们已经离开了一个多小时。"伊丽莎白说。

"或许她要多花点时间。我们再给她一分钟，然后再按一次。"

给了她一分钟，然后再按一次门铃。

三楼公寓里的女人开始考虑也许不是有人按错了门铃。她从旧沙发上站起来，双手按着破旧的黄绿色布料，撑起自己。一架飞机从太阳前面飞过，暂时遮蔽了房间里本来的阳光。从宽阔的前窗可以俯瞰第二街，阳光洒满整片地板，为窗台上摆放的众多枝叶茂盛的绿色盆栽植物创造了健康的生长环境，还养活了一只非常快乐的鹦鹉。

"再试试。"黛西轻声对迈克尔说。在头顶飞机的轰隆声中，迈克尔再次按响门铃。

三楼公寓里的女人蹒跚着走向前门。她的背略驼，她的头从脖子上方往前伸出，她骨节嶙峋的手指按住对讲机："喂？"

"喂？"黛西说。她的声音音调太高，传音不太清晰。她太激动了。"呃，喂？"第二次开口，她的声音甚至更高亢。两只麻雀在相邻建筑的前院里愉快地大声聊天。黛西转身面对伊丽莎白，轻拍她的前臂："也许应该由你来说。"

伊丽莎白靠近对讲机，她的嘴凑近有凹痕、色泽黯淡的银色金属板："呃，嗨。我叫伊丽莎白·杰蒂。"她用完美的注册会计师的声音彬彬有礼地说。她穿着崭新的、一小时前刚买的、时髦的米黄色夏季亚麻套装：宽松的抽绳裤、卡其色棉麻混纺上衣，还有棕色绑皮绳平底凉鞋。"我和我儿子还有表姨一起，我表姨从英国来访。我们希望能跟你谈谈我们想找的某个人，他曾经住在这栋公寓里。”

三楼公寓里的女人让这些话语慢慢地进入她的心里。她的心怦怦加速，因为这可能会是个有意义的星期六，会有值得回忆的事情，而不是家常琐事。

“噢？我按铃让你们上来。”她的话里带着某种口音。

蜂鸣器响起。迈克尔推开沉重的玻璃门，穿过早已不如往昔那么气派、镶着深色木板墙面、发出回声的前廊，走上楼梯。每个人都希望他们不会再遇到布雷恩·戴维斯。他们没看到他。他们手扶着光滑的深色橡木栏杆，听着木头嘎吱作响的声音。在二楼经过一扇灰色的铁门，门上贴满一张张小孩画的图，大部分画的都是花，上方角落是太阳，还有长长的亮黄色光束。他们继续往三楼走，黛西靠在迈克尔的手臂上。迈克尔心想：“看吧，幸好有我在。”黛西心想：“真是个不错的小伙子。幸好有他在。”

来到三楼，三个人围在没有贴小孩图画的灰色铁门前。三楼公寓里的女人透过窥视孔看着他们，发现他们完全不具威胁，便打开门，说：“你们好。”

伊丽莎白用上了她之前在楼下用过的语调：“基斯特太太？谢谢你见我们。我是伊丽莎白·杰蒂，这是我的儿子，迈克尔，还有这位是从利物浦来的黛西·菲利普斯。”她的声音回荡在洞穴般的走廊上，显得更响亮。

那女人再次点头：“很高兴认识你们。我是胡尔达·基斯特。你们先进来吧？”退后一步好让他们经过她身边走进公寓里：迈克尔先，然后伊丽莎白，接着是黛西。

胡尔达示意他们坐在沙发上。他们坐下来，三个人一排，一开始坐得太近，他们不得不挪一挪坐得分开一点。他们三个人吐着气，满怀期待地面朝胡尔达，膝盖并拢，手掌相碰。

自从告别婴儿高脚椅以来，迈克尔再也没有坐得这么端正过。那个时候的他满嘴都是苹果泥和婴儿食物，用手抓着脆谷乐。他感到新奇，目光越过胡尔达·基斯特，看着房间里的其他地方。他的视线停留在一只大绿鸟上，它占据了屋内视野最好的位置：高高盘踞在窗前一根木头横杆上。这只鸟目不转睛地盯着他们，同时从栖木下方的银碗里吃着种子。

不只迈克尔感觉新奇，他也让别人感觉新奇。伊丽莎白侧脸盯着他有一分钟之久，重新认识他，这个不一样的他。看见他的脸庞如何愈来愈成熟，他眼里有种前所未有的新神情。他似乎最近才缓慢而坚定地朝成年男人的阶段迈进，然后这过程突然加快速度。

黛西端坐不动，全副注意力都放在了胡尔达身上。她的心跳怦怦响，因为和她坐得如此靠近的这个人，是她与自己另一种人生之间的联系。

胡尔达慢慢放低身体，在丝绒扶手的大椅子上坐下。迈克尔注视着她，纳闷她到底有多老。胡尔达正襟危坐，她的头高高抬起，脸斜斜地侧向他们。她有一头染烫过的淡棕色头发，高高的额头，突出的下巴，小而灵动的深色眼睛，干瘦的脖子，轻薄的蕾丝白袍底下是瘦弱的肩膀。

这房间很大，逐渐变灰的白墙很久没有重新粉刷过了，但还是很干净而且没有剥落。这房间还有很高的天花板，俯瞰第二街的窗户宽得足以让一群大象并排通过。它几乎横跨整面墙，鸟儿就坐在那里。沙发对面是又高又宽的壁炉，从十九世纪九十年代晚期公寓刚盖好时就有了。数十年来它没有改变。壁炉开口边缘和周围部分墙面与地板上贴着上过一层厚釉的深绿色瓷砖。

简而言之，这间公寓的确有非凡潜质，它绝对货真价实，是一处珍贵的房产。

布雷恩·戴维斯的沮丧感无声地感染了空气，落在他们身上。

“很抱歉我穿着家居袍，”胡尔达说，“我不常有访客。”

黛西亲切地点头，告诉她别在意。

“那么，”胡尔达的手掌在膝盖上一拍，“我能为你们做点什么？”她的口音听起来是来自欧洲某地，德国？波兰？瑞典？

黛西发言：“我在找一个一九四五年住在这栋公寓里的男人，他叫迈克尔·贝克。他和他的父母住在这里。”

凝重的沉默，胡尔达正在消化黛西所说的。其他人静静等待。鸟儿喳喳叫。迈克尔扭头看它。黛西和伊丽莎白一直盯着胡尔达，仿佛看着她眼睛后面的记忆之轮吱吱嘎嘎地慢慢转动。

“贝克，”胡尔达轻声重复，用老迈的指尖敲打她硕大的前额，“让我想想——一九四五年。我一九三八年搬到这里，所以那是搬来七年之后。”用力闭上眼睛，“孩子们在上小学。”

“你看，”黛西从沙发上跳起来，打开皮包，掏出了某样东西，是个皱巴巴的白信封，“我有一张他的照片。”

迈克尔和伊丽莎白听到后非常惊讶。当照片正面朝上经过茶几送到胡尔达颤抖的手里时，他们试图瞄上一眼他的样子。

胡尔达从她的家居袍口袋里拿出黑色粗框眼镜，低头看膝盖上的照片。一位年轻英俊的军人戴着笔挺的军帽，肩膀宽阔，鼻梁挺直，鼻头浑圆，眼神严肃地凝视镜头。胡尔达的思绪倒转，穿越时光。希望照片能触动些什么——从普通的军人脸孔中塑造出一个特定个体。但是胡尔达找不出照片中的人呈现的性格，没有什么可以凭借的特征可以辨认出他。

胡尔达想了又想，然后用充满歉意的口吻说：“不好意思，我不记得他，以前布鲁克林到处都是军人。实在很抱歉。”她把照片还回去。

黛西、伊丽莎白、迈克尔，三人沉默了。

胡尔达说：“你那么大老远跑来，就是指望我能记得他？”

黛西点点头：“我有一件他的东西，他六十年前给我的，我想还给他，如果他已经不在人世，就还给他的后代，我们指望你会记得他，因为我们没有太多线索。”

“你们怎么知道要来问我？”胡尔达不解。

“我们一开始问的是房东。”

“噢，天啊。”胡尔达说。一阵肃静。布雷恩·戴维斯愁眉苦脸地手拿着黏答答木汤匙的样子，刹那间闯入房间呈现在他们四个人眼前，像个鬼魂似的在他们面前飘来荡去。外面某处，有只狗在吠叫。“幸好他愿意帮忙，通常他不会这样的。”

过了一会儿，布雷恩的影像淡去。

“也许你看过迈克尔·贝克的笔迹？”黛西翻找着，把信封递给胡尔达。胡尔达接过去，把注意力移到上面。

胡尔达低头凝视信封，笑了，说：“噢，是了。”希望升起在坐在沙发上屏息以待的三个人心中。

“我记得这些邮票。”她用弯曲的手指摸着邮票边缘。

希望，破灭，在他们脸上清晰可见。胡尔达不是看不见，她很难过：“我给你们弄点喝的，好吗？来杯茶？”

伊丽莎白，谢绝。

迈克尔，谢绝。

黛西说：“好的。那非常好，谢谢你。”

胡尔达很开心能做点什么。“我来烧开水。”她细瘦的弓型腿站了起来，穿着破旧的红拖鞋，踢踢踏踏走过橡木地板进入小厨房。

“他弹钢琴。”迈克尔把黛西和他母亲吓了一大跳，他整个身体从沙发上转过来面对胡尔达，“他是个钢琴天才。”用了以前其他人形容他本人的字眼，“他有一块阿图尔·鲁宾斯坦题赠的手表。也许你记得这件事？”

胡尔达停下来想，水壶拎在手里。“钢琴，”她摇头，“这栋公寓里有过太多钢琴。你知道他住哪一层吗？”

黛西细细想来。在他们那段短暂相爱的时间里，她看过许多写有寄件人地址的信封，试着重现，却是枉然。是否其中任何一封上写有他的公寓楼层？她把所有的信都留在利物浦的家里，只带了两个信封来。带在身边的这个没有写，另一个在她的行李箱里，在伊丽莎白家。

黛西摇摇头：“我想他从来没有把公寓楼层写上去，但我还有一个信封放在长岛。我们回到长岛的家以后，我可以看看。”

伊丽莎白对黛西说：“你记得他父母的名字吗？”

“好问题。”黛西想着。思绪回到很久以前。她确信她曾经知道答案，但不是现在。“我得想想看，运气好的话我可能想得起来。”

“那样很好。”胡尔达打开水壶下方的火，然后打开碗柜，拿出两个精致的瓷茶杯，问黛西的茶要不要加糖或奶，“我想我更有可能记得他父母的名字，或者他们的职业，或者是他们的长相。你想得起跟他们有关的什么吗？”

黛西将记忆抽丝剥茧，试图触及更深的底层。半分钟之后，她说：“他父亲在报社工作，喜欢钓鱼。他母亲读过很多书，会弹钢琴。她星期天在教堂里弹钢琴，这一点让迈克尔很自豪。我不知道他们的长相，我从来没见过他们。”

胡尔达全神贯注思考，摇头。水壶响了。

她们坐在打开的厨房窗户下方的小方桌前喝茶，强烈的暑气弥漫整间屋子，黛西跟胡尔达聊她自己的事，告诉胡尔达她是怎么认识迈克尔·贝克的。她希望这些细节能够触动对方的记忆——迈克尔的樱桃棒棒糖，他的纸牌把戏，他是如何不会唱歌、五音不全，但弹起钢琴来却无人能及。他喜欢哼歌和吹口哨。他可能养了一只猫，黛西这么认为，但并不确定。她想她记得他提过他们有只猫。他喜欢麦提莎巧克力和英国橘子果酱；他带了两打罐装敦刻尔克果酱回纽约。黛西把想得到的都说完了，靠回椅子上，双脚并拢，脊背挺直。

所有的眼睛都锁定胡尔达，搜寻着——期待着——她回想起什么的迹象。

一无所获。她把一盘饼干推向迈克尔，催促他吃一块。

他吃了，慢慢地嚼着，告诉她饼干很好吃。

胡尔达布满皱纹的脸上，那双小眼睛闪闪放光。她说：“这饼叫梅蓝德丽，是我外婆传给我母亲再传给我的食谱。”

迈克尔吃着饼干：“它叫什么名字？”他指着那只鸟。

“约德利。”

“约德利？”

胡尔达点头：“约德利·基斯特。”

“它是什么鸟？”

“和尚鹦鹉，二十二岁了。名字是我过世的丈夫给它取的。”

“它一直坐在那里吗？它不会飞走吗？”

“它没有能飞的翅膀，被兽医剪掉了。”

“酷，”迈克尔说，“我可以摸摸它吗？”

胡尔达点头："跟我来。"

迈克尔跟着她来到约德利面前，兴奋地看着她拍鸟儿的头顶，抚摸它的长翅膀，用另一种语言对它轻声细语，诉说宠爱的话。过了一会儿，她牵起迈克尔的手，握住，慢慢地把他的手引到警惕的小鸟身上，让迈克尔温柔地摸它的头和绿色的羽毛。约德利绷紧身体，但让他抚摸。迈克尔屏住呼吸。坐在厨房方桌前的伊丽莎白和黛西转过身来看。胡尔达继续用歌唱般的声调低诉着他们听不懂的话语。

"你是哪里人？"黛西问，"希望你不介意我问。"

"一点儿也不，"胡尔达说，"我说的是瑞士的德文。我是个瑞士老女孩，来自苏黎世郊外一个叫尼拉切的村庄。"

"这就是它叫约德利的原因吗？"迈克尔问，试探性地抚摸着它，"它会唱瑞士的约德尔调吗？"

胡尔达大笑："我们试了好多年。我们曾经放约德尔调的唱片给它听，希望它能学起来。"她摇摇头，"它一直没学会。"

"我去过瑞士好多次，"黛西说，"那是个很美的国家，美极了。"

"没错，"胡尔达说着，举出她认为最漂亮的几个州。阿尔卑斯山、湖泊、村庄、城市。

迈克尔继续抚摸着鸟，转身问他母亲："妈，我们可以养一只吗？"又变年幼了，孩子气的恳求。

伊丽莎白没有回答。

迈克尔又问了一遍。他轻柔地抚摸它，对那只鸟喃喃低语，更近距离地仔细端详，凝视它黑色的眼睛。甚至在胡尔达返回桌边，慢慢放低身子坐回餐椅跟黛西说话之后，迈克尔还留在那边。

伊丽莎白没有回答迈克尔。她一肚子不高兴，觉得被孤立。她们一直在说些她从没去过的地方。英国——黛西一再说那里的天气有多可怕，她想不通为什么还有人想去那里玩。瑞士——胡尔达宣称瑞士的天气跟英国一样糟糕，但食物比较好吃。继续往下聊着她们俩都去过的欧洲其他地方。

伊丽莎白皱着眉头，下巴重重地落到她的手掌上，手肘很不礼貌地撑在桌上。她问自己：为什么她从来没去过欧洲？她一直想去。二十年来她所有的梦想一直被忽视，被孩子吞噬，此刻她感到忿忿不平。两位年长的女人不断回顾过去。伊丽莎白往前快进，想象自己到了胡尔达这把年纪能跟别人聊什么。除了她养大五个孩子；除了她有一次在凌晨两点偷了她丈夫的自行车然后把它留在中央公园；除了她曾经是个优秀的注册会计师；除了她一直住在华盛顿港，住在离她成长之地不到五英里远的地方；除了她从来没用过护照，因为她只去过墨西哥、加拿大和加勒比海这些不需要护照的国家；除了经过生殖力强、精力旺盛时期正迈向更年期，而有些与她同龄的女人还在怀孕生子——除了这些之外，她的人生还有什么值得一说？

伊丽莎白从烦躁到发火，生气，更生气——气她自己，气理查德，气他们那狭隘的、以曼哈顿和长岛为中心的局促生活。外面的世界又大又美好，她怎么能一直以来忍受如此孤陋寡闻？当下她发誓要有所改变。他们今年夏天要去欧洲。长久以来他们一直把钱用错了地方。他们应该卖掉客厅的家具，拿板条箱当椅子，把钱拿去买机票，去看看这世界。他们应该来一趟欧洲自行车之旅，而不是一心记挂着理查德的自行车。

伊丽莎白回过神来听胡尔达说话，听她说有多想念阿尔卑斯山。

“一九三八年以来我就住在这个国家，它是我第二故乡，这里很好。我喜爱这里，而且向来如此，但我永远不会停止想念阿尔卑斯山。我做不到。阿尔卑斯山在我的血液、我的灵魂里。阿尔卑斯山是我心中永远失落的一角。”她微笑着，想起了什么，“艾伯特知道我的感受。他以前常常安慰我，说我们住在这条街上最高的建筑物里，在山坡顶上。”

“你没有回过瑞士吗？”迈克尔问，“回去看看？”

“噢，当然有，但最近二十年都没回去过。我已经九十三岁了。”胡尔达看着他热切的年轻脸庞，上唇还沾着饼干屑。“我那好丈夫艾伯特，已经去世二十一年了。我有两个孩子也已经去世，上帝祝福他们。我还有另一个儿子住在委内瑞拉，还有很多孙子，有的在加利福尼亚，有的在亚利桑那，有的在委内瑞拉。我的朋友们都离开了。当然，我在瑞士还有亲人，但我没有跟任何人保持联络。我找谁当旅伴呢？我要住在谁家？恐怕我不像你这么幸运、年轻、勇敢，菲利普斯太太，”她转向黛西，“现在我永远回不去了，但即使在我比现在年轻、健康、硬朗的时候，当我还是你那个年纪的时候，我也太胆小，不敢自己独自旅行。当然，现在为时已晚。我再也看不到阿尔卑斯山了。我敬佩你的勇气。”

黛西摆摆手，把称赞挥开。想起自己不久前还因为没有保罗就不能旅行而感到难过，就完全能体会胡尔达的心情。

“天时地利罢了，”黛西谦虚地说，“我运气好，这里有亲人，我在短短几个星期前甚至还不认识他们，他们对我如此慷慨大方。我很幸运，也很高兴我来了。”黛西望向伊丽莎白和迈克尔，露出感激的微笑。

胡尔达又帮黛西倒了一杯茶。她滔滔不绝地聊着她是如何认识艾伯特，他如何因为看望爷爷而到瑞士度夏，还有他如何在她父母家门口求婚——紧张、结巴，手里还抓着满满一桶从他爷爷的树上摘下的青苹果。他把树上最好的苹果都摘下来送到她面前，他爷爷气得跳脚，胡尔达却暗自偷笑，因为她自己家里也有棵苹果树，长出来的苹果已经多到他们不晓得该怎么办。

黛西啜着茶，愉快地聆听，随着时间一分一秒过去，她愈来愈听天由命，最后完全放弃，接受事实。他们得不到任何讯息。在胡尔达内心深处的黑洞探险，用手电筒探照发霉的空间，但一无所获。他们两手空空，桶子也空空。他们没有更接近迈克尔·贝克，除了此刻她看到了他曾看过的布鲁克林公园坡第二街的街景。

最后，他们准备离开，感谢胡尔达。她双眼噙着泪，用她弯曲的食指最下面的指节抹着泪，说不，她才应该感谢他们。迈克尔跟鸟儿说了好多次再见。在门口，胡尔达塞了一样东西到他手里，他大感意外：包在纸巾里的梅蓝德丽饼干。

她们交换电话号码，答应打电话给对方，如果彼此想起任何事情的话。

29

英国。利物浦。搬家日。阳光灿烂，万里无云。丹尼斯把这当成好兆头。

丹尼斯浅粉红色的衬衫和皱巴巴的灰色长裤都汗湿了。他指挥搬家工人，唯恐他们会在他的某幅油画上戳个洞，因为他雇的是他能找到的最便宜的搬家公司。这会儿他都快哭了，他们正在把他的艺术收藏品——他珍爱的财产，他唯一在意的东西——从房子里搬到搬家货车上。他不知所措，突然对这房子和利物浦感到依依不舍。随着时间推进，当房子里的东西变少而货车变重时，这种感觉也愈来愈浓厚。

昨天是他最后一天上班。他已经把办公室清空，把他几十年来没触碰过的东西都摸了一遍。他从书架上把喜爱的旧书、杂志和广告单全拿下来，也拆卸了在这里的一段人生。他三个星期前已经提交辞职申请，对着那些目瞪口呆的人宣布，他要离开，要搬离此地。他祝他们一切顺利，包括他的继任者和那些在桌子旁、电脑旁、工作台前、饮水机前的其他人。一切动作暂时停止，所有人的脸都转向他。

他们也祝他一切顺利。说他要走他们觉得很遗憾，他们很期待在他新书出版后拜读大作。他们一定会翘首以待。他知道下一本书什么时候出版吗?

丹尼斯摇摇头。手上拿着咖啡杯面露微笑，两脚交换重心，调整裤腰上小腹底下的皮带扣。条件反射动作。

丹尼斯最后一次从公司停车场开出来，满脑子疑问，数量众多且各式各样；全是不确定感，巨大而强烈。他放弃工作，是否做了他所想得到的最愚蠢的一件事？相信阿曼达和她对未来财务状况所做的梦幻预测是否更加愚蠢？他握住方向盘的指节发白，牙关紧咬，下巴绷紧，眉头深锁。收音机开着，但他充耳不闻。他告诉自己人生必须冒些风险，安慰自己一切都会没事，跟自己保证他能够走出这一步其实很幸运。他会爱上海风，而且海风的确能给他提供新书的灵感。

此外，他也认为，杂志正在走下坡路，所有这一类的杂志都一样。最好自愿离职。他不再年轻，如果他要有所行动，现在正是时候。

阿曼达精力充沛地在房子周围穿梭，她穿得很朴素，一反常态地穿着牛仔中裤和运动鞋。她匆匆赶去她最信得过的美发师那里做头发，好让她有充裕的时间在切赛克斯另找个好美发师，如此她才不至于一到那里就必须约时间做头发却不知道该找谁做。她把找美发师做头发排在离开利物浦——这个她从未喜欢上的城市——之前要做的最后一件事。

货车终于装满时，已经将近傍晚六点了。他们最后一次开出车道，各开一辆车。丹尼斯精疲力竭，庆幸他母亲不在这里，害怕想到他们俩开走的这情景会让她作何感受。开到他们的新家应该要差不多五个小时，他们在那里会先睡地上。载着他们全部家当的搬家货车将于第二天抵达。

阿曼达说他们应该另找个地方过夜。为了庆祝新生活，他们应该住进贴着玫瑰与紫罗兰图案昂贵壁纸的旅馆里，躺在四柱床上，身上盖着顶级埃及棉被，房里有厚重的酒红色窗帘和华丽的水晶吊灯，俯瞰着水景。他们可以从小冰箱里拿出一瓶香槟开来喝。

疲惫不堪的丹尼斯坚决反对。他们应该在沙沙作响的聚脂纤维睡袋里庆祝新生活，他们应该符合自己的身份，在打磨得光亮无比的新地板上，打开瓶装麦芽啤酒来喝。

30

车里寂静无声。黛西、伊丽莎白和迈克尔驶过转角，沿着第二街前行。

迈克尔打破了沉寂："或许过节的时候我们可以邀请胡尔达来吃晚餐，还有星期天。"

伊丽莎白心不在焉地点点头，说这是个好主意。马路，人行道、马路旁、人行横道上的路人摩肩接踵，不管是不是绿灯都在过马路。她一边确保不要撞到人，一边想要提醒迈克尔他们谈好的条件是他在回家的路上学习，但当她瞥向后视镜时，却看到根本用不着她提醒。他坐在后座看他的课本，专心致志。伊丽莎白不禁再看了一眼。是真的，他在学习。伊丽莎白一个字儿都不敢再说。

黛西坐在前座，不安地用她大拇指的指腹拨弄她皮包的带子。伊丽莎白在红灯时瞄了她一眼，以为她在为他们毫无进展而难过，却没猜到黛西陷入了深深的焦虑。回顾胡尔达的生活：九十三岁还独自生活，有个虎视眈眈的房东，舔着嘴唇巴望她死或者进医院后再也出不来。

胡尔达敬佩黛西的勇气。黛西心想，胡尔达才真是勇敢。

黛西还设想着如果和胡尔达与艾伯特·基斯特当邻居，一起住在第二街上的整层公寓里，她自己的人生会是什么光景。她和胡尔达会怀念她们各自的家乡，但也会欣然拥抱在美国的生活，和美国的丈夫。一段在纽约的新人生，有展望公园、有窗台上方型花盆里的花、有十九世纪赤褐色砂石建筑以及斜坡路下方的商店。

在她心里涌起难以名状的感受。

31

聊黛西聊了一个小时十五分钟。安说出真心话，痛批黛西。

安付钱给美发师，小费给得很大方，因为给钱的动作笨拙而把目光转向别处，视线聚集于金色釉彩花盆里一株长着宽长深绿叶片的孤零零的植物。它摆在前窗的窗台上，弯身朝向炎热的六月阳光。给她洗了头又清扫了地板上她分叉的发梢的人，也付了小费。她对整个店里的人说再见，包括那些常客，她们的头发各处于不同的改造阶段——有些人头发上有染发剂，有些人在吹头发，有些人在剪头发。她慷慨地付给工作人员小费，这些人整天都待在生发水虚假的香甜之中。她离开美发店时的脚步比来时更有自信。她向来如此。

安穿越拥挤的夏日人行道，走一小段路回到车上。她回到驾驶座上，对于自己针对黛西所说的带刺话语和控诉，感觉糟透了。她说话的声音盖过了吹风机和周围女人的谈话声，现在这些话回过头来困扰着她自己。她一定也说了些黛西的好话吧？安回想自己和亨利卡共度的一个半小时，脑海中重演两人的对话。希望她能想起什么，一些还过得去的对话片段，一些从她嘴里说出的不那么差劲的评语。

想象亨利卡站着，手拿淡棕色染发剂，大肆吹捧其效果。回忆自己对黛西抱怨的画面，言语过度渲染，安觉得可耻极了。这一点儿都不像她。这个陌生的、糟糕透顶的安是谁？

从停车位里开出来，觉得自己面目可憎。安越过左肩往外瞥，一手在方向盘上，另一手压在唇上，让双唇紧闭。二十四年来都让同一个美发师做头发，安习惯于把她当成倾诉的对象。但现在她懊悔万分。她怎么能说出那样的话？有些事甚至不是真的！黛西没有用自己烘焙的点心当诱饵，让安的外孙们在放学后都跑回伊丽莎白家；当他们去找黛西而不是去找安时，黛西没有露出冷笑；黛西没有对他们说安的坏话。安知道，但还是这么说了。她添油加醋，编造出这些细节。

安觉得自己很卑鄙。等红灯时，她甩甩头仿佛想把所有恶毒的话语甩出耳外。她但愿自己今早什么都没做——不是指头发，这次做出来的头发似乎特别好看，而是指从她嘴里说出来的谎言。

突然意识到自己的小厢型车是多么脏，椒盐脆饼、看不出是什么的碎屑、小塑料玩具、神奇宝贝卡片像地毯一样四散在地板上，外加一个苹果核和杯架里三个小果汁盒。掉转车头，开往洗车厂，是人可以坐在车里洗车的那种地方。通常她车上都有一个、两个或更多小孩。他们都喜欢看洗车，会发出兴奋的尖叫。这次只有她一个人。

她付钱给那个拿着滴水抹布的黑发男人，他引导她开上轨道，告诉她何时该打空挡。她多付了钱，叫他不用找了。她在这里跟在美发店一样，小费给得很大方。

安往后坐，头靠在头垫上，放松，让洗车机器带着她往前，清洗她的车。肥皂泡飞溅在每一块车窗上。又长又重的蓝色垂直板条伸过来，连同巨大的旋转刷子拍打在车前面、上面和侧面。强力水柱从四面八方冲刷过来。

安喜欢这种有刺激的感觉。在车窗和车门后面觉得很安全，在她的堡垒里刀枪不入，接着就是平静的、几乎可以说是有抚慰作用的下一步：上热蜡。

然后就结束了。把厢型车滑出轨道，回到白天的大太阳底下。她被请出车外，站在旁边，四个年轻男士分别从四扇车门探入车里，拿着吸尘器的管子、清洁剂和破抹布清扫车内，擦得亮灿灿。

安站在一边，在刺目的阳光下眨着眼，看着。让年轻人去处理，用长长的橡皮管子把脏东西和灰尘吸掉，让她再度体面起来。溜进座椅底下干枯弯曲的温蒂炸薯条和塞在椅背后好时巧克力的锡箔包装纸小团全都消失了。她的人生也被清洁。

回到车上，心情好了不少，感觉有条理多了。回过头去想黛西。暂且原谅自己的罪孽，准备重新开始。今晚他们计划好要在伊丽莎白家吃晚餐。他们会从布鲁克林回来，迫不及待要说出发生的所有事，而她会在场。安会去的，带着一束给黛西的花和祝她成功的祝福，无论她要找的是什么。那和一块手表以及一个布鲁克林军人有关。迈克尔在详细解释他放学后为什么不去她家时对她说过，但她没听全。

安到花店买了一大束美丽的花，扎在很有品位的包装纸里，花束大到她必须用两只手拿。到家后她把花放在厨房台面上，想象自己把花送给黛西作为讲和的献礼，也有为她可怕的行为道歉的意味。其中缘由，黛西大半不清楚，但，即便如此，它还是代表道歉和重新开始的请求。呈现一个崭新的安，一个关心黛西的来访、逗留和幸福的安。

离开厨房，看到她的女婿及其弟弟在她的车库里。她的女婿拿着圆盘锯，他的弟弟压着截面为两英寸乘四英寸的木板让他切。巨大的噪音，木屑四散，落在他们的牛仔裤和车库地板上。安站在门口，抚弄着自己的金项链，愉快地闲聊，提议帮他们冲咖啡，但他们婉拒了。

安匆匆回到厨房给自己煮咖啡，她的目光立即被花束吸引。用花朵来翻开新的一“叶”感觉很捧。她等不及想把花送给黛西，甚至可能还会用雏菊来开黛西名字一个小玩笑，仿佛黛西从没听过所有关于雏菊的笑话似的[①]。煮咖啡，开电视，打几通电话。坐在舒适的客厅里的躺椅上，从大马克杯里啜着咖啡，想象自己为了晚餐盛装打扮的画面。想象晚上在伊丽莎白家的画面，很开心能在那里，因为餐桌旁所有的人都围绕着她，他们一如往常地那样聊天，就像黛西来之前那样。这幅画面不着痕迹地变形为他们一群人围绕着黛西，听黛西说话，盯着她，自从她到这里之后一直如此，安变成旁观者，被丢在一边，就像黛西的母亲从前对她那样。

安深吸一口气，把剩下的咖啡吞到肚里，甚至连底部又黑又浓稠的咖啡渣都喝了下去。她拿起电视机遥控器，心不在焉地转换频道，与其说是电视频道不如说是她心里的频道。试着把第一幕叫出来，也就是她才是主角而黛西静静倾听的那一幕。但那不受欢迎的一幕老是无声无息地溜回脑海，好像有人能遥控安的心，毫不费力地就转回黛西独占所有画面、所有时段的频道。

安站起来，回到厨房，把脏马克杯放到水槽的水龙头底下，冲干净，放在沥水架上。黛西的影像比以往更活跃，在脑海里舞动。每个人都会讨论今天的布鲁克林之旅，加上一些只有他们才知道的布鲁克林笑话和故事。安变得很沮丧，无法甩开黛西不配得到这种待遇的感

---

① 黛西，原文为“Daisy”，在英语里该词也有雏菊的意思。

觉，梅瑞迪丝姨妈的所有孩子都不配得到这种快乐。

怒火中烧的安，拿起花束，把高雅的包装纸撕掉，拿起一个水晶花瓶放在桌上，巧手把五彩缤纷的长茎花朵摆放得十分美丽。安往后站，欣赏她插的花，然后拿起电话告知伊丽莎白，因为头痛得厉害，她没办法赴晚餐之约了。

32

伊丽莎白跳下床。星期一早晨，似乎感觉到了什么。迟了九个星期的感觉终于回来了。她冲进浴室，确定是它回来了。

她错了。

伊丽莎白趴在洗手台前刷牙。用梳子梳头，梳得头皮刺痛。套上上班的衣服，懒得看镜子一眼。甚至妆都懒得化。

想着飞镖男——忧心忡忡。不可逃避地注意到，自从她偷了理查德的自行车之后，飞镖男就没有再度出手。这让她忐忑不安的情绪到达顶点。她心里思来想去，意识到飞镖男的隐退和理查德没车可骑之间或许没有关联。伊丽莎白考虑着，皱着眉头。如果飞镖男永远不再出手，她就永远不能确定真相为何，这辈子都不能。她急匆匆下了楼，可笑地希望飞镖男再次出击，只要一次就好。

厨房里，伊丽莎白忙乱地应付又一个星期一的早晨，张罗孩子和早餐。黛西在喧闹声中提高音量，提议帮伊丽莎白很快地泡杯茶。伊丽莎白说她在上班途中会去唐恩都乐甜甜圈店外带早餐。黛西祝迈克尔首场州会考顺利。伊丽莎白听着，惊愕，内疚。她已经忘了今天有州会考，讶异地看着迈克尔让黛西在他前额印上一个祝愿好运的轻吻。迈克尔匆忙出门，上了校车。

黛西穿着一套清淡柔和的裙装，站在门口，跟所有人挥手道别，包括伊丽莎白在内。然后他们全都走了。屋子里静悄悄的。黛西在厨房里晃荡，直到下定决心做件了不得的事。

黛西打开电脑，继续她和迈克尔上次中断的工作，进行漫长、缓慢、孜孜不倦的搜索，从成千上万的迈克尔·贝克中找出要找的那一个。试着获取纽约的军方纪录与死亡证明。黛西很骄傲，因为她记得怎么回到上次她和迈克尔进行到一半后来迈克尔停下来赶紧去学习的地方。黛西用一根手指一次按一个键，记得回车键是哪一个，记得如何用鼠标，何时用鼠标。

她心想要是丹尼斯能看到她现在的样子就好了。

来纽约才两个星期，她已经改头换面，成了个摩登女郎。

33

电话铃响起。星期三晚上。丹尼斯和阿曼达不在家，没听到铃声。从搬家那天到现在，这是他们头一次来海边。家里的整理工作终于告一段落，让他们可以享受一番。他们目不转睛地凝望着海面。哪怕在这个点儿，太阳依旧高挂天空，金色的阳光洒在他们身上。一切都是那么平和与宁静。

丹尼斯出奇地平静。他从来没到过这海边，但他会再来的，因为地球上这片美得不可思议的地方离他现在的住处只有不到五分钟的车程。他发现自己因此目眩神迷，深感震惊，在他新的生活方式里，他可以拥有这一片深深打动人心的景色。这两人在完全的静默中，手肘抵着手肘、肩膀靠着肩膀，站了二十分钟，贪婪地享受着这安详的氛围和身前、身后、身侧的绝世美景。耳中只听到绵延的波浪拍打声，还有忙碌的海鸟啼鸣声。

丹尼斯将凝望海面的深思目光移开，转向阿曼达的头顶、她的侧脸。看轻柔的微风扬起并拂散她的头发，他的手指也做着同样的事。

他的凉鞋踩在岩石沙滩上。他俯身亲吻她湿润的唇，说："谢谢你让我拥有这一切。"

阿曼达抬头对他微笑，双唇微启，露出她漂亮的牙齿。她的眼睛闪着光。她说："我就知道你会喜欢。"牵起他的手，放到她唇上，亲吻，她的指尖缓缓滑过他拇指的轮廓。

"我很喜欢。"丹尼斯喜欢她轻搔他的大拇指，微妙的感觉传遍全身。"还有，说真的，"他的声音变得慵懒，"如果头一两年缩减开支，我们的财务状况应该过得去。不要有大笔开销。应该不会太难。这房子已经有我们需要的一切。我们只是必须餐餐吃马铃薯、生菜和意大利面这种东西。"

阿曼达轻轻耸肩："我不在意。我们拥有这一切。"她的手指向大海，"谁在乎美食？"

"没错，"丹尼斯回应道，赞同她的话，"而且我很快就会开始写我的新书。"天知道何时！"或者我去找一份兼职工作，也许是大学里的什么差事。"

"我知道你不想听这话，"阿曼达向他依偎过来，她的手插进他上臂内侧，她的脸颊贴在他的肩膀上，"但我要再提醒你一次。你母亲坐在一坛金子上，其中大部分终有一天会是我们的。她只有一个孙子，记住这一点。"

丹尼斯不愿意让任何事干扰他内心深处的平静。他太心满意足，不想把精神花在生气或训话上。

他们不知道此刻他们新房子里的电话正在响，他们没接到电话。这让他们没能率先得知重大消息。他们直到当天很晚才听到伦尼的留言：他宣布萨拉就是他的真命天女，一等黛西从美国回来，他们就要结婚。伦尼向丹尼斯要他们母亲在纽约的电话号码，迫不及待要告诉她所有消息：她就要有一个新儿媳，还有三个新继孙。

34

飞镖男当场被捕。

他正射出一支飞镖，上午十点十七分，在东三十九街和第三大道路口，骑在一辆红色山地自行车上。这次行动风险很大，因为大家都已经知道有这号人物。众人心怀警戒。他比以往更早出手，但是被一个韩裔杂货店老板看到、追赶并抓获。当时那个老板正在码橘子。他看见飞镖男正要逃走，灵机一动，把一桶刚剪下来的鲜花滚到他要经过的路上。飞镖男自行车一歪，撞到电线杆，摔下来，背部着地，四脚朝天。英勇的韩国杂货店老板想办法把他制服，直到警察来。

飞镖男终于落网。他是个白种男人，二十二岁，皮包骨头，尖下巴、红头发，是来自中西部的失业演员，他唯一的名声已经有了，而且接下来还会沿续一阵子，全都因为他使这个城市陷入长达三十三天的恐惧。

伊丽莎白从收音机里听到这消息，松了一口气，同时觉得很羞愧。这让她想要她的床、一堆枕头、厚重的毯子——一个藏身之所。

不过，她采取行为的却是赎罪。午餐时间她冲出办公室，上了车，开到自行车店。跟那个年轻、超重、很有个性的售货员讨论自行车的优缺点，解释她的需求，聆听他的建议，共同挑选一辆自行车。

负罪感让她购买了自行车。负罪感让她用被绳子系住的笔签了信用卡。负罪感让她买了店里最贵的自行车。

理查德到家时，伊丽莎白满脸堆笑。

他看到她在厨房里，正在熨皮特毕业典礼要穿的白衬衫。理查德上楼把西装换掉，跟男孩们打招呼，听迈克尔说州会考易如反掌。经过走廊，看见黛西，愉快地和她聊了两句，问她的搜寻行动的最新进展。

黛西容光焕发，若无其事地提到她正在自己用谷歌搜索，没遇到什么困难，只不过一直没有结果。

理查德回到厨房。伊丽莎白还在熨白衬衫。把熨斗放下，叫理查德跟她来——他跟来了，不过先停在冰箱前拿了一瓶啤酒。

“你绝对不会相信我今天遇到谁，”理查德说着，把啤酒盖打开，然后把开瓶器放到厨房台面上，台面下方的抽屉开着。他跟着伊丽莎白走出厨房。

“谁？”伊丽莎白问道，比起他的答案，她更有兴趣献上她的惊喜。她很兴奋，觉得自己终于做了件正确的事情。反正本来就该是换一辆自行车的时候了。

理查德说：“希瑟·克拉克。记得她吗？”

伊丽莎白停下脚步。记得她吗？她是他们高中学校有史以来唯一能称得上超级名模的女生，是学校的风云人物，毫无争议。她独一无二。每个人都认识她。要不是她既漂亮又聪明，人也很和善，有一半的人会恨死她。伊丽莎白知道当时理查德也和其他人一样爱慕她。

伊丽莎白淡淡地说:“她不是嫁了个亿万富翁吗?”

理查德点点头。他的眼睛发亮,从内心深处回想着相遇的情形。“是啊,但她现在离婚了。她说她得到了一笔很丰厚的赡养费,还有公园大道上的公寓。她看上去漂亮极了,几乎跟高中时一样。”

伊丽莎白郁闷地认定希瑟还有刚好二十八天一次的经期,一天不差。

“她有两个女儿。”理查德说,他的眼神迷离,眼眶线条柔和,重新回忆两人的对话,“一个在哈佛,另一个离家念寄宿学校。”

“她真好命。”

“她似乎总是那么体贴。她忙着慈善事业,正在组建一个帮助弱势儿童的慈善团体。”

伊丽莎白心里想的是:“真是够了!”嘴里说出来的却是:“我要给你一个惊喜,理查德。你会喜欢的。”试着找回她之前期盼的心情。猛然推开车库门,冲进去拿自行车。

理查德说:“我是在地铁上遇到她的。”

伊丽莎白停住。她光脚踩在车库冰凉的地板上。她的手沉重地垂在身体两侧。对自行车的热情消逝。他是在地铁上遇到她的?在地铁上!伊丽莎白想起是什么原因让他去搭地铁,不愿去细想其中的讽刺意味。

理查德注意到自行车,微笑着走向它。“嗨,好棒的自行车。你买给我的吗?”理查德看着她,又惊讶又开心。

伊丽莎白点点头。但,这件事已经不再有趣了。

“真不错。”理查德抚摸着车子,“我想我的那辆自行车已经有点旧了。”对她微笑，越过自行车上方亲吻她的前额，“谢谢，你对我真好。”接着，“希瑟说她丈夫为了一个花瓶离开她。你想象得到吗？为了一个长得更好看的女人离开希瑟？”

伊丽莎白声音尖锐起来：“我很高兴你喜欢这辆自行车。我们这个周末可以开车把它运去城里，顺便玩一天。带黛西去帝国大厦，她还没去过曼哈顿。还有，你最好弄个好一点的锁——这一次要两个U形锁，或许甚至要三个。”

理查德回答：“你开玩笑吗？我不会把这自行车带去城里的。它第一晚就会被偷。更何况，我喜欢地铁。搭地铁很方便。希瑟和我已经计划好每星期一和星期四碰面。”

伊丽莎白的脸垮了下来。

35

黛西挂了杰蒂家的电话，低头盯着膝盖，忙着用手指抚平她浅桃红色裙子上并不突出的线结。她把椅子拉出来，斜靠在厨房餐桌旁。她的脚平放在地板上，背脊僵硬，而且挺直，一如往常。黛西消化着这个消息。震惊。伦尼？再婚？感觉有目光落在自己身上，抬头看。是乔希，《星球大战》克隆人军团的装扮，正站在冰箱前，要打开冰箱门。他转向她，隔着面具问她是不是不舒服。黛西摇头，告诉他她刚才听到家里传来令人惊讶的消息。

就在这时，伊丽莎白拖着吸尘器来到厨房——恰好听到他们的对话。问黛西是不是好消息。

黛西太过震惊，几乎无法串连出完整的句子。“我儿子伦尼要结婚了。”她语带疑惑，好像在传播一个愚蠢的谣言。

伊丽莎白搁下吸尘器，快步走向餐桌旁的黛西，热情地祝贺她。黛西对伊丽莎白提过好几次她的家人，让伊丽莎白感到熟悉他们，熟悉的程度足以对这消息感到喜悦。她问黛西何时。

黛西说等她一回家就举行婚礼。想着萨拉，试图从她的记忆库里那个冻结的形象中找出她未来儿媳妇的新信息。记忆库里有三个空位，留给三个新继孙女——十一岁、十四岁和十七岁的女孩，名字分别是克洛艾、卡丽和克里斯廷。黛西头昏脑涨。三个空位，三张空白的脸孔。新的孙女，新的儿媳妇。伦尼，已婚男人。

《星球大战》的克隆人士兵给自己倒了杯橙汁，差不多快喝完了，这时有人从后方偷袭他。打扮成黑武士达斯·维德的戴维害得克隆人士兵打翻果汁，弄得厨房台面和地板上到处都是。响亮、愤怒、狂暴的尖叫——戴维是大笑，乔希是怒吼。伊丽莎白拿着厨房纸巾，帮胡乱清理一通的戴维收拾善后。

这一切唤醒黛西。把她从利物浦唤回来，回到长岛，回到厨房餐桌前。

黛西站起来，用手掌抚平裙子。她清清嗓子，提高音量发言，声音盖过这片混乱。“我应该回家了。”

六只惊慌的眼睛霎时间看着她。乔希立刻跑开，尖叫着把这消息告诉迈克尔，后者正坐在隔壁房间电脑前，过滤成千上万的迈克尔·贝克，要找出“真正的那一个”。

伊丽莎白弯着腰，把果汁从地板上擦掉。她蹲在黏糊糊的那块地方，抬头看着黛西，说她不能走，因为她还没有找到迈克尔·贝克。伊丽莎白撑着地板站起来，用手腕把头发从前额拨开。

“我知道。”黛西说，声音很悲伤，心事重重，“但他们打算结婚，我不该让他们多等。”

“什么？”迈克尔像头公牛般地冲进厨房，直奔黛西，两只胳膊挑衅似地交叉在胸前。他要一个答案：“什么？你要走了？”

黛西看着迈克尔，接着乔希，然后戴维，最后伊丽莎白；这四个人站在她面前，等着答案，打算挽留她。脚踝细瘦的黛西身体微微摇晃，真情流露的泪水夺眶而出。

“我很抱歉，迈克尔，我知道你一直很努力要找到他，但是万一我们永远找不到怎么办？他很可能已经死了。如果我们找不到他，我们也永远找不到他可能有的任何一个孩子。我试过了，我们试过了，我真的很高兴我们试过了。我欠你们一份情，你们所有人。”黛西看着每张脸，“永远欠你们的。但现在为了伦尼，我应该回家了。”

没有人说话。

“你还不能走，”迈克尔说，“现在我可能有点眉目了。”

伊丽莎白非常以他为荣，问：“还有多少个迈克尔·贝克？”

迈克尔露出苦相。他的脸充满年轻人的弹性，蓦地涨红：“我不清楚确切的数字。”这意思是还有成千上万个。

他一脸挫败。黛西想抱抱他，不过伊丽莎白先抱了。她把他拉进怀里，把母亲温暖的嘴唇印在他的前额上。迈克尔由着她亲，身体僵硬，过了一下子把她推开，说：“拜托，黛西，不要走。”

“我很抱歉，迈克尔，相信我。要离开这里我真的非常难受——离开你、你的家人和我们的目标——但看来我非走不可。”她的声音很温柔，正如她的眼神一般。

“你什么时候走？”伊丽莎白问，伤感和出乎她意料突然涌现的失落感透过她的声音传递出来。

“我看看是否能订到今天的航班。”

又一次，没有人说话。乔希把克隆人士兵的头盔拿掉，他满脸是汗：“今天？太快了吧。”

“这样不对，黛西。”迈克尔生气了，“我刚考完最后一科会考——我是因为你才学习的！现在我学校的事全部结束，开始放暑假了。我可以整天继续查。你不能现在走！”

黛西呼出一口气，她的肩膀下垂，说：“我很抱歉，迈克尔。”黛西倒回硬椅背的椅子上，一脸哀愁，和善的淡蓝色眼睛湿漉漉的，“我告诉你怎么办。我要把手表留给你，你继续找。如果你找到他，就可以把手表送去给他，如果没找到，你可以自己留着。我确定就算没有阿图尔·鲁宾斯坦的题字，它也很有价值。”

乔希和戴维快速地吸了口气。他们看着迈克尔，仿佛他是世界上最幸运的孩子。迈克尔眼睛一亮，黛西的话带来的惊喜表露无遗。但只维持了一分钟，又黯淡下来，露出阴霾。因为即使这点子很吸引人，也不是他想要的。他想要黛西留下来，他想要找到迈克尔·贝克。

他们都这么希望，他们都闷闷不乐地盯着黛西。气氛凝重。

“你确定你非得今天走？”伊丽莎白问，把黏糊糊的海绵丢进水槽，把湿的厨房纸巾丢进垃圾桶。“我们正在计划跟我妹妹们再聚一天。我们想着全都去坐环岛观光游船，就是绕曼哈顿航行的船，然后留在城里吃晚餐。我敢说理查德一定很乐意在城里跟你吃晚餐。”她心里想着他或许更爱待在地铁车厢里。

伊丽莎白强迫自己甩开这想法，叫自己别这么想。理查德一如既往地那么爱她，她脑子外面的世界没有丝毫改变。

黛西抱歉地重复着她真的必须离开。突然间想起自己的房子，想起不卖房子的事。伦尼告诉她丹尼斯和阿曼达已经搬家了，丹尼斯听起来真的很高兴，直到伦尼提起婚礼。他还说萨拉想知道黛西什么时候能回去，他们两个都很渴望早日安定下来。伦尼告诉黛西他一个小时后再打过来，看看她那时候有没有回程班机的信息。

迈克尔说：“谢谢你给我手表，黛西，但我要的不是手表。”迈克尔踩着重重的脚步离开。乔希和戴维争执着，现在迈克尔不用上网了，该谁用电脑。伊丽莎白说他们谁都不能用：她需要电脑来订黛西的机票。

黛西跟着伊丽莎白走出厨房来到电脑前。伊丽莎白敲打键盘。黛西全神贯注地看着伊丽莎白，想着现在的她或许可以自己订航班，她赞叹网络的神奇——这么容易就能重订航班，而且这么迅速。

订好了。伊丽莎白帮她订了傍晚的飞机。伦尼他们安排好第二天早上六点在曼彻斯特机场接她。

红色的行李箱重新打包，拉链拉紧，竖立在客厅里。

黛西在外面露台上啜着她刚泡的茶。和以往一样，她提议帮其他人泡茶；也和以往一样，他们全都谢绝她。她还没有帮任何人泡过茶，就要回英国去了。

她静静地坐着，最后一次欣赏着这块美得不可思议的地方。浓郁的忍冬甜味弥漫在她周围，鲜艳的花朵仿佛自得其乐。有些刚长出来的夏季多年生植物正在露脸，开始和晚春的各种花朵争奇斗艳。熟悉与不熟悉的鸟儿在一株园景树和另一株特别高大的树之间，叽叽喳喳地飞来飞去。这里有阳光、好天气、蜜蜂以及五花八门外型凶恶的飞虫，黛西不去理会那些虫，不愿意因看到任何一只虫而吓得要死。她缓慢地深深吸气、呼气。这样的情境使人放松，这是它对欣赏美景的人的唯一要求。但黛西没有放松，她并非没有试着放松或不想放松，而是心里充满太多混杂的情绪，她不可能放松。她需要独处，去理清这些情绪。

她会想念这些孩子，这一点毫无疑问。她会以超乎自己想象的程度想念这些男孩和这一家人。她在短短的日子里爱上了这里，重新拥有了一家人共同生活的幸福：日常生活的节奏，新生活带来的期望，精力充沛的孩子，家人一齐行动的满足感。理查德尽心工作，很少在家，但还是非常亲切友善。伊丽莎白是个矛盾综合体，她傻乎乎的，过度紧张，不知所措。从机场回来后的头几天，她的反应总是慢半拍，而且还三更半夜神秘消失——虽然这种行为似乎已经停止，但原因仍旧是一个谜——但她很温柔，富有同情心，心地善良，而且尽心尽力。高三的皮特，爱谈论女孩子和运动，秋季就要去念大学了。史蒂夫是黛西唯一没有见过的孩子，他应该几天后就会到家，黛西很遗憾他们两个无缘相见。还有贴心的迈克尔以及他那高尚的抱负和决心，和在机场接她的那个男孩判若两人。而乔希和戴维每晚都会为她演奏，她在客厅里啜着她的君度橙酒，听他们弹钢琴，不时被迈克尔打断，他带着和迈克尔·贝克相关的一个问题、评论或最新消息冲进来，最近的次数愈来愈频繁，永不厌倦地探索。他非常努力。

而此刻，尽管如此，黛西还是要回家了。现在丹尼斯走了，住在车程五小时远的地方，而伦尼很快就要结婚。不过她还有她的房子、她的花园、她的草坪、她的朋友。她爱这一切，真的。只不过——

黛西陷入沉思。当安走进屋时，她依旧在外面露台上沉思。安听到消息，来为黛西送行。安站在客厅里，一只手上拎着钥匙，包背在肩上。她匆匆走到沙发跟前亲吻正在看电影的乔希和戴维。他们乖乖地让她亲，尽管他们俩显然完全沉迷在《星球大战》里。安问他们妈妈在哪里。他们的两只手指向楼上，咕哝着说："吸尘。"安问黛西在哪里，两只手指向露台。

安离开客厅去找自己的女儿。她从伊丽莎白身后走上前，脚步声被吸尘器的声音盖过。安拍拍伊丽莎白的肩膀，后者吓了一跳。伊丽莎白踢掉鞋子，用趾尖把吸尘器关掉。

安鬼鬼祟祟地靠过来，准备来一阵不怀好心的窃笑："所以她终于要走了？你一定准备要开香槟了。”

愤怒涌上伊丽莎白的喉间。她母亲过去几个星期的行为非常丢人。黛西已经深深地感动了伊丽莎白一家人，但安却没有在场目睹。

“事实上，妈，”伊丽莎白说，她的声音没有掩饰她的感受，“我们都恳请她留下来。”伊丽莎白太生气了，因此加了句：“我想你不太清楚状况。”

安难得被反唇相讥，像乌龟一样缩着头。她看着伊丽莎白，感到需要重新调整自己。她还不确定除了震惊和最近一点都不陌生的孤立感之外，还该有什么感觉。

伊丽莎白接着说：“你不如趁我吸尘的时候去跟她聊聊。既然她今天要走，或许现在很适合你去弄清楚她一开始为什么要来。”

伊丽莎白背对她母亲，用脚趾再次把吸尘器打开，继续去想刚刚被她母亲打断的事情：希瑟·克拉克的世界，曲线优美的社会女郎。想知道她的人生是什么样子。对于自己的缺陷，伊丽莎白深受冷酷现实的打击。她在谷歌上搜索过希瑟，看到了她的照片。

安站在那儿，受到责难，大感困惑，浑然不知伊丽莎白对黛西的感觉为何以及何时产生了如此剧烈的改变。她浑然不知伊丽莎白何时已经跨越界线，把安独自留在场地这一边。安转身，一言不发去找黛西。

安滑开玻璃门，走进艳阳底下。一丝风都没有。高高在上、巨大蓬松的白云点缀晴空。黛西坐在露台的桌前，神情严肃、认真、冷静，凝视着三十英尺外那株巨大的白蜡树。安走出来时，她很开心，满怀热情地问候她。黛西对安没有敌意，黛西骨子里就不是一个好论断或好批评的人。早在多年以前，当她发现自己的母亲除了对他人评头论足什么都没有时，她就摒弃了那样的特质。

安脚步沉重地走到桌边，拉了把椅子，坐下。

黛西微笑，愉快地说："早安。"问安要不要帮她泡杯茶，指一指自己的茶。安摇摇头，礼貌地低声说了句"不用，谢谢你"。安展现出最佳仪态，控制好所有情绪。这两个人，开始了一段跟天气有关的客套对话。安解释说，一年中的此时，湿气通常重得叫人难以忍受，但黛西运气好。她们聊庭院造景，当黛西比较英国和美国灌木的异同时，安只能假装感兴趣。

安说她还是想要喝一杯，是咖啡，不是茶。问黛西是否介意她进屋去泡杯咖啡。

黛西不介意。她也站起来，趁这个机会再去泡些茶。

黛西跟着安回到厨房，把水壶放到炉子上。两个女人，沉默地站着，等水烧开。

沉默，让人变得不自在，两个人都不知道该说什么。最后，安很费力地开口："在你走之前，黛西，至少我应该跟你说以下这些话。"黛西好奇地点头。安深呼吸。"我知道我对你的态度一直不是很好，我很抱歉，我只是控制不了自己。每次我试着想把我们的关系弄好，往事却一直从中作梗，把我的好意赶跑。"

黛西惊讶地看着她："往事？"

"听着，"安说，"我们就开诚布公吧。"

黛西说："好，没问题，但你在说什么我完全没头绪。对不起。"

安心怀戒备地看着她，说："我说的当然是你母亲对我所做的事，应该说是对我们——我和我母亲。"安咽了下口水，"想到这件事还是让我很不舒服。"安抱着肚子。

黛西呆若木鸡："我母亲？"

"对，你母亲。"

“我母亲对你们做了什么？她怎么可能对你们做什么？你们甚至从没见过面。”

安仔细观察她：“你真的一点儿不知道？”

黛西满脸困惑，摇摇头：“我对你们的认识，仅止于你母亲在战争时期常常送糖、面粉和大米给我们。”

安说：“而她却得到那样的回报。”

水壶里的水开了，发出鸣笛声，吸引她们的注意力。两人同时要去关火。黛西先关了。

“为什么？我母亲对你们做了什么？我实在不知道你在说什么。”

“你不知道我六岁时，我父亲离开了我们？他跟另一个女人跑了，留下一无所有的我和我母亲。”

黛西摇头，这事是她头一次听说。

“我母亲在这个国家是个移民，除了我父亲的家人之外没有亲人，她不得不卖掉我们仅有的一点东西来买船票回利物浦，你不知道吗？我们回去时背上背着的就是所有家当，你不知道吗？我们到利物浦时，你的母亲——我母亲的姐姐，唯一的姐姐，她仅有的家人——把我们赶走，你不知道吗？她不愿意为我们敞开她家的门，反而叫你父亲把我们带回码头，丢在寒天大雾中。你父亲还告诉我母亲，说你已经嫁给了美国人，现在你和你的‘胖女儿’必须自作自受。”安深呼吸。

黛西惊呆了，吓坏了。她的嘴张开着。她终于明白了安在讲什么，终于理解了是怎么回事。“噢，天啊。”黛西有气无力的，“我真的很抱歉，安。我母亲是个很差劲的人，她真的是。”黛西摇摇头，“这件事我不知道，一点儿也不知道。我甚至从未听说你母亲回来过。”黛西伸手去拍安的肩，“你一定光是看着我就感觉很不好。我很抱歉，什么都不知道就跑来这里。”

安说：“如果情况是这样，应该是我向你道歉才对。我真的很抱歉，我以为你知道，我以为你肯定听说过这件事，那时你已经十多岁了。”

“这是什么时候的事？”

“我上小学一年级时，一九四五年五月。”

碎片逐渐拼凑起来。“难怪。”黛西把水倒进自己的茶杯和安的咖啡壶里，“那时候我跟我母亲在冷战。是这样的，我爱上了一个美国军人，我母亲不让我跟他恋爱。她恨迈克尔，她恨我爱他。她想断绝我们的关系。他不再写信给我时，我母亲好高兴。我总以为他不再写信来跟她一定有关系，但我一直不明白她是怎么做到的。我以泪洗面，她却从没有对我表示过一丝一毫的同情或温情。”接着，她说出来了，毫不羞愧地大声说：“我恨她。”

安说：“或许就是因为这样，她才对我母亲和美国人的不幸婚姻反应那么激烈。”

“也或许就是因为这样，她才如此反对她女儿说要嫁给一个美国人。”

两个女人探究着这些新信息。

“希望你能相信我，”黛西说，“是真的，你刚刚跟我说的我毫不知情。”

安说：“我的老天，我很抱歉。我应该要为你在这儿时我的行为好好向你道歉。我试着要对你好，真的，但我做不到。我的坏脾气会跑出来，我不得不远着你。希望你能原谅我。”

“我当然会。”黛西握住安的手，她们开创了一个新的现实，“来吧，我们坐下来喝会儿咖啡和茶。我们有太多事情来不及做，时间所剩无几。你也听说了，我今晚就要回家。”

安说：“真对不起，我错失你待在这里做客的时间，一直没有提起此事。我真是个笨蛋，不如一头撞死算了。”安任由黛西牵着她的手来到桌子前面。

黛西为她把椅子拉出来，又匆匆回头去拿她们的杯子。黛西说：“唉哟，我们还有长长的余生可以来修复关系。”

安看着黛西让两手的杯子保持平衡，说：“我来帮忙。”

黛西赶紧说：“不，不用。你只要坐着就好。让你内心中的一切平静下来，同时我要设法从小处着手，尽力弥补我母亲的残酷恶毒——虽然我永远都弥补不了。”黛西把杯子放到桌上，在安的对面坐下。

安看着黛西，伸出手握住她的手：“现在开始喜欢你并不太难。”

电话铃响起，两人都没有起身去接，以为其他人会接。电话铃继续响着。安大声叫乔希或戴维去接，或许伊丽莎白因为吸尘器的声音听不到电话铃声。通常会冲去接电话的戴维和乔希都没有动静。楼上也没有人接。安又喊孩子们，声音更大了。

电话答录机接了电话。

黛西和安就这么坐着，听着从答录机里传来嘈杂的胡言乱说。尖锐、兴奋、难以理解。这声音引得她们全神贯注。黛西和安，两人都坐在别人家的餐桌前，聆听。目光锁定彼此，忍住大笑的冲动，终于团结一致。

从答录机里传来的到底是谁的声音？该死，要是她们其中有谁知道就好了——直到有一个人反应过来。

黛西差点儿把茶杯摔到地上。她歪歪斜斜地从椅子上起身，热茶打翻在手上和裙子上。黛西冲过房间抓起话筒，几乎感觉不到被茶烫伤的疼痛，把话筒贴在耳朵上，说：“胡尔达？”

一阵疑惑，直到胡尔达发觉自己已经不是在留言，电话线另一端其实是人的耳朵——是黛西而不是别人的，正是那个她希望通话的对象。胡尔达兴奋地说：“我想起来了！我想起一些事了，我现在想起来了！”

黛西的胃翻搅着。她从听见胡尔达打来电话的惊喜中恢复过来，迫切想听清她要说什么。黛西集中精神，不让突然出现的伊丽莎白分了她的神。安告诉伊丽莎白打电话来的是个叫胡尔达的人。

伊丽莎白惊呼：“胡尔达！”她瞪大眼睛兴奋不已，用断断续续的短句，简要向安说明情况。

“想起来了什么？”黛西问。

胡尔达说：“我想起了那一家人，他们住在二楼。”胡尔达的声音又高又尖，极为兴奋，“他家儿子是钢琴家，也是士兵，叫迈克尔。现在想想，他非常英俊。”

黛西的胃揪成一团，一波浪潮涌上喉头。

“现在我想起来他说过他在英国有个恋人，一等他存够钱就要回去找她。”

“那就是我！”

“是的，”胡尔达说，她已经弄明白了，“所以，听好，发生了一桩可怕的悲剧，非常不幸。他的父母在市区第十四街一家餐厅的大火中丧生。乔治和玛丽亚，现在我想起他们了。我找了半天，发现了火灾的照片和报纸的报道。自从你们离开以后，我一直在翻我的柜子。很抱歉我找了那么久。我有太多照片和碎纸片，纪念品和垃圾。”胡尔达自我解嘲地呵呵笑，“但我记得发生了这件事，我想可能是他们。”

“噢，我的天，”黛西想象迈克尔的心情，真是件可怕的事情，

“什么时候发生的事？报纸上有写吗？”

“报纸就在我的膝盖上……一九四五年七月十六日。”

“那就是他不再给我写信的时间！我收到的最后一封信的日期是七月十五日。那件事一定就是原因！”不是因为他不再爱我！不是因为他不再爱我。黛西的心在胸口怦怦跳。

胡尔达又说话了：“这里说他刚去看好医生过来，显然正要去跟他的父母会合，就看到了火灾。他跑进餐厅，跳进火海中要救他们，因此伤了自己。”

“噢，不！”黛西大喊，“他怎么了？”

“报纸上没说，只说‘伤了自己’。说他的伤让他成为钢琴家的计划打了水漂。其实，那就是这篇报道的标题：‘悲剧大火夺去父母性命，粉碎英勇儿子音乐明星梦’。”

黛西不得不坐下来。她摇摇晃晃地来到厨房台面的高脚凳前，让自己跌坐在上面，说：“对不起。”她的声音虚弱无力，她的头埋在手里，手掌遮住眼睛。泪水，累积多年的泪水，涌上眼眶。“给我一分钟就好。”用一分钟来愈合裂了六十年的洞。

“没关系，”胡尔达说，“我的时间多得很。我只要把衣橱里的东西收回去就成，现在我连衣橱门都关不上。”胡尔达体谅地咯咯笑着，“等一下，这里还有另一篇报道。我还没看，我刚才直奔到电话前面。我看看……”

电话两端寂静无声，胡尔达读报，黛西淌泪，告诉自己为了六十年前的往事哭泣太傻了。她想止住，试着不要被情绪打败，但泪水就是不停地流。

伊丽莎白走到黛西身边，把她拥入臂弯里。黛西伸出手，握住伊丽莎白的小臂。安也抱着黛西。

“另一篇报道说了什么吗？”黛西问，声音颤抖。

“标题是‘英勇儿子出院，然而梦已碎’，时间是一九四五年七月二十八日。报道说他出院了，而他试图拯救父母所受的伤使他再也不可能成为职业钢琴家。接着报纸上把他在世界各地赢得的所有比赛全列了出来，还有他是如何在十六岁的时候为阿图尔·鲁宾斯坦演奏。说鲁宾斯坦先生非常喜欢迈克尔，送给迈克尔一块他题赠的手表当礼物。报道最后说他打算离开纽约，他要去新罕布什尔州的利特尔顿，找他的露西尔姑姑和威廉姑父。”

“新罕布什尔州？”

“报纸上是这么说的。这是很有用的消息，新罕布什尔州的利特尔顿。”

“真的非常感谢你，胡尔达。你实在很棒，棒极了。我不知道该怎么谢你。”

“你不必谢我，能有点用处真让我太开心了。如果你找到他，请告诉我一声。我会为你加油。”

“当然，当然。”黛西向她保证。

谈话结束。黛西和胡尔达互道再见，答应保持联络。黛西把自己利物浦的地址和电话告诉胡尔达，说一等她回到英国就打电话给她。

黛西挂上电话，转向伊丽莎白：“我需要你家的迈克尔。”

黛西、伊丽莎白、迈克尔和安弓着身挤成一堆，安静又紧张地盯着电脑屏幕。迈克尔打入“迈克尔·贝克 新罕布什尔州”。

太棒了。搜索结果减少到二十四万九千条，出来的结果甚至还包括十三套黄页资料：十三个地址，和十三个电话号码。

黛西有了重大决定，而她只花了不到半分钟就决定了。请迈克尔返回他们刚刚帮她订机票的网站。

请他取消她的机票。

迈克尔突然笑了，立即执行。

伊丽莎白注意到安深情地摩挲着黛西的背。她说："嗯，时间差不多了，妈。"

安回答："我完全赞同。"

黛西微笑，拿起电话，打给伦尼。

他们打电话给新罕布什尔州的第十三个迈克尔·贝克。黛西的手颤抖着，她说要找迈克尔·贝克。没成功。

有的迈克尔·贝克接了电话。但没有一个是迈克尔·伦纳德，没有一个认识迈克尔·伦纳德。其他迈克尔·贝克当天稍晚回电，但他们也都不是要找的那个迈克尔·贝克。

伊丽莎白和黛西拿出地图集，查找新罕布什尔州。在怀特山找到利特尔顿，把周围的市镇研究一番。

迈克尔和安把页面往下拉，扫视其他二十四万八千九百九十九个"迈克尔·贝克 新罕布什尔州"谷歌搜索结果，寻找蛛丝马迹，任何线索都好，有可能看得出这人是八十岁出头的任何线索都好。

忙了整个下午，直到黛西坚持他们要休息一下，到"本与杰里冰淇淋店"去庆祝关于新罕布什尔州的大发现。黛西坚持请所有人吃冰淇淋，甚至还买了一品脱冰淇淋带回家给不能跟他们一起来的理查德，他在星期六临时去了办公室。伊丽莎白婉拒甜筒冰淇淋——想起希瑟·克拉克的腰部曲线——反倒走去冰淇淋店隔壁的美容院做头发，叫发型设计师把头发弄漂亮，不论花多少钱都行。伊丽莎白一个半小时后回家，顶着一头颜色较浅、很短很短的头发。她抛开女职业注册会计师的外型，换成新潮发型，与留着迷人长鬈发的社会女郎希瑟·克拉克截然不同。给自己一个新造型。想念她的午夜兜风、她松垮下垂的牛仔裤、她的月经。不能让自己被击败，只要有她这副崭新的面貌。

希望理查德会喜欢。

所有人都回家了，回到电脑前面。迈克尔·伦纳德·贝克，利特尔顿，新罕布什尔州。还是没有进一步的发现。网络上什么都没有。没有财产税账单。没有法院记录。

新点子不停地冒出来。检查新罕布什尔州的死亡记录。一无所获。打电话给新罕布什尔州的退伍军人管理局，没人接电话。

迈克尔说他们必须去那儿，去问邮局。去镇上、杂货店、养老院和老人公寓，到处问问。

前往当地的想法冒出来，即使希望渺茫。他可能死了或搬到别处居住，他可能几十年前就离开新罕布什尔州，他可能根本没去那里。

但是。他可能还活着。他可能在那里。

计划前往。讨论，地图，旅馆，行程单。

理查德说他喜欢她的发型，说她看起来很美，说他真的这么觉得。又说了一遍。还说了他在回家路上遇到希瑟，说她也经常周末去宾州火车站。她要去她在汉普顿的房产，她把车子停在那里。希瑟说她担心慈善机构的计划可能无法实现，果真如此的话她会找些别的事做。他跟她说他办公室的私人基金会部门有个职位空缺，她说听上去棒透了，然后在他脸颊上亲了一下。

伊丽莎白决定严密观察理查德，看看他洗脸时会不会避开脸颊上的某块地方。

36

夜深人静。黛西醒着，无法入睡，都是因为胡尔达剪报上的信息。漆黑的夜色下，黛西在房间里踱步。她试着入睡但睡不着，只能翻来覆去瞪着天花板。去脑海里搜寻，重温一九四五年七月，带着新消息透视时间的棱镜。用她现在知道的一切具体事实填在空白的未完成之处。

其中最重要的，就是面对迈克尔的伤痛，在脑海中描绘出她那年轻英俊的士兵，用他的双眼去看发生在一九四五年七月的恐怖事件，置身于这桩悲剧里。一定很难熬，他那么年轻。命运为何对他如此残酷，从战争中返家后要面对这种事？而她，无忧无虑，毫不知情，在大西洋的另一边，生他的气，愤慨，感觉受辱。要是她知道就好了，那么她会来找他，不管他要不要她。他知道这一点吗？他为什么不问？他为什么没有寄来只言片语？不管她母亲是否祝福她，她都会刻即出发。

她母亲不会祝福她。

星期天下午，他们又为新罕布什尔之行拟定了更多计划。冗长的讨论，态度强烈的意见，仔细商议。设法决定何时去、如何去、谁该去。伊丽莎白当然该去，不过她必须先申请休假。迈克尔当然该去。但皮特、乔希、戴维和安呢？安说她很想去，但不可能走得开。因为她那些外孙，她必须留在家里。还有史蒂夫，他预计当天从大学回到家里，当然不会去。还有理查德，放个假固然好，但这时候他还不能休。他告诉伊丽莎白她应该去好好玩玩。伊丽莎白起了疑心，又问了一遍他是否真的喜欢她的发型。

黛西感激不已。她向他们借用电话，打过去再次感谢胡尔达。电话铃响四声后她接起来。黛西向她说明情况，从电话里听到约德利的叫声，混杂着布鲁克林街头的声响。

听说他们要去新罕布什尔州，胡尔达很高兴，很兴奋，问了很多问题，讨论着。

黛西听着，她的眼睛愈睁愈大。她转身面向其他人："胡尔达想跟我们一起去。"

星期一早上，伊丽莎白顶着新做的时髦发型，收拾好过夜的行李，要做一件很激进的事。迈克尔坐在她床上，看着、听着，怀疑她是否真的会做，她是否真的会请病假。她几乎没请过病假，即便她病得差点快没命。孩子们还小的时候，她总是很怕在其实没生病的时候请病假，担心有一天她真的生病或其中一个儿子生病时，她的病假却用完了。也不能轻易用休假日调休，休假日一定要在节日时用，否则比起妈妈来，孩子们真的会和外婆更亲近。而今年她必须把休假日留到八月，帮忙安顿皮特上大学。因此，在休假日永远紧缺的情况下，她必须精打细算地运用病假，而且她一直如此——直到此刻。

上午九点前，温度已经达到华氏九十度。湿度同样很高，天空是阴沉沉的灰色，但没人在意。期待提升士气。伊丽莎白拿起电话，迈克尔看着。伊丽莎白诉说谎言，把它送入话筒，说她病得很重，没办法进办公室。迈克尔暗自高兴着。秘书说祝她早日康复，语带同情。伊丽莎白挂了电话，坐到床上，跟迈克尔击掌。万岁！一次迷你假期！

兴奋之情满溢，这三人组——黛西、迈克尔和伊丽莎白——要前往新罕布什尔州，对三个人来说都是头一遭。

车上塞满了过夜的小袋子。车轮碾过碎石子路，慢慢倒车出来。迈克尔坐在前排，拿着从地图查询网上打印出来的路线图，七包薯条，三盒趣多多——好市多的大包装——还有足以酿成水灾的饮用水。伊丽莎白带了胡萝卜和芹菜，黛西带了她的茶包。

挥手告别。乔希和戴维把嘴唇压在伊丽莎白的车窗玻璃上，假装在哭。伊丽莎白摇下车窗，叫他们别闹了。两个男孩笑了，承认他们是装出来的。车子慢慢倒出车道时回给他们飞吻。

接着黛西大喊："等等！不好意思，还有一样东西。"她打开越野车车门，匆忙回到屋里。

车子开着引擎待命。

黛西拿着一瓶君度橙酒回来，钻进车里，微笑着："如果今晚要和迈克尔·贝克面对面，我可能需要来一杯。"

五十分钟后，迈克尔按响胡尔达家的门铃。伊丽莎白和黛西没下车，车平行停在别人的车旁，因为放眼望去没有停车位。热气向人行道和街道袭来。

回应的蜂鸣器几乎立刻响起。迈克尔拉开外面的玻璃门走进去，诱人的香气扑鼻而来。这股香味无所不在，渗入潮湿的空气。他的食欲被挑起，希望那是从胡尔达的房间飘出来的。想起那些饼干。但接近她住的楼层时，那味道便消失了。哦，好吧。

胡尔达在门口等着，让他进门。迈克尔和约德利简短聊了一会儿。胡尔达给他看有哪些东西要他帮忙拿下楼带到车上：装着她过夜用品的小帆布袋和几个锡罐。

胡尔达问他："你喜欢纸杯蛋糕吗？"迈克尔点头，"你喜欢胡萝卜蛋糕吗？"又点头。胡尔达骄傲地笑开了："等你尝过这些再说。"

那些蛋糕加上三打梅蓝德丽饼干再加上杏挞再加上覆盆子奶油蛋糕。迈克尔高兴得要命："你烤的够吃一个星期了！"他朝门口走去时用下巴指着那鸟，"约德利自己在家可以吗？"

"它不喜欢。但只一个晚上应该还好。"胡尔达拿起皮包，拿了装杏挞和蛋糕的塑料盒，深呼吸一次。她正要跟着迈克尔出去，却停住转身。迈克尔站在她家门口，看着她回去找约德利，跟它吻别。用她空着的那只手拍拍它的头顶，告诉它她不在家时要乖乖的，甚至还说"我爱你"。

她锁门时，迈克尔在走廊上等，看着墙上的画，不是画在画布上，而是直接画在墙上。画的是山，阿尔卑斯山，大约七英尺宽四英尺高，画在她门边的墙上。他们第一次上来时他就注意到了。他们都注意到了——不可能看不到——但没有人问起这幅画。现在他问了："怎么会有这画啊？"

胡尔达忙着锁门，锁第二道锁、第三道锁。她没有回过头看就说："瑞士的少女峰，艾伯特在一九三九年我们的第一个结婚纪念日画的。"坚固金属滑动的声音，咔嗒一声。最后一道锁，锁上了。胡尔达转过身来看着画，凝视着它，仿佛第一次看到，她眼镜后面年迈的双眼蒙上一层薄雾："每当我回来时看到这个，我就好想家。艾伯特希望把画永远留着，因此他直接画在了墙上。这很冒失，我知道，但他当时很年轻又在热恋中。公寓房东戴维斯先生——我想你见过他——被这幅画气炸了。"迈克尔点头。"多年来他一直威胁说要把墙重新漆过，说只等我一走，他就会把画涂掉，他说他已经准备好白油漆和刷子。他尖叫着说，把它盖掉会很爽。他不是很在意我的感受，你知道吧。因为他想要我的厨房。"

胡尔达走下楼梯，以她这把年纪来说动作算是灵活，但显然比迈克尔慢得多。他耐心走着，配合她的速度，问她那妙不可言的香味是从哪儿来的。

"戴维斯先生是个厨师。"

"真的？在餐厅工作吗？那个叫人发毛的家伙？"

胡尔达偷笑，觉得他的用词很有趣："不，'那个叫人发毛的家伙'是个足科医生，做菜是他的娱乐。这地方总是香喷喷的。过节的时候他会拿出几盘菜来放在这里，"靠近那儿时她用手指着，"在这张桌子上。他是个很棒的厨师。做人很差劲，但做菜很出色。"

迈克尔看着桌子。现在上面放了邮件——报纸、广告传单、杂志。想象在寒冷、下雪的圣诞节假期，它上面放的是一盘盘热腾腾的美味食物，心想待在这公寓里一定非常舒适，深色厚实的木头，老式的低垂灯饰，历时百年的木制楼梯和扶手。想象形形色色的房客聚在一起，彼此消磨时间，换换心情。想象布雷恩·戴维斯心情很好，分享他的食物，对他的房客微笑，甚至在每年的这短短几小时里对胡尔达和颜悦色。

迈克尔帮胡尔达打开沉重的前门。胡尔达步入室外潮湿的空气里，朝开了空调的越野车走去。迈克尔扶她上车，然后坐回前排。所有人都向约德利挥手告别。就在他们沿着第二街往前开动时，胡尔达回头深情望向赤褐色砂石公寓的正面。

黛西则再次想象自己在这里的生活。

37

丹尼斯挂断电话，让兴致勃勃的伦尼住了口，他刚听到关于他母亲回程的最新安排：无限期延后。他想她在纽约一定玩得很开心。在他的职业生涯里竟然从没去过纽约，太夸张了。或许有一天他会去。不过他晓得，他搬家这件事已经把“有一天”延后到更远的未来。

星期一傍晚。他真搞不懂自己为什么之前没想到，等他们一搬到离阿曼达母亲家仅有一箭之遥的地方，她就会更长时间地待在她母亲家，逃避他。现在已经过了六点，喝茶时间。他一个人在偌大的房子里。大多数箱子都还没开，漫长的上个星期他一直在不停地整理——多半时间是独自一人。丹尼斯回想阿曼达是如何迫不及待要买下这栋房子然后搬进来，现在她仿佛又迫不及待要走出去。他叹口气，猜测她应该很快就会回家。如果他把吃香肠的时间延后得够久，她或许能来得及回来和他一起享用。反正他也不是很饿。

丹尼斯给自己倒了一杯酒，坐在超大的客厅里，面对宽大的窗户。他已经累得没力气再打开另一个箱子进行整理，心浮气躁得没办法看书，神经紧绷得没办法去思考他该怎么着手找工作。

丹尼斯喝下一大口麦芽啤酒。他闭上眼，让啤酒停在舌间，缓慢滑入喉咙。谛听没有被打破的寂静。

心想只要阿曼达不是出去买东西，他其实不太在乎她几乎都不在家。

38

曼哈顿。行经威廉斯堡大桥——当然，在车水马龙中。伊丽莎白想起短短几周前那几个从桥上疾驰而过的夜晚。她怀念那些夜晚，那种活着的感觉。她满怀渴望地回想，知道自己也许永远不会再做同样的事。

新鲜的感觉向她袭来。当她在越野车里和前后车摩肩接踵时，又有一种活过来的感觉，类似那几个夜晚的感觉。就在此时，就在此地。伊丽莎白往外望向桥下的东河，还有眼前的城市，望向城市的建筑物和那美景，以及住在里面上千万不同的人。现在是大白天，充满神秘、活力且持续在眼前展开的各种私密人生。

她慢慢领悟，她不需要那样的夜晚，不需要畅通的马路和指针在七十英里左右摆动的里程表，尽管那一切都很美好。就在这辆车里，她拥有充满神秘、活力和私密的人生就在她眼前展开，以她儿子的形式出现，现在的他和一个月前几乎判若两人。她在脑海里重演他如何在胡尔达家门前自动自觉地跳下车，去陪这位行动缓慢的老太太走下三层楼。伊丽莎白此刻瞥了一眼坐在副驾驶座位上的他，看他心满意足地研究着地图和书籍。

她把注意力转移到后视镜，看着她的旅伴。坐在后排的黛西和胡尔达心满意足，笑容浮现在脸上，聊着她们的人生。现在伊丽莎白在她们的人生中占了一席之地，变成这次行动中的重要角色，就像她们也成为她人生的一部分。没多久以前，谁都想不到她会参与这种事，不管是什么，结果即将揭晓。人们以最无法预料的方式，出现在彼此的生命之书中。

终于过了桥，交通顺畅多了。伊丽莎白往北从第三十四街穿越曼哈顿，因为她希望她的生命之书里有这么一页，是她带一位七十七岁的老太太有生以来第一次眺望帝国大厦——而且她要看到这一幕。

看到帝国大厦和其他叫不出名字、没那么有名的摩天大楼，黛西大为震撼。这一切令她激动——街道、标识、小贩，以及纽约人。喜欢悠哉游哉穿过曼哈顿的感觉。伊丽莎白一再为之前没有带她来而道歉，说真是糟透了，承诺他们从新罕布什尔回来后会带她去，而且他们还会去坐环岛观光游船，去坐双层观光巴士，去看百老汇歌舞剧，去逛唐人街。迈克尔打断她，问她们是否知道利物浦有全欧洲历史最悠久的唐人街，他记得他的研究报告里提到过。她们不知道，感谢他告诉她们。伊丽莎白承诺，他们会去看SOHO区、小意大利、中央公园和哈德逊河上的日落。

黛西点头。这一切听起来美妙极了。她原先的期待的确是来纽约能看到这些景点，但事实上她发现了远比这些更好的：伊丽莎白一家人。伊丽莎白、理查德、孩子们，最后还有安。毋庸置疑，她只要有他们就够了。

康涅狄格州很漂亮，树木枝繁叶茂，大部分路段行车通畅。斯坦福周边有些堵车的状况，耶鲁周边也是。

马萨诸塞州美极了，没有堵车。他们在伍斯特城外的休息站停下来伸伸腿，挺挺腰杆。迈克尔让胡尔达倚着他，也不介意黛西抓着他另一条胳膊。迈克尔两条胳膊上各勾着一位老太太，穿越又热又粘的停车场。每个人都需要上厕所。

通常迈克尔会一直吵着要吃菲尔德太太饼干连锁店里的趣多多，伊丽莎白说她很惊讶这次他没吵着要。迈克尔眯着眼睛，避开挡泥板反射出的刺眼阳光，说："惊讶程度应该比不上我看到你请病假吧！再说，你一定是在开玩笑吧，我有了基斯特太太饼干，干吗还要吃菲尔德太太饼干呢？"

胡尔达在一旁听到，笑了，她的眼睛闪闪发光。她还能得到比这更好的赞美吗？

马萨诸塞州北部。黛西告诉他们地下室淹水的事，修理沐浴喷头的事，还有她被困在梯子上十一个小时的事，以及自己修剪草坪的事。大家都啧啧称奇，迈克尔更是佩服得不得了。

胡尔达告诉他们，三个月前她自己贴浴室的壁纸。她说多年前艾伯特坚持要漆成绿色，但她向来讨厌绿色。她看到家居频道里有个男人给房间贴壁纸，心想她应该可以自己动手。她到第七大道去，挑选她真心喜欢的壁纸，成功贴好了。她几乎花了一个星期，但她办到了。

九十三岁的她贴好自己浴室的壁纸，现在她又想贴另一间浴室，艾伯特坚持要漆成红色的那一间。红色？红色的浴室？谁听说过有人的浴室是红色的？胡尔达哈哈大笑：艾伯特就是这样。

伊丽莎白想着自己没什么好拿出来说的。她没有自己刈过草地或修过淋浴喷头。她从来没在梯子上受困十一个小时，也从来没贴过浴室的壁纸。她雇人来做这些事。她所做的只是处理纳税申报单和开车载着孩子到处跑。她从来没做过任何值得一提的事，或许除了这趟旅程。

新罕布什尔州边境。大家一阵喧闹欢呼——直到开始怀疑这趟旅行是否明智，以及找到迈克尔·贝克的机会有多大。怀抱太过盲目的希望，他们只给自己一天一夜的时间。这是大海捞针，缘木求鱼。

继续在I-93公路上往北开，车上愈来愈安静，车窗外出现愈来愈多座山。最后二百五十英里，高速公路两旁同样聚集着许多大卖场，但现在它们的背后却是越来越高的山峦。山势愈高，胡尔达的心跳得愈快。车子往北步步推进，唯一的声音来自胡尔达。

经过康科德市，经过湖区。远方的怀特山出现在他们眼前，蓝色山脉高耸入云。经过一些公路出口。蓝色转换成其他颜色，山脉轮廓显现。路上的车辆渐渐稀少，一辆一辆脱离车流，只剩下吉普车和越野车。蓝色的山脉变成绿色，是雄伟的树木。

接着，巨大的华盛顿山映入眼帘，景象更为壮观。迈克尔读着地图集上的说明：华盛顿山是美国东北部最高的山脉。所有人全神贯注地看着它，众山之王。

胡尔达如痴如醉，从她的喉咙里发出无法压抑的喜悦之声。迈克尔不禁想到，世界上还有各式各样的情感他尚未体验过，是他从未达到的层次——虽然有一回在弹奏肖邦时他或许曾经接近过。胡尔达因情绪激昂而双手颤抖。她泪水盈眶，催促每个人：看啊，看啊，看啊！他们已经在看了，看山，宏伟的山。看啊，多像瑞士啊！当然没那么高。这不是她钟爱的阿尔卑斯山，但也是美丽的山脉。胡尔达问道：“拜托，能不能请你们在下一个观景台停车？”

他们停下了。胡尔达几乎在车还没完全停好时就蹒跚下车，倚靠在车边凝望。她穿着黑色鞋子，长袜松垮垮地垂在脚踝上，在脚踝四周围成一圈咖啡色。她粉色涡纹图案的洋装下摆歪七扭八地盖过膝盖；裙摆右边垂得比较低，左边比较皱。她的双手交扣在身前，手指头兴奋地抖动。面对群山，正午的阳光晒得她的脸庞暖烘烘的。她深呼吸，说：“山里新鲜的空气！”胡尔达充满活力地从微笑的唇间说出这句话。她再次吸气，慢慢从鼻腔吸入，仿佛在享受每一个特别的空气分子。全部吸入，所有来自山的空气，尽其所能地，全都吸进肺里。

其他人看着她，乐见她的喜悦。胡尔达沉浸在把他们团团围住的群山的景象之中，那景象如羊毛般让他们舒适。

然后，其他人急着要上路了，对胡尔达来说待的时间远不够久呢。黛西感受到利特尔顿的吸引力；伊丽莎白觉得怎样都好，不管是要上路或再留久一些。她莫名其妙地觉得心满意足，不必去想下一刻要做什么，感受到不需要知道时间为何物的平静。她可以活在当下，拥有不被打断的片刻，用来欣赏群山与大地的美。

车里安安静静的。车轮底下柏油路的声音，空气吹过车窗外的声音。胡尔达说：“迈克尔，你知道吗，你要再过八十年才会到我这个岁数。你可以想象吗？距离现在还有八十年——差不多要到下一个世纪。”胡尔达凝望着他。迈克尔从前面的副驾驶座扭过身来，看着后座的她。胡尔达继续说：“如果八十年后你到了我这个岁数还记得我，那么一部分的我，我的一部分精神，就会横跨几乎两百年的时光，从我出生到你九十三岁时。”

迈克尔深思后发出一声“哇赛”。

胡尔达热切注视他的双眼：“所以，迈克尔，拜托你，请记住我。”

迈克尔轻松地说：“我保证。”他微笑着，“我保证到我九十三岁时我会记得你——还有你的鸟、你的饼干，以及这趟旅程。我会一路把你带到二一〇〇年。”

“很好，”胡尔达满意地说，靠回后座，“谢谢你。”

迈克尔的身体再转得多一点，几乎整个人转了过来，去看他身后的黛西：“我也会记得你，黛西，虽然你还没那么老。你还是个妙龄少女。”黛西发出音调很高的“唷呼呼”笑声。迈克尔转向伊丽莎白：“当然，还有你，妈，我会记得你穿爸的裤子，这会是我对你的唯一记忆。”

伊丽莎白伸手越过前座的控制面板，用手背打他瘦巴巴的胸口。

迈克尔大笑，也回敬了她一下。然后他再次转向胡尔达说：“那么，活到九十三岁是什么感觉？”

胡尔达思考着。过了一英里，然后两英里，她才说：“我想当你变老的时候，你会变得更像原本的自己。你会变成自己的浓缩版。你已经清楚你是谁，你为何独一无二，你一直以来的面貌。大家总说，青少年时期最在意搞懂这些事情，但那几年跟晚年根本没得比。如果你够幸运，能像我一样身体还算健康，那就很好了。有些东西开始消失，留下来的东西弥足珍贵。”伊丽莎白心想“可不是”。“有时候是去芜存菁，也有时候筛掉的是菁华，的确如此，但留下来的是你的核心、你的本质，是真正的你，而你会发觉少了失去的那些东西后，你还是你，只要你的理智——或大部分的理智——还在。”胡尔达发出一声轻笑，“活在世上的每一天我都很开心，所以走的时候也不会遗憾。每一天都让我更接近艾伯特和我的孩子们，还有我的父母。”

说完，胡尔达看起来很满意自己的回答。

车上寂静无声。每个人都在思考她的话。

直到经过一个写着“利特尔顿”的标志。接着所有人同时开口，七嘴八舌，打断了他们在胡尔达那一小段言论后各自陷入的心绪。他们到了。

新罕布什尔州，利特尔顿。

39

他们做的第一件事就是找一家汽车旅馆。没什么问题，他们有许多家可选。他们挑的是一家所有人毫无异议也不需要讨论的旅馆：瑞士小屋。

车子开进停车场。四个人从越野车的四个车门里下来。他们看到胡尔达目不转睛地盯着汽车旅馆。谁想得到呢？一栋以群山为背景的瑞士农舍。它有两根旗杆，两面旗子：一面瑞士国旗和一面美国国旗，飘扬在同一微风中。它也有暴露在外面的深色木梁，衬着白色灰泥，红色天竺葵从窗台上的方型花盆里冒出来。胡尔达在停车场两手一拍，欢呼着："跟家里一模一样！"乐昏了。

他们都很兴奋，赶忙去登记入住。一家瑞士旅馆是好兆头，预示未来的成功。他们聚在柜台前，问那个看起来见多识广的女人，她是否知道镇上住着一位迈克尔·贝克。

那女人重复这个名字，一会儿之后摇摇头，说她认识很多迈克尔和很多贝克，但不认识迈克尔·贝克。他们问她住在这里多久，她的回答：三十五年。问她是否认识露西尔和威廉。他们不知道这两人的姓，但他们是迈克尔·贝克的姑姑和姑父，所以他们的姓可能是贝克。那女人重复道："威廉和露西尔。"她把扁平的食指放在扁平的嘴唇上，轻敲三下，然后说不认识。她对这两个名字没有印象。

他们谢过她，拿了钥匙——比起钥匙，更像信用卡——接着找到两间相连的房间，一间给黛西和胡尔达，一间给伊丽莎白和迈克尔。他们进了房间，把东西放好。

然后上路——先到邮局，就在贯穿小镇的主干道上，很容易找到。柜台后面的女人看上去长得跟旅馆里那个女人几乎一模一样，像到可以当姐妹了，不过并不是，迈克尔问过了。她们都是灰头发，鼻梁上都架着同样的老花眼镜，同样有几乎看不到皱纹、外表健康的粉色皮肤，还有同样不拘小节的爽朗态度。

她的回答也一样：没有迈克尔·贝克这个人。是现在没有。近几年没有还是从来没有？那女人说她在邮局工作了二十七年，她想不起来有人叫迈克尔·贝克。她的语气很有权威，可他们不接受"没有"这种答案。他们告诉她来此地的原因，每个人都贡献一点消息。为她拼凑出故事的背景：他们为什么相信他会在这里，还有找到他是多么重要的一件事。指着黛西，解释她大老远从英国来找他。

那女人摇头，说但愿她帮得上忙，建议他们去跟消防队的哈利·盖兹聊聊。他的家族住在这镇上已经超过一百年，他可能知道。

他们谢过她，垂头丧气，脚步沉重，发出惋惜的啧啧声。他们全都认为邮局最有希望，因为如果他住在镇上，就会有信件，而邮局的女人应该会知道。伊丽莎白和迈克尔试着安抚黛西，告诉她没消息总比听说他的死讯要好。

黛西保持着愉快的心情。

他们快步走向消防队，把胡尔达留在路边长椅上，胡尔达走不快。她很高兴能坐在那里，边等他们边欣赏山景。

其他人簇拥在消防队充满油味和打蜡味的大车库里，要找哈利·盖兹，却被告知他已经回家，要到星期四才会再来。黛西问那个消防员认不认识一个叫迈克尔·贝克的，他一脸困惑地看着她。伊丽莎白帮她解释，那男人摇摇头说："不认识。"他想不起来有谁叫迈克尔·贝克。

情况不妙。

继续出发——去杂货店、贩酒店、五金店里问。黛西指给伊丽莎白和迈克尔看她用来换淋浴喷头的垫圈，很认真地解释，把垫圈在手里翻转，给他们看凹槽。伊丽莎白和迈克尔仔细地听，点头，其实一头雾水。

离开五金店，回到街上。去电影院和加油站问，把军装照片给人们看，提供他们知道的讯息。

一无所获。去餐厅问，问服务员、打杂工和老板。

运气不佳。

去接胡尔达，太阳下山之前回到汽车旅馆。

迈克尔在游泳池里，自己一个人玩水。太阳西下，高耸的山脉围绕在他们四周。夏天的蚊虫嗡嗡叫，有笑声从停车场传来。三个女人一边讨论目前的情况，一边看着迈克尔抱住膝盖像颗炸弹一样跳进水里、潜水、踢水、游泳。她们或多或少都做出同样的结论：迈克尔·贝克不在镇上，她们找不到他。他或许多年前就已经搬走——就算他曾经在这里待过。他可能在美利坚任何一个地方，或者不在美国。

即使黛西不再抱希望，她也不觉得遗憾："这趟旅行还是大有斩获，我不只到了长岛，还到了这里。看看这地方多好，我本来绝对不会到这里来。”

她们同意。此处的美景笼罩着她们，胡尔达从她的躺椅上朝山的方向投以欣赏的目光，如梦似幻，几乎没有说话。伊丽莎白和黛西随意闲聊。伊丽莎白的裤腿卷起来，脚伸进游泳池里。手臂伸直，肩膀向前伸，手掌平放在水泥地上，手指抓住游泳池边缘，慢慢地搅动温暖的水。她扭头对着躺椅上的黛西，问有关她家人的问题，问她的儿子——丹尼斯和伦尼——试着弄清楚自己和他们的关系。最后晓得他们是和自己同外曾祖父母的表兄，就此结案。问黛西的丈夫保罗的事情，她的父母，还有她的妹妹多琳。想知道每一个人的每一件事，不论他们是生是死。

黛西对她描绘家谱。迈克尔游出水面，手臂下方抵在游泳池边。黛西正说到死去的祖先，两位和泰坦尼克号一起沉没的舅公，还有她的外祖父，也就是安的外祖父，第二次世界大战时在商船上工作。由于他表现优异，英国女皇曾经颁给他一枚勋章。

“真正的英国女皇吗？”迈克尔惊呼。

“真正的英国女皇，”黛西向他保证，然后转身用震惊的眼神看着伊丽莎白，“这些事你母亲一件也没告诉你吗？”

伊丽莎白摇摇头，明白这有多怪异：“她很少谈到她英国那边的亲戚，事实上几乎绝口不提，只偶尔提到她母亲一两句。她父亲那边她也不多谈，她基本只谈我父亲的家人。”

迈克尔把谈话内容又带回到泰坦尼克号，想知道更多和那艘船一起沉没的亲戚的事。黛西很乐意讲些家族轶事让他开心，现在她得知安没有转述家族的故事，她感觉很开心。她觉得这趟旅程就算没有别的收获，至少也做到了这一点：让家族事迹横跨大西洋，在这里获得新生命。

伊丽莎白不想打扰这一刻，甚至不想打电话回家。她宁愿认为家里一切都好，否则他们会打给她。她把头往后仰，感觉她的短发发梢轻抚脖子，日落时分的阳光照在脸上，温度完美的水淹过膝盖。她闭上眼睛，无忧无虑，任思绪漂流。

尽管任务不成功，他们每个人却心满意足。想要延长这一刻，让每一刻都充满意义、美好、细节和宁静，乃至于最终时间将会自然而然地延长。

40

伊丽莎白起了个大早，为了看太阳从山头升起。好好享受只需照顾一个儿子的时光，可以把全部精力都放在他身上。她侧身躺着，在两张相对的床上跟迈克尔面对面。两人都没起床，只是把窗帘打开，好看那令人屏息的美景。他们悠闲地聊天，伊丽莎白仔细倾听。没有外在事物让她分心，连脑子里也没有事情打扰她。更了解他，这个新的迈克尔，正迈向成人之路。

在户外的游泳池边，黛西和胡尔达在喝茶，伊丽莎白则闲适地喝着咖啡。迈克尔又跳进水里，想在早餐前快速地游个泳。免费的甜甜圈，迈克尔吃了三个。伊丽莎白一句话都没说，让他尽情吃。他发出响亮的吸吮声把手指舔干净。通常她绝对不会让他吃这么多垃圾食品，或发出这么大的声音。这里的空气一定有什么不对。

上午九点，回到车上，开出旅馆。他们有一张养老院、退休社区和辅助生活住所的清单，还有利特尔顿医院的交通指引和一张地图。

到了下午三点，他们已经把利特尔顿的每一块石头都翻开过了。他们和至少半数居民谈过话，包括盖兹家的好几个人：哈利·盖兹的儿子、一个女儿、一个侄子和两个侄女。没有半个人认识什么迈克尔·贝克。

他们已经穷途末路了，但从他们的模样上一点儿都看不出来沮丧。

回家之前，胡尔达有个最后的请求：他们可否搭齿轨火车到华盛顿山的山顶上？

她不用问第二次，所有人都使劲点头说好。

道路长而平坦，笔直穿过山谷。到的时间有点晚了，大多数人已经看完风景下山，准备回到车上。

他们下了车，往上看。天空万里无云。气温还是华氏八十多度的高温，带点湿气。人们在博物馆和小商铺前转悠，一群群地聚集在山体的阴凉处。好绿好绿的草。蒲公英。孩子们舔着小贩卖的冰淇淋或坐在淘汰不用的巨大拖拉机上。这辆曾经辛苦工作的拖拉机，现在放在那儿展示以营造气氛。地面上是清新的草香和花香。

胡尔达如置身于天堂。

走进小小的博物馆，快速逛一圈。了解了齿轨火车内部运转的方式，弄明白了它是如何能够爬上那么陡峭的山坡。现场展示了一辆最早的火车，有一百多年的历史。海报上骄傲地宣称华盛顿山的齿轨火车比瑞士第一辆齿轨火车更早开始行驶。胡尔达觉得很有意思。

买上山的火车票。找位子坐。迈克尔一个人坐在后面，其他人坐在前面，靠近火车司机。

天色已晚，火车上没载多少人。到山顶的这一趟要三十五分钟，有时候火车行驶的坡度实在太陡，伊丽莎白开玩笑说她们最后全都会跌进迈克尔怀里。山貌随着他们上升的高度而改变。草地让位给了岩石，树木愈渐稀少，等他们过了林木线时，树木完全消失了。长相奇特的高海拔昆虫从打开的窗子飞进来——长得像瓢虫的黄黑相间的虫子四处嗡嗡飞，停在他们身上、玻璃窗上和椅背上。这很烦人，但因为接近山顶，他们很兴奋，因此毫无怨言地默默忍受。

他们脚底下的齿轮剧烈摇晃着，司机开玩笑说刹车不灵光。

终于，到了山顶。胡尔达踏出火车来到山上之前先来了个深呼吸。她用颤抖的手握住金属门框，说："艾伯特在看我，我能感觉到他的视线。"然后迫不及待地走进稀薄的空气里，灿烂的阳光下。

下了齿轨火车，慢慢散步，爬上台阶到最高点的观景台。他们全都很享受眼前的美景。

迈克尔看着胡尔达，说："她随时都会唱起歌来，我们全都会听到缭绕在群山间的歌声。"

胡尔达轻声笑着，说她可能真的会唱起来。

经过餐厅，里面有一小群人。停在售货亭前，每个人都在买明信片。上台阶来到观景台，来到北美东部的最高点。胡尔达轮流拥抱他们每一个人，互碰脸颊。她流着泪感谢他们，哭着说她从没想过能再次登上山顶。她已经放弃了希望，但他们让她梦想成真，现在她可以快乐地死去。

观景台四周有一圈长椅。胡尔达和黛西坐下来，喘着粗气，需要休息。迈克尔也一屁股坐了下去。

伊丽莎白抓着他的衬衫，说："来吧，迈克尔，我们去探险。"

听到这话从他母亲的嘴里说出来，迈克尔很惊讶。他跳起来，踩着轻松的步伐走在她前面，沿着观景台阶梯往下跑。伊丽莎白跑步跟上他。

胡尔达和黛西往椅背上靠，两人都陷入沉默，沉浸在各自的天堂里。胡尔达忙着写明信片，黛西想着家里。她凝望四周环绕的山峰，回忆和保罗一起在法国与瑞士阿尔卑斯山度过的快乐时光，心想她也可以感觉到他注视她的目光。想着伦尼即将结婚，而丹尼斯和阿曼达住在离她很远的地方。想到必须自己打理房子时，感到一点紧张。如果丹尼斯是对的怎么办——尤其是现在伦尼再婚了，或许她应该卖掉房子，即便不搬去卡里利恩，但可以搬到一个像胡尔达住的那样的小公寓里。公寓的打理简单多了，不用考虑园艺的问题。

但如此一来花园也没有了。黛西深爱自己的花园。她叹口气。跟离开利物浦之前一样，还是不知道该怎么办。

迈克尔和伊丽莎白在山顶散步，从不同的登山步道往下走，但没走太远。聊着如果真能从山脚下走到山顶该有多了不起。迈克尔说：“如果爸可以再休个假，我们应该再来。他会喜欢这里的。”

“乔希和戴维也会喜欢，”伊丽莎白加了句，“还有皮特和史蒂夫。我们应该在八月初他们俩去大学之前再来这里。离家只有六个小时的车程。”伊丽莎白想着她最好先用健身器材锻炼一下身体——而且要尽快开始。

一边随处走着，一边计划家庭旅行。最后终于决定是往回走的时候了。

发现其实已经过了该回头的时间。因为在听力范围之外，所以他们没听到员工不停喊着最后一班车马上要开动。黛西和胡尔达已经在观景台阶梯下方等他们，害怕他们会错过最后一班下山的火车。两人都是一副老太太特有的慌慌张张的样子。

迈克尔恳求她们让他买瓶水，说他会很快从售货亭上买一瓶。伊丽莎白塞了两美元钞票到他手里，叫他快点。

事实上迈克尔比她们还早到火车跟面，因为到了傍晚，胡尔达走路的速度更慢了。他站在车门边，脸上一抹淘气的微笑，手上拿着一瓶水，叫她们动作快点，帮忙推开车门。他母亲匆匆经过他身边，黛西紧跟在后面。两人四处张望找座位，往前面走。胡尔达最后一个慢慢上车，把她的皮包递给迈克尔拿着。迈克尔前前后后找座位，想着是和母亲还有黛西坐在前面，还是跟上山时一样坐在后面，最后决定坐在前面，往前走，前面的风景比较好。半满的车厢里，乘客低声谈话，指着窗外的景物，把握最后拍照的机会。

门关上了，齿轨火车开始往山下开。司机再次开着刹车不灵光的玩笑。

开到半山腰，黛西突然呆住，四下张望，惊慌失措，说："胡尔达呢？"

他们三个紧张起来，望向火车上每一张脸，没有胡尔达。冒冷汗，告知司机他们把一位老太太留在了山上。他们怎么会这样呢？

司机耸耸肩，说："这种事情屡见不鲜。现在我们无能为力。等到了山下，我会用无线电联络山上。"

没有人说话。在折磨人的下山路上，无言地瞪着窗外。

司机在山下用无线电联络山上，和山上的查理说话。告诉他，有一位胡尔达·基斯特还留在山上。查理在过去三十七年来一直管理这座山，他之前见过这种事——通常是小孩，有时候是老人，但通常没那么老：九十三岁！别担心，她大概待在餐厅里，她可以和员工一起下山。

伊丽莎白、黛西和膝盖上放着胡尔达皮包的迈克尔坐在展示的拖拉机前面的长椅上，把走进齿轨火车时的状况又回想了一遍。三个人都很内疚，希望她不要生他们的气。

三十分钟后，无线电发出噼啪声。查理告诉司机，胡尔达不在餐厅、不在洗手间、不在售货亭，也不在观景台上。简言之，他们找不到她。他们会继续找。

长椅上一张张阴沉的面孔。黛西说："我的天，真是糟透了。"伊丽莎白和迈克尔点点头。

无线电又传来噼啪声，然后有人说："斯图尔特，我们这儿有状况了。我们找不到她，我们每个地方都找过了。我的工作人员必须下山，他们得回家。我不常这么做，但你可以请她的家属上来看看吗？我会留下来带他们回去。你可以带工作人员一起下山。"

匆忙上火车，开始往山上走。这次司机没有开刹车不灵光的玩笑。

查理在山顶等他们，工作人员迅速地经过他们身边，走进齿轨火车。几乎立刻往山下开。黛西、伊丽莎白和迈克尔向查理自我介绍。查理问他们是否觉得胡尔达有可能从众多步道中的某一条往山下走，她有没有可能这样做？

他们摇头。伊丽莎白说："她健康状况不错，就一个九十三岁的老人家来说很不得了，而且她在瑞士长大，因此这有可能，但概率不大。"

"好吧，她一定在某个地方，"查理说，"我们何不分散开来，叫她的名字？或许她糊涂了。如果她听到你们的声音，会有帮助的。"查理特别点名黛西说，"你可别单独行动。"

"我会跟她在一起的。"迈克尔保证。

“我们运气好，今天是六月二十一号，”查理说，“太阳落山晚。”

“我们不用报警吗？”伊丽莎白问。

“他们不会到山顶上来找失踪不到两小时的人，不可能。”查理很肯定地摇摇头，“现在，我们散开好吗？每个人都往不同的方向走。有几条下山的步道，别走太远或太久，我可不想在山上只有我一个工作人员的情况下，再让你们走丢。严格来讲，我们根本不该这么做。”

点头道谢，出发。

毫无发现。胡尔达凭空消失了。

41

几乎一夜没合眼。在床上翻来覆去，在黑暗中坐起来说话。大约三点，又把灯打开。三个人轮流着，从责怪自己到安慰其他人。

瑞士小屋里——有他们三个人、他们过夜的行李，还有胡尔达的皮包。

在三个小时徒劳无功的搜寻后，天几乎全黑，他们从山上下来。黛西累得膝盖发软，这让她的身体摇摇欲坠。查理终于报警了。他们的反应跟查理说的一样：当晚他们什么也不能做。现在派出搜救队或直升机上山，不仅在程序上时机太早，而且也很危险，因为这个时间有上升气流且视线不佳。

伊丽莎白打电话给理查德，告诉他他们不得不多待一晚。开会开到一半被叫出来的理查德安慰她，叫她别担心，他会回到会议室，告诉大家他必须先离开。他会搭下一班地铁回去把孩子们从安家里接走，他会带上孩子们一起去外面吃中国菜。放下心来的伊丽莎白挂断电话后继续跟黛西还有迈克尔一起担心胡尔达。他们三个试着想象胡尔达独自在黑漆漆的山上做什么。

查理已经保证天一亮他就会组建一支搜救队伍。所以他们就这样数着时间一分一秒过去，直到破晓。

他们是头一批到达的人，比开放给游客进入的时间早得多。查理把领队的责任交给警察局的小队长米勒。组建一支搜救队伍的消息开始传了开来，人们纷纷加入，贡献他们的时间和爱心。他们要求黛西、伊丽莎白和迈克尔待在附近，回答可能被提出来的问题，提供他们已经告诉警方的以外的信息。群众聚集，齿轨火车坐满人，把特别搜救队伍带往山顶，他们会先搜遍整个山顶，接着再散开，分头往山下找。山下的民众已经被组织起来，要往山上走。搜救直升机出动，搜救犬闻了胡尔达过夜行李里的衣服。他们会找到她，黛西、迈克尔和伊丽莎白得到了保证。米勒小队长把他粗糙的手放在黛西肩膀上。

他们三个和前来协助的人群在一起，加入到警察身旁围成一圈的其他人中。听到警察用扩音器喊：“沿一条步道慢慢往上走，步道的左右两边都要看，任何地方都有可能找到胡尔达。她不一定会待在步道上或甚至在步道附近。她九十三岁了。”重复一遍，“九十三岁。”

人群分成小团体，轻声交谈。没有笑声。

他们三个待在后面，准备回答任何问题，然后慢慢与其他人分散。他们走在一起，从许多条步道中选了一条开始爬。倒不是觉得他们走得到山顶。一般身体状况好的人要走八小时，体魄强健的人得走六小时，体格过人的人需要走四小时。

前一天晚上走了那么多路，黛西已经累坏了，更何况她一夜没睡。正常状况下她不会走太多路，但这不是正常状况。她一直走，不时停下来歇脚，在他们碰到的每一个长椅上休息。

天气突然变了。乌云聚拢，一直飘到头顶上，遮住阳光，他们才发现。已经饱含湿气的空气变得更凝重，把这阴霾的日子变得更加阴霾。

由两男两女组成的一队人——这些人全都是在冬季值勤的国家滑雪巡逻队员——才出发没多久就在步道上超过了他们。他们花了不到十五分钟赶上他们，这段路黛西、伊丽莎白和迈克尔走了一个多小时。迅速交换情况。黛西感谢他们自愿前来。他们说他们很乐意，然后继续往前走，用他们擅长滑雪的强壮双腿向山顶挺进——不像气喘吁吁、汗流浃背的黛西，几乎是步履蹒跚，但她坚称自己还好，说他们该担心的是胡尔达。

伊丽莎白对这两个人都很担心，想着他们是否该回头，回到山脚下，向米勒小队长报到，给黛西喝些水，找个地方给她坐。

他们这么做了。回到山脚下的长椅上，黛西说："这真是糟透了。"她满身大汗，满脸通红，"怎么会发生这种事？"问了无数次。

"我们该怎么办？"伊丽莎白没发现自己的短发里有小树枝，她也累坏了。

没有人回答。

迈克尔坐在她们俩中间，把脸埋进掌心里。"或许她会听到齿轨火车的声音，然后回到上面去搭车。"

他们周遭的人都是一个目的。那里的每个人都是为了搜寻胡尔达而来。"我不晓得如果把这事公之于众，会不会有所帮助。他们有没有把所有人都叫来帮忙，还是连提都没提呢？"伊丽莎白提出疑问。

黛西或迈克尔都没回答。他们不知道答案，而且累得无法思考。他们只能呆坐着，盯着人群，一丁点儿力气都使不上。他们三个筋疲力尽，需要注入能量。迈克尔去自动贩卖机买了瓶装水和大块士力架。返回来，把东西分给她们。有了吃的，有了喝的，但还需要更大的动力。

得到了更大的动力，来自于人群中的某张脸。

黛西的手臂突然挥向迈克尔，手里还拿着已经撕开包装纸的士力架，一抹巧克力残留在她的下唇。

迈克尔转向她，看到她的脸，追随她的视线看着走向车门开启的齿轨火车的人们，那表情仿佛她刚发现了胡尔达。迈克尔开玩笑地说："怎么啦？胡尔达加入寻找她本人的搜救队伍了吗？"

黛西没有跟他一起笑，说："看，那边。"她用手指着，这几个字是从齿缝中用力挤出来的。

伊丽莎白和迈克尔往人群看去。在不远处，看到一个又高又健壮的老先生，还有个年轻一些的女人，大约五十岁，站在他身边，她的手勾住他左前臂。他们俩正走上齿轨火车，和一群人从打开的火车门一齐走进。

伊丽莎白问："怎么了，黛西？"

"那个人可能是他。"

伊丽莎白说："哪个他？"突然间懂了，"你是说迈克尔·贝克？"

迈克尔兴奋起来："真的吗？"

黛西用颤抖的声音说："可能，我不确定。"

迈克尔催促她："快点，趁他还没走之前去问问。"拉着黛西，把她从长椅上一把拉了起来。

伊丽莎白也站了起来。三个人飞奔过草地来到火车前。一群人挡在他们前面，有些人走着，有些人站着。迈克尔拉着黛西，想要她走快点。黛西迈着细瘦的双腿尽量快走，想越过众人往前看。看不到他的身影。步履匆匆，怀疑那到底是不是他。有可能真的是他吗？他们会不会真的找到他了？那是否真的是他，或者只是她太累产生的幻觉？那是否只是个高大的老先生？

迈克尔提高了点嗓门说："来吧，黛西，快点。"

黛西走得比过去半个世纪都快，但还是不够快。齿轨火车的门开始关闭。

迈克尔更急迫地说："快点，黛西。"

黛西喘着气、红着脸："我不能再快了。"

伊丽莎白看着她，很担心："慢慢来，迈克尔，不用因为这样赶出心脏病。"

迈克尔大叫："可是门要关了！"放开她，拔腿狂奔，跑到火车跟前。门已经关上，火车要开了。迈克尔往拥挤的车厢里看，找到那男人，大喊："你是迈克尔·贝克吗？"感觉到那老先生在看他，但对方没有回应。

和他在一起的女人摇摇头，隔着关上的窗户往外喊："抱歉，他不是。"

火车的轮子慢慢转动，开始往山上行驶。迈克尔赶忙跟在火车旁，保持相同的速度，不管那女人。他的眼睛只看着那男人，大喊着："你弹过钢琴吗？"

那女人推开一扇窗，把头伸出来，说："请不要打搅我父亲。我们是来这里帮忙搜救的。"她把头缩了回去。

迈克尔突然火大了起来，跟着火车往前跑："你不必告诉我搜救的事！我们就是来找人的，胡尔达是跟我们来这里的，而我们来这里是为了找你！"他指着老先生。迈克尔跑着，试图跟上火车。他跑在崎岖的山地上，被一块山坡上的大圆石边缘绊到，失去平衡。一个踉跄，跌倒，倒在地上。抬头，看见火车开走，情急之下尖叫道："黛西·菲利普斯在找你。她就在那儿。"迈克尔指着后方几码外的黛西。黛西喘着气，靠在伊丽莎白身上。两人蹒跚地走在草地上，往他这里走来。迈克尔从地上爬起来，把身上拍干净。突然间觉得累，突然间想回家，突然间受够了这所有该死的事情。

火车走了，三个人回到长椅上。黛西道着歉，怀疑那不是他，为添了麻烦而自责。注意到迈克尔脸色的变化，他看起来多年轻、多疲惫、多不开心。

黛西又递了一块士力架给他，然后吃完她自己的。

又过了八小时，还是一样没有结果。休息，吃晚餐，离开山脚下。大吃一顿，对他们极佳的食欲和食物带来的满足感到内疚。又自问了一次，他们该怎么办。怎么会发生这种事？胡尔达会在哪里？如果晚饭后他们还是没找到她怎么办呢？

再度回到山下，惧怕又一个夜晚的降临。

一无所获。搜救小组、群众，还有搜救犬，解散回家。

伊丽莎白又打了几个电话给理查德，给孩子们，还有她母亲，解释他们需要再住一晚。

她疲倦地开车回到瑞士小屋。用手洗内衣，洗好后挂在沐浴间的晾衣绳上。希望电话铃响起，带来好消息。

才九点钟就沉沉睡去。

没有来电。天一亮就起床。揉揉眼睛，把睡意揉去。身体有如千斤重，拖着沉重的身体洗漱。

然后迈克尔想起一件事，是突然冒上心头的。在乳白色瓷制洗脸盆前刷牙的时候，在荧光灯管照亮的镜子前盯着自己。一个词从他脑子里蹦出来：约德利。

冲出浴室，心急如焚。说他们得离开：他们必须救约德利！胡尔达或许对它担心得不得了。她只留下够支撑一晚的食物和水，现在已经过了三晚。他们最好动身。

正在叠睡衣的伊丽莎白和黛西停下来，面面相觑。都问对方：“你怎么想？”

迈克尔哀求她们，把他自己的睡衣和牙刷丢进过夜的袋子里，大喊着他们必须离开。伊丽莎白提议他们可以打电话给布雷恩·戴维斯，请他去胡尔达的公寓里喂鸟。迈克尔暴跳如雷，指责她愚蠢，说布雷恩·戴维斯绝对不会这么做，他绝对不会为胡尔达做任何一件事，而她应该知道这点。

伊丽莎白和黛西考虑了一会儿，讨论一番。终于同意他们去找约德利是对的，胡尔达会说山上已经有够多人帮她了，但没有人去帮约德利。

伊丽莎白打电话给警察，向米勒小队长解释他们不得不回去，把她所有相关的联络方式留给他，非常感谢他的大力协助，说他们会保持联系。

开出瑞士小镇的停车场，又一项任务。

42

看来已经没什么可说的，胡尔达的空位是车里最大的声音。把群山抛在身后，把胡尔达抛在身后，感觉很糟糕。要不是为了救约德利，他们可能没办法下这个决定。

他们要回去，他们必须回去。为了孩子们、理查德和安，他们一直在善后，还有，为了伊丽莎白的工作。

回到布鲁克林，离胡尔达的公寓不远了。黛西问他们该怎么进去。

“没问题，”迈克尔提醒她们，“我有她给我的皮包，里面一定有钥匙。”手往下伸到两脚之间，拿起皮包。打开前迟疑了一下，摸着皮包上的碰锁，“我可以打开吧？”

让他放心他可以，他只是要拿她家的钥匙。

但事情并没这么简单。因为在皮包最上面有东西要给他，给黛西，还有伊丽莎白——华盛顿山的明信片。是她在山顶观景台的长椅上写的，就是黛西坐在旁边享受明亮的阳光，而迈克尔和伊丽莎白在附近闲逛时。

写给他们的明信片。

“噢，不。”迈克尔读着，“噢，不。妈？”他的声音变得很孩子气。

伊丽莎白扭头看了他一眼，但同时也要留意着前方繁忙的布鲁克林街道：“迈克尔，怎么了？”

心头浮现不祥的预感。

黛西从后排探身向前，她的手放在迈克尔座位边上。

迈克尔的声音颤抖着，他说：“妈，靠边停。”

伊丽莎白从侧面瞥了他一眼，停在路边。没有地方停车。把车平行停在别人的车旁，打开紧急指示灯。指示灯有节奏地闪烁着。伊丽莎白转向迈克尔。几张明信片。她点头示意他开始念。

迈克尔用不稳的声音开始念：“亲爱的黛西、伊丽莎白和迈克尔：我不知道你们什么时候会看到这些明信片，但当你们看到时，我一定已经不见了——不见几小时或几天，我不知道。或者我已经被找到，以我想要的方式被找到——和山融为一体。希望你们能够原谅我的所作所为对你们造成的悲伤与不便。我做了我想做的事——我自己选择的时间、方式和地点，口中念着艾伯特和我孩子还有我父母的名字，结束我的一生。”

迈克尔翻到第二张明信片。“你们三位让我的愿望成真，因为孤孤单单死在布鲁克林的公寓，咽气时还有房东在旁边庆祝，一点儿也不光彩。但回到貌似我父母以及他们的父母熟知的地方，却让我感到无比光荣。你们让我能在仿佛降世之初的地方结束我在人世间的日子。

“拜托你们，如果我还有资格做这番请求，请你们联络我在委内瑞拉的儿子，是我电话快捷键的第一个号码。”

换到第三张明信片，迈克尔念着：“伊丽莎白，请把我的食谱书拿去，常做些梅蓝德丽饼干给贴心的迈克尔吃。迈克尔，我希望你收养约德利，或许你能教它唱约德尔调！还有黛西，除了谢谢你，我还能说些什么？你独自来到纽约的精神和勇气是这件事的动力之源。你给了我胆量。在耀眼阳光下写这段话的此刻，我正看着你。你很美丽。我希望能帮你更多忙，让你成功实现愿望。祝你好运。

“向你们所有人献上我的爱，胡尔达·基斯特敬上。”

“噢，不，”黛西说，她的声音沙哑、嘴唇发干。

“该死！”伊丽莎白说。

迈克尔一言不发。三张明信片摊在他手上，重新再读。年轻的脑袋陷入深思。

“她是计划好的。”伊丽莎白恍然大悟。

黛西缓缓点头：“所以她才把皮包交给迈克尔。”

车里一片寂静，只有紧急指示灯发出嗒嗒声。三个人绞尽脑汁，试着接受。外面传来街道的喧嚣。这是六月末一个炎热、潮湿的日子。纽约人穿着短裤、凉鞋、背心。人们来自世界各地。婴儿车里是哭闹不休的小宝宝。狗儿用力拉扯狗链，嗅着。一位老太太推着超市购物车。一个年轻男人背着黑色的大吉他箱。

黛西的视线落到迈克尔手中的明信片上，不知该作何感想。脑海中浮现胡尔达在山顶上弓着背忙着写明信片的模样，回想自己就坐在那里，只隔着几英尺远，却浑然不知胡尔达在做什么。现在，坐在这里，还是浑然不知她的感受。困惑，需要时间，需要将这件事在内心沉淀，需要仔细过滤她所有情绪。这事太重大了。

“我们应该打电话给米勒小队长。他应该要知晓此事。”伊丽莎白带头发言。

“所以她可能已经死了？”迈克尔问，看着他母亲。他的下唇颤抖，眼里噙着泪。伊丽莎白无言地惊诧着，他之前竟然没有担心过会是如此。一直在心里折磨着她的那件事，他从未想到过。她久久注视着他，没有回答。虽然不知道是怎样的脑思路让他没想过最可怕的结果，但她不确定该不该让这种思路继续保护他。她是否该缓解他的痛苦，不要让他背负沉重的真相？保护他不要如此不愉快地靠近死亡？不要以这种方式接触死亡？

因为胡尔达只让他拿皮包。此举更坚定了她的想法，希望他们永远不会忘记胡尔达以及这个周末。

伊丽莎白用柔和的眼神望着迈克尔，缓缓点头。他要求真相，她就必须给他真相。“这是她想要的。”她的声音温柔、关切、充满爱意。

迈克尔咬着自己的上唇，热泪盈眶。决堤而出。哭了很久、很用力，充满恐惧与悲伤。

伊丽莎白越过车子中间的控制面板把他拥入怀中，像抱着婴儿般摇晃他，一如往昔安抚他。沉浸在他头发、皮肤和头皮的气味里。心想只要他肯，她会一直闻着他的味道。

她在此刻获得极大的满足。

他们必须振作起来。抹去眼角的泪水。拯救约德利。

伊丽莎白和迈克尔分开。伊丽莎白伸手拿她的手机。迈克尔悲凄地望着窗外。明信片还在他手上。他凝视某家人花园角落的一朵向日葵，思绪飞到六小时车程外的地方。

黛西心疼迈克尔。她为之心碎，想要伸手安慰他，但忍住了。这一刻属于伊丽莎白。伊丽莎白一边瞥着迈克尔，一边从包里找出写着米勒小队长电话的纸片。拨电话。

电话几乎立刻就接通了。伊丽莎白说明了情况。米勒小队长说这新消息只会改变搜索的性质，但不会改变搜索行动。他感谢她的来电，表达慰问之情，说他们会保持联络。

伊丽莎白挂断电话，瞥了一眼迈克尔，他还在瞪着窗外。按捺住轻揉他肩膀的冲动，希望适可而止。

开车，朝公寓前进。在前方并排停车，闪着灯。他们下了车，迈克尔拿着钥匙。

走上公寓外的前廊台阶时，伊丽莎白说："但愿我们不用看到布雷恩·戴维斯，他那种完全不难过的样子可能会让我崩溃。"

"我也许会把他从楼梯上推下来。"迈克尔说。

"我会把他的心挖出来。"黛西说。

"希望他在上班。"伊丽莎白说，心想那是她自己应该在做的事。如果她明天再不去，就变成整个星期都请假。想着"该死，他们一定很不爽"，看着迈克尔在试第一把钥匙，打不开门。

试另一把，门开了。推开厚重的前门，踏进公寓。下意识地吸了口气。没有香喷喷的食物味道。"看来他不在家。"迈克尔低声说。

他们上了楼梯，来到第一个平台。经过贴着花朵和太阳的小孩图作的那扇门。走向第二个平台时，听见开门声，有个声音从下方传来。

"胡尔达，是你吗？"是布雷恩·戴维斯，从走廊往楼梯走来。

三双惊慌的眼睛互相看看。迈克尔问："我们要怎么跟他说？"

还没来得及回答。布雷恩·戴维斯大步上楼梯。"你离开三个晚上到哪里去了？"

来到第一个楼梯平台，猛一抬头往他们站的地方看去。停住，视线扫过他们每个人，想起他们是谁。在他们之间以及他们周围找寻胡尔达。过了一阵子，没人说话。

“你们在这里做什么？胡尔达呢？”

没人答话，他们移动身体重心，眨着眼。

再问一次：“胡尔达在哪儿？我一直在担心她那只笨鸟。我差一点就要自己去她家喂那只该死的东西，但我怕万一被她撞见她会气得跳脚。她在哪里啊？她什么时候回来？”从一张脸望向另一张脸，寻找答案，“你们这帮人是怎么搞的？舌头打结了吗？”

黛西清清嗓子，说：“她不会回来了。我们认为她走了。”

“走了？”

“过世了……在新罕布什尔州。”黛西说。

“骗人。”布雷恩往后退，靠在墙上，一副无法相信的样子，仿佛这件事不可能，仿佛胡尔达不是九十三岁——最令人惊讶的是，他仿佛很在意：“怎么会？”

“在华盛顿山上。我们都到了山顶，她再也没有下山。他们还在山上搜索她。”这次换伊丽莎白说。

布雷恩问：“在山上？”语气温柔，带着感情，“她或许喜欢这样。你们有没有看到她公寓外面走廊墙上的那幅画？你们肯定看到了；瞎子才看不到。”在脑海中处理这消息，想把事情厘清，“她死在山上。我不相信。”

“是真的，”伊丽莎白说，“她死在山上，我们有她的钥匙。我们要去她的公寓里把那只鸟带回家。”

“还有她的食谱书，”迈克尔加了句，“还有别忘了她要我们打电话给她儿子。”

“她真的走了？我实在不敢相信。”布雷恩·戴维斯光着脚，穿了件宽松的白T恤、黑短裤，用手背揉着自己的前额、眼睛，“十四年来我一直想象着这一天，但现在我很难过。我无法相信。我猜我没发现自己是个笨蛋。”摇摇头，走上楼梯，经过他们带头走，“那可怜的家伙一定饿坏了。”

黛西、迈克尔和伊丽莎白跟在他后面，惊讶地看着彼此。停在那幅跟墙等幅大的阿尔卑斯山壁画前，以全新的角度，将这幅画尽收眼底。

布雷恩说：“我说啊，我甚至觉得我不会把这幅画用油漆涂掉。它从一九三八年就在这面墙上，它比我更像是属于这栋建筑物的一部分。我要保留它。”然后，加了句让他们大吃一惊的话：“胡尔达会很高兴的。”

布雷恩往旁边让开一步，好让迈克尔用钥匙开门。迈克尔把门打开，走进去，提高警觉四处张望。这里的一切都让他们联想到了她，让人发毛。

看见那只鸟在笼里，装水的碗和装食物的碗都是空的。约德利用紧张、不信任的乌黑双眼回望他们，直到迈克尔拿来新鲜的水，并且在碗里堆满饲料。黛西和伊丽莎白忙着处理胡尔达请求她们办的其他事情。布雷恩不安地站在旁边，双手握拳插在他短裤前方的口袋里，难以置信地摇着头。

43

到家。开上车道。松了口气。

迈克尔跳下越野车，小心翼翼地把鸟笼拿出来。

戴维和乔希听到他们回来，冲出屋外，下了前廊台阶，投入他们母亲的怀里。之前她从来没有离家三个晚上。他们吵着要她，争着要扒到她身上，两人都用屁股把对方推开，胳膊紧紧地抱住她的腰。

伊丽莎白笑了，很享受这一刻。

然后是理查德，穿着红色T恤，走到前廊。没刮胡子，蓬头垢面。在星期四，才刚过中午。真是不可思议，他请了一天假，乔希和戴维一直哀求，他就投降了。他挤进乔希和戴维中间去拥抱她，双臂环抱住伊丽莎白，低声说他好想她，心疼她这一趟承受了超乎预期的事。

伊丽莎白在他的臂弯里，想着在她离开的这整段时间，她甚至连一次都没想起过希瑟·克拉克，而现在回家了，她也不会去想。她稍微用下脑子就能了解真相：对希瑟·克拉克的担忧，还有之前的飞镖男疑云，都是她庸人自扰。如果她在自己脑子里稍微搜索一遍，她就会明白为什么。

但是她不必这么做，因为稍后她上厕所时，就会得到一份礼物，那就是她内裤上椭圆形的红色污迹。该开香槟庆祝，她来月经了。不过，就像胡尔达说的，有些东西会随着时间逐渐消失。会的，而她的月经就是其中之一。但胡尔达也说一直留下来的就是最重要的东西：她的核心，她的本质，真正的她。伊丽莎白微笑着，回抱理查德，心想没事了，一切都好，甚至比好更好。

理查德转身问候黛西，说他很失望她没有找到迈克尔·贝克。

黛西真诚地望着他的脸，把自己前额凌乱的头发拨整齐。告诉他来到这里她已经找到更多东西，感谢他在这趟旅程中把两个心爱的家人借给她，然后宣布这次她真的该回家了。她要订第二天的机票。她不想让伦尼和萨拉再等下去。

黛西说她会把手表留给迈克尔。如果他想继续找，他可以这么做。如果不想，那也没关系。他收下这块表再合适不过。

至少就此刻而言，迈克尔没兴趣继续找下去，他经历得够多了。他拿着巨大的鸟笼奋力爬上楼梯，大喊着谢谢她送他手表，恳求黛西再多留几天。理查德看见他一条腿卡在台阶上，赶紧过去帮他拿鸟笼。

伊丽莎白附和迈克尔，说黛西应该再稍微多待一会儿，休息几天再回家。

黛西摇头。到了她该走的时候了。跟着他们走上台阶，进了屋子。打开电脑，上网，订机票——全部自己来。

44

她不行。才不过几个星期，状况已经彰显无遗，阿曼达就是不行。

丹尼斯可以忍受必须自己打开所有搬家的纸箱整理，总是有什么鸡毛蒜皮的事让她必须跑去她母亲家；他也可以忍受当她听到伦尼要再婚时发表激动的长篇大论，他很尽责地听她滔滔不绝讲着他母亲不欠这三个继孙女一毛钱以及伦尼结婚的事实不可能改变一丁点儿理应由他们继承遗产的事实；他还可以忍受自从他们搬来之后，他几乎每晚独自吃晚餐，她一直拖拖拉拉不找工作，然而却嚷嚷着他只得到了一次面试机会。所有这些他都忍了下来。但是有一件事他就是不能忍受，而阿曼达居然就做出了这件事。

他才刚从超市回来，尽管垂涎三尺，但还是忍住没有买上等麦芽啤酒。他对自己的大脑力陈着麦芽啤酒的优点，为它辩护，希望大脑传递信息给他的手去拿一瓶麦芽啤酒。不过丹尼斯意志坚强。他推着购物车经过一列列充满诱惑的酒瓶，然后只拿了一盒意大利面、一罐酱汁和一包花椰菜。他坚定沉着地开车回家，提醒自己，他目前住处周遭的美景比滑落喉头的麦芽啤酒更有价值。他也提醒自己阿曼达很快乐，那才是真正重要的。

回到屋子里，意大利面锅里烧着开水。那罐酱汁倒进平底锅里。花椰菜切成了小朵，等着用少许大蒜和橄榄油在锅里炒。丹尼斯放了一张爵士乐CD，浏览求职网站，希望发现有哪个雇主在找一个五十五岁左右的雇员，此人在出版了一本颇受好评的书之后十年内毫无成绩，数十年来编辑一本濒临破产的《工艺品、考古珍宝与古器物》杂志，是研究十七世纪工艺品方面的专家。

毫不意外，他什么也没找到，这让他真的很想要喝一品脱麦芽啤酒。发现自己辩称只喝一瓶没什么不对，告诉自己手头还没有紧到他连一品脱啤酒都不能喝。丹尼斯关掉电脑，正要出门去买一瓶。阿曼达开上车道，她的长腿比身体其他部分先伸出车外。她直直地站着，对房子微笑，匆匆往前走，她沉重的包包挂在肩上。

阿曼达飞奔到丹尼斯面前，满心欢喜，用双手捧着他两边脸颊，往中间挤。她用力亲吻他的嘴唇，说："你绝对猜不到我刚刚做了什么。"又亲吻他。他的脸被她有力的双手紧紧夹住，从两边往中间压挤。她兴奋得跳上跳下。

"现在，答应我你不会不高兴喔。我知道我有点浪费，我知道我答应你一年之内什么都不买，但是，噢，亲爱的，我怎么能忍得住呢？这得有超人的意志力，因为实在太划算了！你应该以我为荣而不是生气。可以答应我吗？"她亲吻他，更久、更用力。

丹尼斯后退一步，担心自己的脸可能会被她吻得变形。想问她这到底是怎么一回事，但他的嘴唇被攻陷。挣脱那些亲吻，问了他最害怕的事："你该不会又买了什么吧？"

阿曼达顿了一下，点点头，态度温顺。她咬紧牙，露出心虚的笑容。

“噢，不，阿曼达，”丹尼斯说着，揉搓他阵阵抽痛的脸颊，“不会吧。是什么？你买了什么？”

阿曼达开始焦虑，她的满心欢喜迅速转变为恐惧，意识到自己可能没办法混过这一关。她看着丹尼斯的脸，看到她之前从没见的烦躁不安，深呼吸，挺直自己体态优雅的身躯，告诉自己这次要咬牙面对的人是他而不是她。全方位施展她的魅力，她的手指滑过秀发，以迷人的姿态把头一甩——这招在过去无往而不胜。

丹尼斯重复他的问题，声音呆板，从紧抿的嘴中说出。

阿曼达说：“我争取到很好的价钱，买了我们一直很想要的东西，我们已经讲了好多年。”更卖力地拨弄头发。

丹尼斯失去耐心，他全身僵硬，准备开战，厉声问：“是什么？”

“一台小型平台钢琴。”答案公布，有点心虚地轻声笑着，想要“卖弄风情”，表现出来的却是“紧张兮兮”。

“不会吧！”丹尼斯大发雷霆，每一寸裸露的肌肤上都青筋毕露，“一台钢琴！一台小型平台钢琴？你疯了吗？”

阿曼达惊恐地盯着他。她从来没看过他这副样子。她的下唇颤抖。

“退回去！听到没有？取消订单！我们没有钱买这个！”

“我们可以分期付款，利息全免！我以为你会很兴奋。”阿曼达声音微弱。

丹尼斯咆哮着：“那是因为你住在虚幻的世界里！任何人只要把我说的话听进去了就不可能认为我会兴奋！你最好马上就打电话给信用卡公司，取消交易！我要出去买瓶麦芽啤酒，等我回来的时候，你最好告诉我你已经把钢琴给退掉了！”

丹尼斯怒气冲冲地出了门，留下她焦虑地咬着长发的发梢。

过了一阵子，一瓶麦芽啤酒不知不觉变成了四瓶。丹尼斯走上前廊台阶，准备开战。他猛然把门推开。

屋里空荡荡的，一张便条在厨房餐桌上，上面用弯弯曲曲的花体字写着：

丹尼斯：

你应该向我道歉。我想此刻彻底冷静下来的你一定已经想通了。希望如此。你无权那样对我大吼大叫，因为我所做的只是想让你快乐，以及给你一个你应有的美丽的家。我知道你想要一台钢琴，你已经说过很多、很多次。而我拿到的价钱已经是低得不像话。你当然不会知道，因为你那样转身就走。我确定晚些时间我们可以像成年人一样好好谈谈这件事，一旦你听到月付款有多么低，你就会得出正确的结论。我会在我妈妈家。等你准备好理性地谈一谈就打电话给我吧。

献上我的吻

阿曼达

丹尼斯只读了一遍。他发觉自己确实准备好要理性地谈一谈——不是跟她，而是跟房屋中介。

丹尼斯独自躺在大床上，睡得很安稳。破晓时分起床，冲澡，吃了一顿丰富的早餐。锁上前门，把行李箱丢进车里。拿起不久前才收进车库里的招牌，带到屋外。

把它牢牢地插在前院里。

待售。字字鲜明抢眼。

他心满意足地后退一步，搓搓手，把双手弄干净，把脏东西全部洗掉，然后坐上车，开出车道。

朝高速公路前进。

45

黛西破晓时分起床，冲澡，吃了一顿丰富的早餐。孩子们还没起床的清早，她啜着茶。理查德和伊丽莎白昨晚睡觉前已经跟她道过再见。伊丽莎白拥抱、亲吻黛西，说今年她想要带全家人到她的家里去看她。穿着蓝白条纹睡袍和拖鞋的理查德说那样很好，只是他们没钱。他提醒伊丽莎白现在他们有两个孩子在上大学。伊丽莎白叹口气，准备好去工作。离开前她对黛西道歉，说她没办法送黛西去机场。她不可能再多请一天假。

黛西叫她别担心，她探身过去亲吻她的前额，像个母亲那样。

现在，黛西独自坐在客厅里，等孩子们起床，谛听着从玻璃拉门外传来的各种鸟鸣声。黛西翻阅着旧相片簿，愉快地看着男孩们小时候的模样。一页页翻着，看他们长大。想假装她不会太想他们。但她告诉理查德的话千真万确：她此行的目的虽然没有达到，但收获远多于此。

伊丽莎白回到她的办公桌前。面对众人对她健康状况的关心、询问，还有向她表达的同情之意。夏季流行性感冒？没有比这更糟的了。她现在感觉如何？好多了？那就好。

伊丽莎白环顾办公室。她的目光扫过阴沉的淡蓝色墙壁、书架、照片，还有多年积累下来的东西，久到想不起是多久以前的。令人沮丧的是，一切都照旧——除了一堆堆纳税申报表、待办事项清单和收件夹里的电子邮件。它们全都愈堆愈高，愈积愈多。

看着电脑屏幕上全部都是空格的纳税申报表。6258表格。她桌上打开的档案夹里全都是试算表。按捺住把纳税申报表关掉，登入“寻找幼犬网”的冲动——哪怕一分钟也好，只要瞄一眼圣伯纳幼犬或英国獒或髯狗就好。什么都好，什么都比6258表格好，那东西全是固执地等着被填满的空格。

她的思绪飘到六小时车程之外——来到山脉间以及还在山上的胡尔达身上。不久前她才跟米勒小队长通过电话。搜索还在进行，队伍规模缩小。志愿者人数减少，只剩下几位意志坚定的成员。他很惊讶还没有发现胡尔达，他认为她一定在森林深处。他答应伊丽莎白在找到她之前他们不会停止搜索。

伊丽莎白盼望回到那空气清新干净的山上——空气洁净到会在阳光下闪耀——还有山上那澄澈的湖泊，奔流的河水如瀑布般落在平滑巨大的白色岩石上。那是健康的大自然之美。

黛西要走了，她很难过。伊丽莎白叹口气，把下巴搁在交握成倒置的茶杯状的手上，手肘靠在办公桌上。但愿能回到新罕布什尔州，但愿她在家，但愿黛西待久一点，但愿他们全都跟她一起回利物浦，但愿自己在这里以外的任何地方。按捺住打开“寻找幼犬网”的冲动。

然而却打开了易趣网。

把自家客厅的家具放上去卖。

在黛西必须启程的不久前，安正前往伊丽莎白家接她。黛西在桌边跟皮特、迈克尔、乔希、戴维和刚从大学返家的史蒂夫等所有人一起吃早餐。黛西说如果情况允许，她很乐意明年夏天回来看他们。孩子们全都认为一整年的时间太长了。

史蒂夫询问着利物浦的事。黛西应听众要求重复一遍那些故事。

安到了，带着几个年幼的外孙。他们冲进厨房，让整间屋子热闹起来。

黛西和孩子们清理餐桌，把碗放进洗碗机里。一阵碗盘碰撞的丁当声。

走之前，黛西提出最后的请求。“迈克尔，你能不能为我做件事？”

迈克尔很惊讶，一脸好奇，很高兴他在满屋众兄弟之中被单独点名，点头说好。

“我已经很久没有听到过哪一位迈克尔弹钢琴了。”

请求慢慢被理解。迈克尔摇头否决，说：“我真的很抱歉，黛西。我什么都答应你，除了这件事。”

黛西大失所望，她脸上的表情已经对他说明一切。

乔希和戴维跳起来，一路争执到钢琴前。乔希赢了，一屁股坐上琴凳，带来满室的肖邦。气呼呼的戴维双臂交叉在胸前，跌坐回沙发上。

黛西问安是否有时间听每个孩子各弹最后一曲。安说有。坐在大扶手椅上的黛西告诉他们，她把他们的演奏都录进大脑里，这样她就能在回家以后重新播放。

电话铃响。戴维跑过去接，把电话递给黛西，说有个男人找她。

黛西猜那是米勒小队长。“喂？”她边听边眨着眼，“什么？”又眨了一下眼。她吃惊地瞪大双眼。再眨了几下眼，继续听下去。屋里每张脸都看向她。“真的吗？好吧，等一下。”

她把电话从耳旁拿开，望着所有人。

她说：“丹尼斯刚到纽约。”

46

丹尼斯坐在机场候机室里的一张蓝色椅子上，看上去疲倦憔悴。他看到黛西时松了一口气，说出的第一句话就是："幸好您没卖掉房子。"

互相介绍。丹尼斯感谢了安好多次，说他希望没有给她造成不便。

从贝尔特公园大道回家的路上，车开得缓慢但平稳。安打电话给伊丽莎白。

伊丽莎白坐在办公桌前，埋首于纳税申报表。6258表格填满了三行。电话那头的安告诉她黛西取消了航班，告诉她原因。

伊丽莎白听着，得知最新消息，挂断电话，神游物外。思考着她刚刚才知道的事：黛西要多待一阵子，而丹尼斯却来了，一位表哥，一个新客人。

伊丽莎白拼命想要专心处理报纳税申报表的问题，以便能在正常下班时间离开这里。她希望丹尼斯表哥到她家时她能在家。

安的厢型车开在贝尔特公园大道上，丹尼斯坐在后排，把事情经过原原本本说给她们听。黛西和安对阿曼达的行为感到震惊，频频摇头。丹尼斯说，他只需要几天时间让饱受摧残的自己复原，然后他会跟黛西一起回去。再次感谢安。他的手机响了，猜想是阿曼达。

不是。

是伦尼。问丹尼斯是否知道他们的母亲到底怎么回事，她何时会回家。他和萨拉真的很着急，他们不想再等下去。

丹尼斯笑了，把伦尼搞得一头雾水。“你想知道妈怎么了吗？你干吗不自己问她？她就坐在这里。”把手机递给黛西。

伦尼吓了一大跳。丹尼斯在纽约，跟他们的母亲在一起！却不告诉他！说丹尼斯是个狡猾鬼。说他会马上再打来。挂断了电话。

丹尼斯大笑，喜欢看伦尼义愤填膺的样子。

伦尼又打来电话。黛西接起丹尼斯的手机。伦尼的声音像低音喇叭，问他、萨拉和她孩子们可不可以也去那里。说萨拉超想在纽约结婚，这点子让她乐坏了。如果可以，他们会乘明天的第一架航班。

黛西问安的意见。

安说人愈多愈热闹，说她家有很多空房间。

这是压垮伊丽莎白的最后一根稻草，那最后一根稻草。

伦尼、萨拉还有萨拉的孩子们来了。必须筹备一场婚礼，必须做好准备，在接下来的几天之内就要完成。

最后一根稻草。

伊丽莎白挂断电话。把填了四行的6258表格视窗关掉，把雪纳瑞幼犬的视窗关掉，把英国幼獒的视窗关掉，把圣伯纳幼犬的视窗关掉，把金毛贵宾幼犬的视窗关掉。

把电脑关掉。下午一点半。

拿起皮包，绕过办公桌，关掉灯。

她的秘书问她打算几点回来。

伊丽莎白说：“不回来了。”出了门。

47

计划妥当，一场婚礼即将举行，就在这个周末，就在第二天。将会在市政厅举行为时八分钟的仪式，接着就赶回理查德和伊丽莎白的家里举办派对。

在这里，高湿度的空气会毁了薯条，高温会让现切的蔬菜萎缩，柠檬汁会变稀，因为冰块融化得太快，做好的发型会塌得不成样子，大家会扯下套装穿上泳衣，冰棒会大受欢迎。

她们的丈夫看着年幼的孩子，伊丽莎白和她妹妹们将会在厨房忙着撕开外卖餐盘上的铝箔纸。她们会端着餐盘进出玻璃拉门，把菜肴放在户外的白色纸桌布上。

萨拉，这位大喜过望的新娘，将会忙着注意三个女儿，鼓励她们开口说话，不要用头发遮着脸，尽管去游泳池里玩玩水，玩个痛快。

丹尼斯会把阿曼达的事详细告诉乐昏头的新郎伦尼。

伊丽莎白即将告诉理查德两个晴天霹雳的消息：她的工作和他们客厅里的家具，现在都成了过去式。

安将会一心一意弥补错失的光阴，几乎不让黛西离开视线。

而两位不期而至的访客将会亲自为所有人送来胡尔达的消息。他们将得知胡尔达在远离步道的好几英里外被发现，她窝在雄伟的松树树根旁，唇边挂着微笑。

得知消息的黛西、伊丽莎白和迈克尔将满怀感激。而丹尼斯将呆若木鸡地发现生命中可能会有了新欢。是不期而至的访客之一，一位名叫凯瑟琳的五十岁钢琴演奏家，毕业于茱莉亚音乐学院，她将提到某次去伦敦演出时差点去了利物浦，想要奖赏自己一趟旅行，去看看披头士博物馆，但在发现火车票有多昂贵之后就取消了那趟旅程，觉得如此草率地花钱实在说不过去。

听到此番话的丹尼斯一副头被敲了一记的样子。他连续快速地眨几次眼，断定世界上必有两种截然不同的女性。他会很乐意认识这位属于第二种的美丽未婚女子，他一定会想尽办法再见到她。

至于黛西，她很快会知道——其实她从未怀疑这一点——那就是她母亲冷血到了极点。然而，在她这一辈子的生命日历上，将会有一天非常值得圈起来——而且是画双圈。

48

一对父女正在去长岛的路上。从新罕布什尔州去长岛的车程漫长，还有几处堵车。不时停下来上厕所，延长了旅行时间，也延长了谈话的时间，宣布令人难以置信、前所未闻的消息。

往昔裂开一道缝。尘封已久的秘密最终缓缓泄露、曝光了。父亲对成年的女儿吐露心声，终于坦陈她出生前发生的事情。从那时起就深埋心底，直到今日。他的嘴在动，他能感觉得到。话语费力吐出，他能听得见，但仿佛是在叙述别人的人生，而非他自己的。隐瞒了这么久的秘密，长久以来不为人知，以至于秘密已经失去它的意义。

父亲告诉女儿一桩可怕的事故。一场餐厅大火改变了一切——一个名字、一个计划，不止一个人的人生。

揭开另一个秘密——他，和她一样，曾经弹过钢琴。

方向盘上方，他女儿绷紧了脸，专心聆听。听到餐厅大火不仅毁了他的左手，也毁了他的梦想。他曾经是个天才儿童。他获奖无数，都是赫赫有名的奖项，还得到过一份礼物——一块由阿图尔·鲁宾斯坦题赠的银表。

凯瑟琳得知了这些：他的人生规划在孩提时代就已设定，毫无疑问，因为他是个神童。走上既定的轨道，稳定地向前。

然而却被打断：战争、军队、背井离乡的日子。

而最美好的时光也在其中：英国、同胞，完全出乎他意料之外的三角钢琴，以及拥有钢琴的年轻女子。

美好时光的高潮：拥有钢琴的年轻女子，完全出乎他意料的一份挚爱。然后是他即将返家的消息，她许下终身时的那份狂喜。

接下来，一切脱轨：那场餐厅大火，痛失双亲，手指丧失了表现音乐的精准度。他的计划粉碎，长久以来的信念幻灭，巨大的悲伤，决裂，毁灭性的沉默，失去他的挚爱。

那之后的未来不再有卡内基音乐厅、林肯中心、世界各地的音乐厅、财富与声望以及他珍视的心灵伴侣。那之后的未来有一个新名字，希金斯，和怀特山国家森林公园道路管理员，以及晚年的华盛顿山齿轨火车司机。

告诉凯瑟琳，现在他不灭的薪火将传递给她，他唯一的孩子，无视他已故妻子的反对。当初这极端的决定导致两人离异，造成无可挽回的感情裂痕。那时他妻子不断大叫，他所有的钱都一去不回。她怨恨他一心只想让他女儿有机会去过他曾经可能拥有的人生。

现在，终于说出来，把一切都告诉凯瑟琳。

凯瑟琳听着，震惊不已。她双唇颤抖，双手颤抖，手上淌出的汗沾在不透气的方向盘凹槽里。一边强迫自己看路，一边用眼角瞥向父亲。问他那块手表在哪里，为什么她从没看到过，承认自己很想看，却不知道当天下午她就会看到。

问他为什么从来没告诉自己他曾经弹过钢琴，还有他曾经是个音乐神童。问他怎么能够自从她孩提到青少年时期看着她上课，毫不松懈、专心一意栽培她进入茱莉亚音乐学院，这么多年下来却什么也没提？他怎么能够只字不说？

她父亲的脸沉了下来，他的语调变得具有防卫性。说他不要别人可怜他，说生命里的那一章已经关上，再也不会打开。上天已经把那一章从他生命里拿走，他再也不会弹钢琴。到此为止，就是这样。他绝不会接受怜悯。他改名换姓，用了他母亲婚前的姓：希金斯。他搬到新罕布什尔州偏远的北方森林小木屋里，到今天他还住在那里。

凯瑟琳又问一遍手表在哪里，了解到他把手表留在国外，而且他很高兴自己那么做了。他从来没后悔做那样的决定，把手表留给他当初深爱着的女人。她的名字叫黛西。

凯瑟琳问为什么黛西没来找过他。

她父亲摇摇头，说她一直没有回复他寄去的紧急电报，一共六封。一个字都没回。那漫长、痛苦的缄默到如今还写在他的脸上。说那缄默完全不像她，因此他不得不推断，她认定由于那场事故，他再也不能给她什么。她一定太害怕为了如此不确定的状况而放弃她的家、她的家人和她的国家。事到如今他还在替她辩解，说她的决定是可以理解的。

此刻他还不知道，不过当天下午稍晚他就会知道，虽然当年黛西像只老鹰般牢牢注意着邮件，电报却到了她母亲的手里——很有可能被她销毁了。

谜底终于揭晓：黛西母亲最要好的朋友在电报局工作。

凯瑟琳的脑袋嗡嗡作响，问他为什么现在要告诉她这一切。它和这趟旅程、这趟他要求她开车前往的旅程是否有关系？他是否因此而坚持要亲自代为传达山上那位老太太的消息？还有为什么他要告诉米勒小队长他会接手这项任务？

她父亲点点头。“还记得那男孩吗？要找迈克尔·贝克的那个？”当时他一头雾水，无言以对。那男孩突然冒出来一个问题，完全出乎意料之外，而且同时冒出一个他将近六十年来都没有再听到过的名字。

凯瑟琳点头。

她父亲用颤抖的声音说，跟那男孩在一起的，有可能就是他以为再也看不到的那个人。他有可能在山脚下看到过黛西。有可能她就在美国，在纽约。

此刻的凯瑟琳一言不发，消化着这些信息。这消息如晴天霹雳。康涅狄格州从车窗外飞逝，然而在车里，在她脑海里，她在想着爱情，她最近越来越常想到爱情。一阵心痛，敏锐的感觉变得越来越强烈。支撑她事业的种种束缚，到目前为止紧紧约束着她，密不透风，此刻却不知何故开始松动，现出一个缺口，让音乐之外的东西有机可乘。五十岁的凯瑟琳，名声遍及全世界的演奏厅，刚刚却开始怀疑她到底能不能找到与这缺口完美契合的爱情。

她还不知道，就在今天结束之前，一种可能性将呈现在她眼前。在他们正在前往的那栋房子的后院，就在那里，稍晚，她或许将发现一个契机。以一个摆脱不幸婚姻的英国男人的形式出现，他还是一位十七世纪艺术与工艺品方面的专家，一位曾经出版过畅销书的作者。而且，或许，因为她，将来会再出另一本。

旅程的最后十分钟，搞不清楚方向。父亲对着一张纸大声念着。女儿转错了好几个弯。车上紧张气氛加重。

父亲怀疑他看到的是否真的有可能是黛西。那真的会是黛西吗？会吗？或者这全是一场梦，出自一个老者的想象？是老朽的心捉弄他？是他最近愈来愈常回忆过去的结果？

找到那个地址，转进车道，推开车门。老先生咽了下口水。

他双腿僵硬，走上屋前的步道。派对的声音从屋后传到外面来。父女俩松了一口气，至少家里有人。两人都意识到没有先打电话就上路，让成功的机会打折扣有多傻。

用颤抖的手指按门铃。老先生数十年来没有如此神经紧绷过，觉得自己好像一个不知所措的男学生。他的膝盖打着颤。

凯瑟琳看见父亲的脸色，便挽住他的手臂，心想看他这样还真奇怪。他向来不露声色。凯瑟琳想着这个女人，这位黛西，她对他而言必定意义深刻。希望这趟旅程不是个错误，希望他不会被再次击垮。毕竟，这位黛西曾经抛弃过他。凯瑟琳满怀焦虑，此举风险太大，也想着尽管如此，他却意志坚决，没有任何事可以阻止他走这一趟。在门铃声响起和脚步声接近的这漫长的几秒钟里，凯瑟琳看着他，思考着爱情。

而她父亲正紧张地梳理头发。

门开了。一个毛发茂盛的十九岁青年好奇地看着他们，问他们有什么事。老先生点点头，说他来见黛西。她在这里吗？他有胡尔达·基斯特的消息。

毛发茂盛的十九岁青年走回屋里，邀请他们进屋里来。说他会去找黛西，他马上回来。

老先生紧张不已。

史蒂夫来到外面找黛西，她正坐在安的身边，她们俩在游泳池边的躺椅上。史蒂夫告诉她有人上门来找她，说他有胡尔达的消息，指名找她。

黛西笨拙地从椅子上撑起来。史蒂夫拉了她一把。黛西匆匆忙忙穿过草坪，不想打断派对，没有跟任何人说。她走上露台阶梯，走过露台，穿过玻璃拉门，进入室内，穿过活动室。

来到紧张等待的两个人站立的地方。

黛西的目光笔直落在迈克尔身上，发现他的视线在她身上。横跨几十年后再度见到彼此。两人都静待片刻，暂停下来，屏气凝神。适应情况，了解现状。

然后，黛西缓缓前进。迈克尔朝她移动，直到他们站在彼此面前。尽在不言中。

老先生打破沉默，声音沙哑："黛西？"

黛西点头，无法呼吸，无法言语。她张着嘴，说不出话来。

"我是迈克尔·贝克。"

凯瑟琳·希金斯感到眩晕。她头一次听他这么说。盯着自己的父亲，消化这个名字，重看这个男人。

黛西望向凝视着她的他。他们的眼光在彼此身上流连。全神贯注于此刻，将现在与过去做一番比对。解读外在的情绪，更深入探寻内在的情感。

两人都在对方身上发现自己当下的心情。彼此都认为对方依旧美丽英俊，几乎一如往昔。

黛西心想："他还是那么英俊。"

迈克尔惊诧于她依然是他记忆中的她，依然美丽，依然是他的小宝贝。

两人互望，挖掘探究，重拾回忆。两人都领悟到虽然经历了远隔重洋、截然不同的大半辈子，他们却一直坚守着美好时光。

时间一分一秒过去，他们并不急着追赶。仿佛世界只剩下融为一体的他俩。

凯瑟琳沉默而惊讶地看着。婚礼派对的声音穿透进来——泼水声、笑声、孩子的喊叫声。

情绪激动的黛西终于设法稳住自己的声音，问：“坐了那么久的车，要喝点什么吗？来一杯热腾腾的茶怎么样？”满心以为会在此地习以为常的一连串拒绝上再加一次。

收获大惊喜，连鸡皮疙瘩都起来了。因为迈克尔对她报以微笑，说：“一杯地道的英国茶？哇，太棒了。”泪水涌上他的眼眶。

泪水也涌上了黛西的双眼。她的手伸到嘴边，指尖放在唇上，她的心不规则地跳动。默默点头，对不知道自己做了什么的胡尔达传递感激。如果不是胡尔达要求游览华盛顿山，如果她没有让他们所有人到山顶去，又如果她不是留在山里做了那个决定，就不会有搜救队伍。而如果没有搜救队伍，就不会有现在。这不可思议的一刻，这神奇的转折，这岁月的结晶。

而黛西就不会问迈克尔和凯瑟琳，他们是否介意跟她一起去到厨房里。迈克尔和凯瑟琳也不会谢过她，跟着她穿过玄关经过活动室，沿着走廊，进入客厅。

经过栖息在宽敞窗户前面的约德利。

经过穿着湿答答泳衣的迈克尔。

他正在弹钢琴。

黛西·菲利普斯

和

迈克尔·伦纳德·贝克

敬邀您出席他们的婚礼

2007年7月16日

下午两点

长岛 华盛顿港

纽约

致谢

我的代理人亚当·高美超级棒，我对他的感激之深无以言表。感谢他一直以来对这本书的指导以及坚定的信念和热情。同样感谢也是来自“艺术家和手艺人”的杰米·布列勒，感谢她丰富的书籍知识和对故事的理解为本书提供的参考。

我要感谢我的表姐多特·尼科尔森，感谢她2007年夏天的来访。如果没有她的来访，我就不会写这本书。就在平平常常、无所期待的生活中，我们发现了我们身上的珍宝。她只身来到纽约、跟一屋子陌生的家人待在一起的勇气给了我灵感，让我创造了黛西这个角色。

我还要感谢我的第一批读者：伦纳德·贝克、卡罗尔·皮尔、阿黛尔·皮尔和埃伦·赖特尔。真心感谢我的母亲格拉德·麦格林和姐姐凯特·麦格林，感谢她们热情地一遍遍读我的书，给我无尽的支持。还有我的婆婆玛丽琳·图米和我的哥哥约翰·麦格林，感谢他们的鼓励。

感谢J.P.希尔兹对水管和地下室灾难的充分了解，感谢亨利·嘉格隆在多年前对我说的——“你是个作家，只是你还没有发现”。

我深深地感谢我的编辑和出版人——沙耶·阿哈特。首先感谢她给了这本书一个机会，其次感谢她一直鞭策我写这本书。感谢克里斯汀·科普拉斯以及其他兰登书屋出版社所有为这本书奉献过时间和热情的人：基拉·沃尔顿、安娜·明茨、凯蒂·希凯、安斯利·罗斯纳、帕特丽夏·箫，还有其他任何我从中受益却没有机会亲自感谢的人。

当然，我还要感谢那些每天给予我支持、鼓励和理解的人——我真正的好丈夫罗布·图米，和我那三个极棒的儿子：杰米、约翰和欧文——是他们让这本书成为可能。谢谢你们，谢谢你们与我共守好时光。

译后记

时间的意味

李玉瑶

无论中外，长篇小说文体近十余年的发展有越来越倾向故事性的趋势。的确，就一般读者而言，一个好看的故事，大约是好小说的第一要素；如果在一个好看的故事里，还能读到好意义，那就可以称得上是优秀作品了。美国新兴作家斯泰西·麦格林（Stacey McGlynn）的长篇处女作《追时间的女人》（*Keeping Time*），正可以称得上是这样的一部作品，这可能也是它于2010年10月在美国出版以来得以入选巴诺书店“发现新兴的伟大作家”系列图书，以及塔吉特（美国著名零售商）“新兴作者”书系的原因吧。斯泰西·麦格林起初着迷影视，在哥伦比亚大学先后学习了有关剧本创作、导演、表演、编辑及剧本分析等内容，并获得MFA硕士学位。她曾写过几个剧本，均未发表，待到她2009年决定利用身边经验写作这部小说的时候，早已是三个孩子的母亲。这似乎宿命地决定了这部作品无论给出一个多么浪漫主义的框架，最终得以突出的，也还是现实主义的生活化故事。

一

《追时间的女人》主要围绕两个人物来展开故事，一个是英国利物浦七十七岁的老太太黛西·菲利普斯，另一个是美国纽约四十四岁的中年女士伊丽莎白。

黛西·菲利普斯在她十八岁的少女年代，一见钟情地爱上了帅气且秉有钢琴演奏才华的美国大兵迈克尔·贝克。第二次世界大战结束时，迈克尔·贝克在他行将返回家乡的前一晚，长途跋涉，搭火车、乘轮渡、坐公交，历经艰辛，夜半三更溜进黛西的闺房热烈求爱，将一块手表套在黛西的玉腕上，说是权当订婚戒指。那时，感受着炽烈爱情的黛西，感觉五脏六腑像牛油在融化，又仿佛一切都被抽空，她没有注意到这块手表上的刻字“献给迈克尔，祝你好运。阿图尔·鲁宾斯坦”——那是20世纪伟大的钢琴家阿图尔·鲁宾斯坦当年赠给少年迈克尔的珍贵纪念。迈克尔回到纽约后每天给黛西写信，谈他如何向着钢琴师的梦想迈进，谈他如何数着日子，直到能够来接她并娶她为妻。但是，突然地，他就不再有信来。黛西不知道那是因为他遭遇变故，父母葬身火灾，他也在那场火灾中烧残了弹钢琴的手，从而理想破碎……直到黛西的生命时间来到她七十七岁的暮年，一个非常偶然的机缘，她才第一次意识到那块手表的珍贵。于是，她不顾年迈，飞越大洋，前往陌生的美国，在几乎寻觅无望的情况下竟又十分幸运地与昔日恋人擦肩相遇，并有情人终成眷属。

这看起来是一个显得有些老套的浪漫故事，值得注意的是，作者对这个浪漫故事进行了一种非常现实主义的处理。随着迈克尔·贝克通信的中断，对黛西来说，少年时代的痴情热恋无论是多么热恋，怎样痴情，那铭心刻骨的时光在她的心头却并不像浪漫文学所讲述的那般容易守护。新的时间像太阳再次升起，黛西有了新的爱情，她与一个叫保罗的男人结婚、生子，向着白头偕老的方向走去；而那旧的属于她与迈克尔·贝克的时间则似乎悄然无痕地淡出了她生命的视野。直到黛西与她的丈夫一同度过了将近六十年的光阴后，这时间再次发生断裂——她的丈夫去世了，在这断裂的时间切面，昔日初恋的时光才十分偶然地从裂隙深处开始闪耀光芒。这光芒的重现的确是十分偶然的事情，要不是儿子丹尼斯再婚遇上的是个太爱花钱的妻子而危及到黛西久居的祖屋，要不是黛西打理生活的能力已经与她执拗的性格起了冲突，要不是黛西家里的淋浴喷头开始渗水，要不是五金店里老头的那样热心指导，黛西就不会决定自己去修理那个淋浴喷头，也就不会为了寻找一件准备施工用的旧衣寻向地下室，从而也就不会去打开地下室里的那个储藏室，进而打开一堆尘封已久的旧箱子，并把兴趣投向一个已经封存将近六十年的那些业已遗忘的旧物——迈克尔·贝克送给黛西的那块手表，还有那些通信。当黛西重新看到这些，心里似乎并没有掠过浪漫文学中一定会有的波澜，而是在闲下来的夜晚以打发时光的态度重读那些信，直到读第二遍的时候，往昔岁月的光芒才从记忆的远处悠悠照耀过来，再度将温热投射到她的心坎。

从故事的情节推进逻辑来看，让往昔的爱情光芒照亮当下黛西的生活，并不是小说的目的，小说是要借这光芒显现那块手表的珍贵；但显现这块手表的珍贵也不是目的，它的目的是要在现实主义的叙事逻辑中给已经七十七岁的黛西一个行动的理由，让她勇敢地只身远涉重洋进入纽约长岛——展现她如何与一个陌生的家庭相处。所以，小说写道，在黛西第一次注意到那手表上的刻字意识到它的珍贵之后，她决定归还这块手表，如果找不到迈克尔·贝克，就归还给他的家人。这时候，黛西想到了已经几十年没有联系的家住纽约长岛的陌生表亲，想落脚她家。黛西表妹的女儿伊丽莎白一家接纳了她。就这样，老太太黛西的故事与伊丽莎白的故事连接起来了。

在小说中，让人物进入异质环境，最容易制造出引人入胜的戏剧效果，《红楼梦》"刘姥姥进大观园"是著名的例子，上世纪80年代初高晓声的《陈焕生进城》也因此出彩。在斯泰西·麦格林的这部小说里，黛西初到美国的情节也极具喜剧性。在机场，黛西与前来接她的美国表亲们（表妹安，安的女儿伊丽莎白，伊丽莎白正处于反叛期的儿子迈克尔）见了面，一颗紧张的心松弛下来。他们一起走向机场的行李输送带，却看见输送带上送出一个每条缝隙都渗流着果子酱的帆布行李箱，引得众人围观嘲笑，伊丽莎白和她儿子不知道这渗流的果子酱是黛西准备送给他们的礼品，也加入到嘲讽的行列，放肆评论行李箱的主人是"呆瓜"，"笨到不觉得尴尬"。嘲讽令黛西感觉自己的身体已经恢复到少女害羞时刻滚烫的皮肤通红的脸颊，她渴望钻入地缝却不得不挺身而出，在众人的惊呼中取下这个在利物浦机场因一时糊涂塞进六瓶橘子果酱的行李箱。因为怕沾到果酱，黛西把这可恨的行李挂在肘上，尽量伸展上臂，俨然在展示世界上最高级的行李。尾随其后的三个表亲感叹着这个英国老太太"或许很不平凡""真是怪到家了！"晚上，伊丽莎白家邀请了众多亲戚为黛西的到来举办盛大的欢迎晚会，但因为时差，可怜的黛西于晚会的喧闹中，疲倦至极地在沙发上仰面朝天、大张嘴巴地打起呼噜来。

英美有句俗语："你永远不可能有第二次机会留给别人第一印

象”。黛西初到美国留给表亲们的这些喜剧化的第一印象，在这部小说里不过是一种欲扬先抑的写法。随着故事的继续展开，这个苗条、娇小的老太太的第二印象，第三印象……却是那么优雅、真诚、乐观、处事得体、不乏智慧、热爱生活，终于，读者感到，她的到来其实是一股清新的风吹进了这个美国家庭的心扉，对于伊丽莎白来说，尤其如此。

二

伊丽莎白的故事随着黛西进入她的家庭生活顺理成章地演绎开来。腰部已经急剧膨胀并担心临近绝经期的伊丽莎白是高级会计师，还是五个儿子的妈妈。她的丈夫是一家律师事务所的合伙人。这是一个标准的美国白领之家。

睡眠总是不足的她，早上六点半起床，匆匆进行白领丽人上班前应有的装扮，然后快速为几个儿子准备早餐，呵斥乱丢乱放的孩子们寻东找西，接下来慌乱收拾餐具……常常错过了校车而匆匆开车送他们上并不同路的学校。在初来乍到的黛西眼中，伊丽莎白的早上“就像快速移动的飓风那样横扫过全家屋子”。迟到的伊丽莎白必须强迫自己进入工作状态：让自己眯眼紧盯那总是做不完的已经延误了好些天的公司的税报表细小格上密密麻麻的数字。这种长时间的眯眼已经使她眼角爬满细纹。她越是毫无兴致甚至日益痛恨那些表格和数据，工作起来磨磨蹭蹭，那些数据和表格就越是算不完填不尽挣不脱甩不掉地跟随她，下班后还要带回家来为它加班到深夜。她所从事的这份让外人羡慕的高级会计师职业完全是迫于家庭开支的急剧增长，她的兴趣，她的一切似乎就是她的一群大小悬殊的孩子和似乎从不做家务的老公。所以，她盼望下班回家，但回到家里不是围着厨房忙得团团转就是围绕孩子忙得穿来穿去，督促这个孩子练琴，监督那个孩子功课，在黛西陌生化的眼里，伊丽莎白在家里的情形一再地“像一阵阵旋风在附近旋转”。

但这些都还不是伊丽莎白最烦心的事儿，最让她焦虑不安的是“飞镖男”新闻。她固执地认为自己的丈夫理查德疑似那个一再骑自行车用飞镖袭击女性臀部的变态男人。她为此夜不能寐，不是半夜悄悄起床驾车往丈夫的办公室寻觅证据，就是夜半溜出去偷丈夫的自行车搬运到市区公园边扔掉，以至于养成了半夜梦游般地起床驾车高速行驶的嗜好。她通过这种嗜好无意识地释放心理压力和压抑已久的内在之我。当她丈夫的嫌疑被排除之后，她又开始为丈夫地铁上偶遇大学时代的校花而烦恼。伊丽莎白的烦恼人生已使她疲惫不堪、心力交瘁、面容憔悴。

而事实上，伊丽莎白拥有奢华的物质：她的坐落在美丽的“黄金海岸”的别墅，“雅致的前廊、整齐的草坪、无懈可击的花园、高大的景观树木……”给初来乍到的黛西第一印象就是“大”；第二印象是豪华。走进厨房，里面是“最顶级的厨房设备”，走进大客厅，是华丽的家具，是上乘的窗帘和波斯地毯，全都价格昂贵，而且伊丽莎白还在构想如何把室内装修升级换代；而黛西的第三印象是，伊丽莎白夫妇用无比勤奋的劳动换来对物质奢华的占有，却没有闲情甚至已经遗忘了稍稍歇息一下来欣赏它们的美。美国当代思想家贝尔把人的物欲分为两种，一种是需要，一种是欲求。他认为需要是生理性的，是人为了维持生存对物质资料的本能要求；而欲求则是心理性的，是对奢侈的无限追逐。需要是应该满足的，欲求则应该予以节制。伊丽莎白在物质大潮的裹挟之下，在将“物”作为一切的衡量标准的社会里，早已越过需要的界限，成为物欲的奴隶。

三

然而《追时间的女人》要表现的正是人对现状的反抗，在这种反抗中，耸耸肩，从盲目的现实欲求抽身，向原本之我的浪漫回归，它留给读者的是乐观、积极、美好的生活姿态。

伊丽莎白对现状的反抗，由黛西的到来促成。如前所述，源自于一种昔日的时间之辉，黛西勇敢地重新安排了自己的现实时间，来到了纽约长岛。经由黛西身上那种美好的昔日余晖的映照，伊丽莎白渐渐看见，在自己忙忙碌碌的现实时间的遮蔽之下，一种属于自主之我的时间，久已遗落在遥远的来处。尤其是在陪黛西去找寻迈克尔·贝克的几天中，当黛西与新遇的九十三岁的胡达尔老太太热烈交流回顾她们的人生旅程时，伊丽莎白感到在这两位年长女人兴味盎然的交谈中，自己仿佛被人遗弃。她反省自问而自惭形秽，觉悟到自己二十多年来所有真正属于“自己”的梦想，都在现实的时间进程中一直被忽视，被孩子、被丈夫、被挣钱而花错的地方所吞噬。

在这部小说中，黛西以及构成黛西形象的延展和补充的胡达尔，随着故事的发展，逐渐成为一种“时间老人”意象，显露出一种时间的深意。它意味着一种穿越了春夏而具有洞明世事的秋之澄明的人生之镜。所以，直到晚年，黛西才认识到青春时节得到的馈赠的价值。这珍贵之物回归原主的寻找历程，与伊丽莎白自主意识的苏醒以及向着真正属于自己的生活而回归的心路暗相辉映。这种辉映在故事的情节上，显现为伊丽莎白的故事与黛西的故事融合为共同的情节进行时。伊丽莎白在这种情节进行时中渐次置身于这“时间老人”秋之澄明之镜。

她们一行在寻找迈克尔·贝克的路上，来到美国东部最高的山脉——华盛顿山，在一览众山小的视野下，胡达尔侃侃而谈："当你变老的时候，你会变得更像原本的自己。你会变成自己的浓缩版。你已经清楚你是谁，你为何独一无二，你一直以来的面貌。大家说说，青少年时光最在意搞懂这些事情，但那几年跟晚年根本没得比。如果你够幸运，能像我一样身体还算健康，那就好了。到我们这年纪，有些东西开始消失，你会很珍惜剩下来的东西。""有时候是去芜存菁，也有时候筛掉的是菁华，的确如此，但留下来的是你的核心、你的本质，是真实的你。"这就是说，经过时间淘洗之后那疏朗明澈的原本之我的意境正所谓"删繁就简三秋树"，它与伊丽莎白人到中年而发胖臃肿相映成趣。在伊丽莎白她们结束这趟行程返回的途中，她断然决定辞去那份被外人羡慕的高级会计师的职业并将自己豪华的家具也挂到了拍卖网上了。她也要像黛西、像胡达尔那样去芜存菁，从芸芸众生的茫然的现实时间中抽身出离，进入到一种新的时间造型的探索中去，守护那属于"你的核心、你的本质"的人生时间。

故事到达这里，小说的标题"*Keeping Time*"便显得耐人寻味了。

可以说，这是一部女人写女人生活，思考女人应该有什么样的生活的书。当然，它并不是那种刻意突出性别视角的女性主义书写，它只是本着一个生活化的女性作家天然的兴趣落笔，并且充分调动了她的生活经验积累进行本色化的书写，其饱满的细节和一种生活流似的情节结构，絮絮叨叨、兴味盎然而自然流畅，显示出一个生活化的女作家的风采。